KB058926

특급
길드에
어서 오세요!
~사랑받는 마스코트 엘프는
모두의 마음을 치유한다~

지은이 **아이 리이아**
일러스트 **니모시**

벨로니카

불고리자자 아인으로 몸집이 큰 남성.
대담하고 호쾌하지만 의외로 타인을 배려
할 줄 아는 상식인. 목소리도 커서 다른 사
람에게 겁을 주게 되곤 한다.

레키

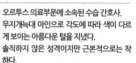

오르투스 의료부문에 소속된 수습 간호사.
무지개늑대 아인으로 각도에 따라 색이 다르
게 보이는 아름다운 털을 지녔다.
솔직하지 않은 성격이지만 근본적으로는 착
하다.

유진

특급 길드 오르투스의 두목.
동료를 가족처럼 생각하며 길드를 자신의
집이라고 부르는 괴짜. 도량이 넓은 장년
남성.

자하리아슈

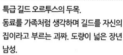

마대륙에서 실질 최강이라 불리는 마왕.
마치 조각상처럼 아름다우며 위압감도 대단
하지만, 지나치게 솔직한 성격이다 보니 얼굴
값을 못하는 일면도 있다.

리히토

일본인처럼 생긴 소년.
인간이면서도 성장한 아인만큼 강한
마력을 지녔다.
메구와 로니를 동생처럼 여기며, 두 사람을
지키려고 하는 똑 부러진 성격.

로나우드

애칭은 로니. 드워프족 아이.
몸집은 작아도 힘이 좋고 무척 상냥한 소년.
다른 사람과 대화하는 건 조금 어려워한다.

라비

리히토를 키운 부모이자 든든한 인간 여성 모험가.
남을 잘 챙기지만 의외로 스파르타적인 일면도.
책임감이 강하다.

레오폴트

통칭 레오 할아버지.
인간 대륙 출신의 인간으로, 오르투스의 옛 주방장.
은퇴 후엔 길드 근처의 집에서 여생을 보낸다.

메구

정신을 차리자 어린 엘프의 몸에 빙의해 있었다. 원래는 20대 후반의 일본인 여성. 사축. 긍정적인 성격과 사랑스러운 외모로 주위를 치유해준다. 노력가.

기르난디오

특급길드 오르투스 내에서도 1, 2위를 다투는 실력자이자 그림자독수리 아인. 과묵하고 무표정. 임무 도중에 메구를 발견해서 보호했다. 팔불출 부모가 되어가고 있다.

슈리엘레치노

온화하고 성실한 엘프 남성. 속이 시꺼먼 일면도. 메구에게 자연 마법을 가르쳐주는 스승. 그 미소로 수많은 사람을 매료시킨다.

사우라디테

오르투스의 총괄을 담당하는 털털한 소인족 여성. 존재감이 대단하다. 흉악한 함정 개발이 특기.

쥬마

전투밖에 모르는 바보. 뇌가 근육으로 된 오니족. 물리적으로도 정신적으로도 맷집이 튼튼하며 회복력도 오르투스 최강. 생각 없는 발언을 할 때가 많다.

케이

오르투스 최고의 미남이라 일컬어지는 여성. 꽃빛뱀 아인으로, 소리 없이 조용히 접근하는 습관이 있다. 자연스럽게 느끼한 언동을 한다.

캐릭터 소개

목차

Welcome to
the Special Guild

일러스트 : 니모시 Nimoshi   디자인 : 베이아 Veia

제1장 ◆ 갑작스러운 시련

1 두 명의 소년

나는 그저 평소처럼 길드 안에 있었을 텐데.

모처럼 오르투스의 공예 담당 마이유 씨에게 받은 패션 마도구니까, 그걸 사용한 모습을 보여줄 겸 감사 인사를 하러 갔다. 오랜만에 검은 머리카락에 검은 눈동자라는 일본인 컬러가 되어 들떴고, 기르 씨와 같은 색이라는 말도 듣고, 그게 부끄럽기도 하고 기쁘기도 했는데……. 그 후에 마이유 씨의 권유도 받아 란의 가게에 갈지 말지 접수대에 있는 사우라 씨에게 물어보려던 참이었다.

딱히 특이한 것 없는, 평소와 같은 일상이 그곳에 있었는데.

갑자기 발밑에 나타난 마법진이 빛나면서 당황한 사이에 나는 빛에 삼켜지고 말았다. 그저 어안이 벙벙했다. 새하얀 세계가 이어지다가 조금씩 흰색이 걷힌다. 혼란스럽긴 했지만, 그 너머에 보이는 풍경이 직전까지 보던 것과는 완전히 다른 걸 분위기로 금세 알 수 있었다.

전이(轉移)다. 20년 정도 이 세계에서 생활한 만큼 마법 현상에는 내성이 생겼으니 바로 이해했지만…… 혼란스럽지 않다고는 안 했다.

여, 여긴 어디야……?! 게다가 왠지 몸이 묘하게 무겁다. 나른한 느낌이야. 그렇다 해도 상황은 확인해야지. 나는 주위를 두리번두리번 둘러보며 확인했다. 나는 제법 큰 방의 중심에 주저

앉아 있었는데, 주변에는 나를 에워싸듯 사람이 많이 있었다. 방을 장식하는 그림과 커튼, 양탄자 등은 고급스러워 보였고, 나를 내려다보는 사람들은 복장으로 보아 상당히 신분이 높은 인상을 주었다. 무엇보다 충격적인 건 전부 인간형이라는 점이다. ……뭐지. 불길한 예감이 든다. 하지만 그걸 알고 싶지 않은 느낌이다.

"뭐, 뭐야. 너희들…… 여긴 어디야?!"

가까운 곳에서 들린 그 목소리에 깜짝 놀라 뒤로 고개를 돌렸다. 보아하니 방의 중심에서 이 상황을 파악하지 못한 인물은 나 혼자만이 아닌 모양이었다. 나와 마찬가지로 주저앉아 불안해하는 사람이 두 명 더 있었다. 둘 다 아직 성인이 되기 전인 듯했다.

한 명은 입도 꾹 다물고 꼼짝하지 않은 채 굳어있는, 적갈색의 긴 머리카락을 간단하게 묶은 소년. 인간으로 따지면 12살 정도일까. 그리고 다른 한 명은 지금 발언한 검은 머리카락의 소년. 인간으로 따지면 14, 15살 정도? 소년에서 청년으로 변해가는 나이로 보였다. 겉모습만으로는 알 수 없다는 건 잘 아니까 뭐라 말할 수 없지만. 그래도 그런 건 아무래도 상관없었다. 나는 검은 머리카락의 소년에게서 눈을 떼지 못했다.

"갑자기 불러내서 미안하구나. 딱히 위해를 가할 생각은 없다. 잠시 이야기를 들어줄 수 있겠느냐?"

내 동요를 뒤로 우리를 에워싼 사람 중에서 가장 신분이 높아 보이는 복장을 한 중년의 남성이 우리에게 말을 걸었다.

"어, 앗. 너는, 노트 대신……?"

"흐음? 나를 알고 있구나. 자네는 이 나라의 백성인가?"

"……그럴지도."

내가 눈을 떼지 못하고 있는 이 검은 머리카락의 소년은 이 사람들을 아는 모양이었다. 뭐가 뭔지 알 수 없지만, 지금은 얌전히 정보 수집에 집중하자. 나도 오르투스의 길드원인걸. 어떤 상황에서도 당황하지 말고 냉정을 유지해야지. ……심장 소리가 시끄럽고 몸은 조금씩 떨리고 호흡도 가빠질 정도로 몸 상태는 엉망이지만. 어? 진짜 무슨 일이 일어난 건지? 뭔가 마법이라도 걸렸나?

"우선은 아무것도 모를 테니 설명해주마. 자네들이 지금 여기에 있는 건……."

노트 대신이라 불린 남성이 이 상황에 대해 이야기하려던 그때, 검은 머리카락의 소년이 일어나 그 말을 가로막았다.

"아, 알아! 너희들 왕족은 마력을 많이 지닌 자를 모으고 있는 거잖아!"

소년이 주먹을 불끈 쥐고 있다. 그 눈빛은 원한마저 담겨있는 것처럼 보여서 왠지 무섭다. 분노인지 공포인지 소년의 몸은 작게 떨고 있었다.

"그런 희귀한 존재를 모아서! 소모품으로 쓰는 거지?! 팔아치우는 거지?!"

"……자네는 대체 어디서 그런 정보를 들었지?"

"그런 건 다들 알고 있다고!!"

"아아, 저런. 우선은 진정하려무나. 그리고 자네는 말투가 썩 좋지 않군."

온화하게 웃고 있는 대신님. 그렇기 때문에 오히려 바닥이 보이지 않는 무언가가 느껴져서 무섭다. 하지만 상대하는 소년은 대신님의 말을 거의 듣지 않고 있는 것처럼 보였다. 그는 주위를 둘러보고는…… 그제야 나와 소년이 눈이 마주쳤다. 역시. 저 애는——.

"이런 어린애까지……. 무슨 속셈이야!"

"진정해야지. 자네는 혼란스러워서 그런 게야. 우선은 우리의 이야기를……."

——검은 머리카락의 소년은 어딜 봐도 일본인이었다.

아니, 이 세계에도 일본인의 외모적 특성과 겹치는 인종이 있을지도 모른다. 하지만 아빠 말고는 오랜만에 본 동향의 얼굴에 나는 동요를 숨길 수 없었다.

"손 내밀어!"

"어, 어어……?"

소년의 이야기는 듣고 있었다. 그의 반응을 보아 지금 상황이 무언가 위험해 보인다는 것도 알았다. 하지만 한꺼번에 밀려든 뜻밖의 사태들에 5살 정도밖에 안 되는 내 정신상태는 처리 속도를 따라잡지 못했다. 그래서 나에게 내민 그의 손에도 바로 반응하지 못했다.

"아 진짜! 야, 거기 너도 손 내밀어!"

"으, 어, 어……?"

하지만 마찬가지로 손을 내밀어진 적갈색 머리카락의 소년도 나와 비슷한 상태였으니 내가 굼벵이인 건 아니다. ……아마도.

조금 짜증이 난 듯해도, 나와 또 다른 소년의 손목을 단단히 붙잡은 검은 머리카락의 소년은 주저하는 기색조차 보이지 않고 마력을 움직이기 시작했다.

"잠깐, 자네! 멈춰!!"

대단한 마력이다. 오르투스 길드원과도 뒤지지 않을 것 같다. 아마 나보다 훨씬 많다. 그런 마력의 방출에 그저 어안이 벙벙해졌다.

"머 하는 거야……?"

불안해져서 무심코 그렇게 물어보자 검은 머리카락의 소년은 이쪽으로 힐끔 시선을 주더니 씩 웃었다. 그 미소는 억지로 지은 듯한 미소였지만, 나를 안심시켜주려고 한다는 게 보였다.

"여기서 도망칠 거야!"

"어?"

우리의 발밑에 무언가 마법진이 나타났다. 조금 전에 본 것과 닮았나……? 아니, 아까도 한순간밖에 보지 못했으니까 아닐 수도 있지만.

"공간 마법, 전이!"

소년이 외치자 나는 다시 강렬한 빛에 눈을 감게 되었다. 우리를 에워싸고 있던 사람들이 당황한 듯 소리쳤지만 무슨 말을 하는지는 들리지 않는다.

그대로 두 번째로 하얀 세계에 삼켜졌다. 윽, 멀미 날 것 같아!

그렇게 빛이 사그라든 순간 느낀 것은 부유감. ……부유감?!

"엇……?!"

고작 1미터 정도의 높이였던 것 같지만, 갑자기 공중에 내동댕이쳐지면 낙법도 불가능하다. 오르투스의 다른 길드원들도 아니고! 나는 중력을 거스르지 못하고 땅바닥에 쿵 엉덩방아를 찧었다.

"아야야야!"

"쉿, 조용히! 큰 소리 내지 마!"

울상이 되어 무심코 비명을 지르자, 검은 머리카락의 소년이 허둥지둥 작은 목소리로 혼내면서 내 입을 손으로 틀어막았다. 미, 미안. 하지만 아팠다고. 눈물이 나오는 건 넘어가 줘!

"그렇게 멀리까지 전이하지는 못해. 나 말고 두 명이나 더 있었고……. 그러니까 발견될지도 몰라. 조용히 할 수 있지?"

"으으읍!"

나는 말을 잘 듣는 어린이. 알았다고 말하고 싶었지만, 입이 막혀있기 때문에 무슨 말을 했는지 전해지지 않았다. 따라서 눈물을 그렁그렁 매달면서도 고개를 거듭 끄덕여 대답하자 간신히 소년이 손이 입에서 떨어졌다. 푸하.

"아프게 해서 미안해. 나는 마력은 무식하게 많은데, 사용하는 건 아직 서툴러서. 착지에 실패했어. 너도 괜찮아?"

"어, 어어. 괜찮아……."

검은 머리카락의 소년이 작은 목소리로 묻자, 적갈색 머리카락의 소년도 당황하면서 대답했다. ……그는 제대로 착지했던 모양이다. 이게 운동신경 차이인가. 훌쩍.

"저기, 여기는 어디죠……? 왜 이런 곳에……. 머 아는 거 있어요?"

아까 오간 대화를 보아 이 소년은 사정을 조금 아는 것 같았으니 무심코 물어보았다. 그러자 조금 놀란 듯 나를 본 소년이 미안하다는 듯 웃으면서 대답했다.

"그렇겠지. 혼란스러울 만해. 너는? 역시 영문을 모르겠어?"

질문을 받은 적갈색 머리카락의 소년도 머뭇거리며 고개를 끄덕였다. 다행이다. 나만 아무것도 모르는 게 아닌가 봐.

"나도 그리 자세한 건 모르지만. 아는 건 가르쳐줄게. 하지만 그 전에 여길 벗어나자. 언제 쫓아올지 몰라."

소년의 말은 타당했다. 우선은 편히 쉴 수 있는 장소에 가지 않으면 대화도 제대로 할 수 없겠지. 우리는 마주 고개를 끄덕인 뒤 우선 이동하기 위해 일어났다. 어이쿠, 비틀거리네. 적갈색 머리카락의 소년이 그런 나를 부축해주었다. 고마워!

그 후 우리는 말없이 숲속을 걸었다. 검은 머리카락의 소년이 전이로 날아온 곳은 이미 숲속이었지만, 여기는 이 나라의 왕성 바로 뒤에 있는 숲이라나. 그보다 역시 우리가 아까 있던 장소는 왕성이었구나……. 어느 나라지?

"조금 더 힘내줘. 조금만 더 가면 나에게는 앞마당 같은 곳이니까."

그렇게 말하는 검은 머리카락의 소년에게 '응' 하고 가볍게 대답했다. 그 후로 성장해서 어느 정도 운동도 했지만 나는 아직 어린 소녀. 벌써 숨이 찹니다. 그야 여기는 숲속이고 여러모로 불안해서 정신적으로도 피로가 쌓였는걸! 게다가 변함없이 몸이 무거워……. 정말 이건 뭘까. 하지만 여기서는 버텨야 한다.

"좋아, 조금 떨어져 봐."

얼마나 걸었을까. 추격자를 의식하면서 걸었으니 상당히 오래 느껴졌지만, 체감으로 1시간 정도일까. 걷는 게 느린 나에게 맞춰주었으니 그렇게 멀리 오진 않았을 것 같은 느낌도 든다. 정말 걸리적거리는구나, 나는……. 그리고 변화 없이 거기서 거기인 풍경이 이어지는 가운데 소년이 걸음을 멈추며 그렇게 말했다. 솔직히 슬슬 한계였기 때문에 안도했지만, 저 멀리 금속 소리가 들리는 느낌이 들어 멈추는 게 무섭다. 녹초가 된 몸으로 이런 말을 하기는 좀 그렇지만, 왜 이런 곳에서? 자꾸 의문이 든다. 하지만 지금은 그를 의지할 수밖에 없으니 얌전히 기다리기로 했다.

그러자 그는 천천히 한 그루의 나무를 향해 손을 뻗었다. 아무래도 마력을 흘려보내는 모양이다.

"와아, 대단해라."

"지하가 있구나……."

소년이 마력을 흘려 넣은 나무 아래쪽이 마력에 반응해 쩍 벌어지면서 지금까지는 없었던 커다란 구멍이 뚫렸다. 나도, 적갈색 머리카락의 소년도 놀라서 무심코 작은 목소리로 중얼거리고 말았다. 잘 보니 아래로 이어지는 간이 계단도 있다.

"먼저 들어가. 내가 지나가면 이 구멍도 닫히거든."

검은 머리카락의 소년이 재촉하는 대로 구멍에 들어가, 계단을 몇 칸 내려갔을 때 구멍이 닫히는 기척을 느꼈다. 그로 인해 순간 캄캄해졌지만, 곧바로 불이 켜졌다. 오렌지색의 따뜻한 빛이 어둠 속에서 일렁이는 걸 보며 안도의 숨을 내쉬었다. 아무래도 검은 머리카락의 소년이 조명 마도구를 사용한 모양이다.

소년을 앞세워 계단을 끝까지 내려왔다. 그 너머로 길이 계속 이어졌지만, 여기서 등을 보이고 있던 검은 머리카락의 소년이 휙 뒤로 돌아 그 자리에 주저앉았다.

"여기는 내 보호자가 만든 샛길이야. 신기하지? 마력이 없으면 열리지 않고, 장소도 알아보기 어려우니까 괜찮아. 그러니 우선 쉬면서 대화하자. 물어보고 싶은 것도 있을 테니까."

사실 전이 마법으로 마력을 소모해서 피곤하다며 웃는 소년. 아마 그건 사실일 테지만, 우리를 배려한 행동이라는 게 전해졌다. 물론 싫지 않았기에 나는 검은 머리카락의 소년 맞은편에 앉았고 적갈색 머리카락의 소년도 마찬가지로 앉았다.

"어디 보자. 우선은 자기소개부터 하자고. 나는 리히토고, 나이는 14살. 이미 마법을 사용했고 아까도 말했으니 새삼 숨기진 않을게. 나는 인간인데도 마력을 지녔어. 그것도 꽤 많다고 해."

리히토라고 이름을 밝힌 소년은 처음부터 자신의 비밀이라고 할 수 있는 정보를 홀랑 밝혔다. 아, 아무리 상대가 어린아이라지만 그렇게 쉽게 마력을 지닌 인간이라는 걸 인정해도 괜찮은 거야……? 누군가에게 떠들고 다니지 않을 거긴 한데 내가 다 걱정이다! 인간이라는 종족은 애초에 마력을 지니지 않고 태어나는 게 대부분이다. 하지만 드물게 마력을 지니고 태어나는 인간도 있으며 그 아이는 무척 귀중한 존재가 된다. 심지어 보유 마력이 많다니. 전이 마법은 무척 어렵다고 하는데 사용한 걸 보면 그 정보는 틀림없을 것이다. 착지에 좀 실패했다지만 본인 말고 두 명을 더 데리고 있었으니 순수하게 대단한 일이다.

내 속마음을 뒤로 리히토는 미소 지으며 적갈색 머리카락의 소년에게 시선을 던졌다.

"아, 나, 나는 로나우드……."

"로나우드란 말이지. 음…… 마력도 느껴지고, 피부색을 보고 짐작하는 건데, 너 드워프야?"

머뭇거리면서도 이름을 밝힌 로나우드에게 거리낌 없이 질문을 던지는 리히토. 로나우드는 그 질문에 말문이 막힌 듯 눈을 이리저리 배회하며 당황했다.

"어, 아니……."

"경계하지 않아도 돼. 딱히 떠들고 다니진 않을 거니까. 이 대륙에서 인외가 어떤 처지인지 나도 알고, 역겹다고 생각하거든. 게다가…… 나도 노려지는 몸이야. 인간인데도 많은 마력을 지녔으니까."

어, 어라? 뭔가 이야기가 이상한데? 그때 느낀 불길한 예감이 또다시 느껴졌다. 이 대륙에서, 라고 했지……?

"그나저나 드워프라니 특이한데. 혹시 마대륙에서 강제 전이 된 거야?"

설마. 인간 대륙……? 나는 그 전이 마법진으로 인간 대륙에 끌려온 거야?!

"아, 아니, 확실히 나는 드워프, 맞아. 하지만, 나는, 이 대륙의 광산에, 살아. 갑자기, 이동해서, 굉장히, 놀라긴 했, 지만."

날려온 시점에서 느끼던 나른함은 그게 원인이었구나. 몸이, 정확하게는 몸속 깊은 곳에 묵직한 게 들어앉은 것처럼 조금만 걸어도 힘들다. 마력이 몸에서 제대로 돌고 있지 않은 느낌. 아니, 순환 자체는 되고 있지만 흐름이 순탄하지 않은 느낌? 거침없이 달리던 게 천천히 두리번거리면서 걷는 듯한, 그런 위화감. 시차 적응 같은 느낌인가? 아니면 마대륙과는 공기가 다른 건지도 모른다. 거기에 몸이 적응하지 못한 거겠지. 주위에 있던 사람들이 다들 인간형이었던 것도 이해가 갔다. 그야 그렇겠지. 다들 '인간'이니까.

마, 말도 안 돼……. 얼마 전에 인간 대륙에 갈 일도 없을 거라고 생각했는데! 플래그야? 플래그였어?!

"나이는 92살, 이고……."

"92?! 아, 장수해서 성장이 느리다던가……. 으음, 영 어색하네. 성인이야?"

"아니. 드워프의 성인, 은, 100살, 이라……."

"헉, 신체 구조가 다르다는 게 확실히 느껴지네……."

머릿속으로 발을 동동 구르면서 멍하니 두 사람의 대화에 귀를 기울였다. 그러고 보면 엘프의 성인은 몇 살이지? 내 몸의 성장으로 보아 200살 정도라거나. 아니면 전부 100살로 통일?

하아, 이렇게 지금은 아무래도 상관없는 걸 생각하는 것도 그냥 현실도피다. 으윽.

"좋아, 그럼 다음은 너야. 이름 말할 수 있어?"

방심하던 차에 이번에는 내 차례가 왔다. 겉모습이 어리기 때문인지 리히토는 조금 부드러운 목소리로 물었다. 상냥한 소년이다. 레키와는 천지 차이다. 아, 떠올렸더니 울 것 같아.

"메, 메구, 예요……."

"으아아, 울지 마……! 괜찮아. 우리는 안 무서워. 그렇지? 로나우드."

"으, 응. 나쁜 짓, 안 해. 천천히, 말해."

울지 않으려고 생각할수록 눈물이 넘실거렸다. 역시 어린아이라고 해야 할까. 아직 미숙하다. 하지만 우는 어린아이를 달래는 건 소년에겐 짐이 무겁겠지. 빨리 울음을 그쳐야겠다. 우선 수납 팔찌에서 수건을 꺼내 얼굴을 닦았다.

"너, 너 그거, 수납 마도구야……?!"

"처음, 봤어……."

그러자 두 소년은 내가 아무것도 없는 곳에서 수건을 꺼낸 것을 보며 경악했다. 아, 맞다. 수납할 수 있는 마도구는 일반적으로 엄청난 고급품이었지. 평소처럼 사용하면 안 된다는 걸 뒤늦게 깨닫고 당황했다. 아, 괜히 더 눈물이……!

"앗, 미안해! 목소리가 컸지? 괜찮아, 괜찮아!"

"으, 미안. 괜찮아. 신경 쓰지 마."

결국 내 눈물은 멈추지 않아서 한동안 두 소년을 곤란하게 만들고 말았다. 훌쩍. 나는 손이 많이 가는 어린이……. 미안하다, 소년들아.

"제송해요. 이제, 괜찮나요."

여전히 코를 훌쩍거리고 있지만, 소년들이 너무 불쌍했기 때문에 나는 그렇게 말을 걸었다. 두 사람은 무리하지 않아도 된다며 계속 나를 배려해주었다. 윽, 착한 아이들이구나……!

울면서 잠시 생각했는데, 역시 내 정체는 말하는 게 좋을 것 같다는 결론에 도달했다. 두 사람은 이야기해줬고, 이제부터 어디에 가든 내 실력 같은 것도 알아두는 게 나을지도 모르니까.

"저는 메구예요. 마대륙에서 살았고요. ……엘프입니다."

그렇게 말하며 조금 길어진 옆머리를 귀에 걸어 특징인 긴 귀를 두 사람에게 보여주었다. 두 사람이 숨을 삼키는 게 보였다.

"나이는 50살 정도예요. 자세한 나이는 모르고……."

50살에 어린애냐는 리히토의 말은 이해할 수 있었다. 이해하지, 암. 나도 익숙해질 때까지 시간이 걸렸거든. 인간으로 따지면 슬슬 할머니에 가까워지는 나이잖아. 말해놓고 슬퍼졌다. 때려치자.

"하, 하지만 엘프면, 머리와 눈이……."

로나우드가 주저하면서 그렇게 말했기에 완전히 머릿속에서 잊고 있던 걸 떠올렸다. 맞다. 지금의 나는 검은 머리카락과 검은 눈동자였지. 그래서 나는 목에 건 패션 마도구를 벗었다. 바로 색이 바뀐 건지 두 사람의 눈이 휘둥그레졌다.

"실제로는 이런 색이에요. 오늘은 우연히 선물 받은 마도구를 써본 거라……."

"빛나는 머리카락, 파란 눈동자……. 조금 특수한 색상, 이지만. 확실히, 엘프의 특징이야."

로나우드는 이해했다는 듯 여러 번 고개를 끄덕였다. 역시 엘프의 특징 정도는 일반상식이구나.

"우연이라. 대단한 행운인데……. 그대로는 너무 눈에 띄어서 이렇게 쉽게 도망치지 못했을 거야."

쉽게? 그건 무슨 소리일까. 고개를 갸웃거리자 두 사람이 확 얼굴을 붉혔다. 뭐, 뭔데.

"크흠. 그러니까, 엘프란 특히 희귀한데 심지어 엘프 어린이면 더욱 희귀해. 나도 내 눈으로 보고 있는데도 아직 믿어지지 않을 정도야."

아니, 좀 믿어줘. 눈앞에 있으니까! ……하이 엘프이자 마왕의 딸이라는 건 비밀로 하자. 혼란을 부를 것 같다.

아무튼 그만큼 드물다는 거겠지. 들어서 알고 있었지만. 실감이 없었으니까. 나는 얼마나 평화에 절여졌던 걸까. 현대 일본인의 천성인가…….

"그래서. 그런 존재가 그 자리에 나타났다면 왕성의 녀석들은 분명 바로 너를 확보했을 거야. 아무래도 마력을 많이 지닌 아인을 모으는 것 같으니까……. 붙잡아서 격리했을지도 모르지. 흥분해서 달려드는 바람에 깔렸을 수도 있어. 이 나라는 뒤에선 인신매매에 손을 대고 있는 게 아니냐는 소문도 있으니까."

"허, 헉······?!"

"앗, 잠깐. 울지 마. 그냥 예시니까. 응? 응?"

무섭다고 생각했더니 또 눈물샘이······! 하지만 대화가 막혀버리기 때문에 참았다. 힘냈다. 장하다, 나.

"그러니까. 메구, 네가 엘프라는 건 비밀로 해야 해. 즉 우연이었다고 해도 그 마도구를 사용했던 건 네게 더없는 행운이었던 거야."

그, 그렇구나. 무사히 도망치지 못하고 잡혀있다가 언젠가 팔렸을지도 모른다는 거지······. 드디어 실감이 가서 오싹해졌다. 무심코 두 팔로 나를 껴안았다. 마이유 씨에게 진심으로 감사드립니다! 리히토는 그러니 조금 전의 색으로 돌려놓고 귀는 숨기라고 했다. 지금은 주변에 아무도 없지만 어색한 모양이다. 그 마음을 나도 이해하니 바로 검은 머리카락과 검은 눈으로 되돌렸다. 제대로 두 사람에게 확인도 받았지!

"하, 하지만, 나라에서 그런 짓을, 한다고?"

로나우드가 의아하다는 듯 그렇게 물었다. 확실히 그렇지. 잡히긴 했을지도 모르지만, 나라에서 인신매매에 관여하고 있다면 터무니없는 일이잖아?

"나도 자세한 건 모르지만······. 뒤에서는 그런 일이 이뤄지고 있다는 소문은 유명해."

"세상에······. 여기는 코르티가, 잖아? 선정을 펼친다고, 유명한 곳인데······."

코르티가란 이 나라거나 지역 이름인 걸까. 두 사람의 대화를 듣고 추측한 거지만.

"그렇기 때문이야. 비밀리에 저지르는 인신매매로 재정을 유지하고 있는 게 아닌가? 오히려 그걸로 벌어들이는 거다. 그러니까 표면상으로는 선정을 펼치는 걸로 보인다. 이런 이야기지."

어디에든 부패한 사람은 있다는 걸까. 특히 여기는 인간 대륙. 그러고 보면 예전에 레오 할아버지가 말했던 것 같다. 인간은 방심할 수 없다고. 좋은 사람으로 보이던 사람이 악당이기도 한다고. 으으, 인간 무서워. 나도 인간이었지만!

"뭐, 여기서 그런 이야기를 해도 의미 없지. 지금은 눈앞의 문제에 대해 생각하자고."

그, 그래. 국가 규모의 이야기가 나와봤자 우리가 할 수 있는 일은 없다. 생각하는 바는 있지만 그건 제쳐놔야지.

"먼저 나는 원래 살던 곳이 가까우니까 문제없어. 로나우드, 너도 아마 돌아갈 수 있는 거리이긴 하지?"

"어, 응⋯⋯. 길은 모르고, 아마 조금, 멀지만."

"문제는 메구, 너인데⋯⋯."

그렇죠. 두 사람은 이 대륙이지만 난 대륙을 넘어야만 한다. 뭐냐고, 이 망겜! 전투력이 없는 어린 소녀가 혼자서 어떻게 돌아가라는 거야! 살짝 절망할 뻔했을 때, 로나우드가 조심스럽게 발언했다.

"저, 저기⋯⋯ 어쩌면, 어떻게 될지도, 몰라."

"뭐? 무슨 소리야?"

"나는, 광산 출신, 이니까⋯⋯."

아까도 그렇게 말했지. 광산…… 응? 이번에 말고 또 최근에 들은 적이 있었던 것 같은데? 아, 혹시. 그렇게 생각한 것과 동시에 리히토가 외쳤다.

"전이 마법진이구나! 확실히 그런 이야기를 들은 적이 있어."

"응. 사정을 말하면, 어쩌면, 될지도……."

그래! 이 대륙의 광산과 마대륙의 광산은 전이 마법진으로 쉽게 오갈 수 있었지! 마왕성에 갔을 때 배웠잖아!

"하지만 엄중하게, 관리하니까. 드워프가 아닌 다른 종족이면, 쉽게는, 안 될지도 몰라……."

아, 맞아. 어느 정도 대가가 필요하다고 했었지. 마왕님은 성 아랫마을로 진출을 허락, 아빠는 성가신 마물 구제였던 것으로 기억한다. 그래서 나는 대가로 치를 게 아무것도 없다며 고민했었잖아……! 끄응. 더 제대로 생각해둘 걸 그랬어!!

"뭐 어때. 우선 그쪽에 가 보지 않으면 모르는 거잖아? 그때가 되면 또 생각해 보자고!"

여기에서 멀어지는 게 최우선이라며 리히토 소년이 웃었다. 문제를 미루는 것뿐이지만 일리 있다. 그래, 가 보지 않으면 모르지. 행동하지 않으면 시작도 없는 법!

"응, 적어도, 내가 있으니까, 광산에는, 들어갈 수 있어. 제대로, 거기까지 같이, 갈 테니까."

"저, 정말이에요? 로날드 씨……!"

꼬였다. 햄버거 가게와 비슷해졌다.

"제, 제, 제송해요……!"

"아니, 괜찮아. 로니면 돼. 씨도 필요 없어."

"하하, 재밌구나? 메구. 그럼 나도 로니라고 부를게. 나는 리히토라고 불러줘. 그리고 더 편하게 말해도 돼."

긴장감 넘치는 분위기가 조금 누그러들었다. 내 덕분이지! 그렇게라도 생각하지 않으면 못 해 먹겠어! 쪽팔려! 길드원들의 이름도 그렇고 또! 언제가 되면 제대로 발음할 수 있을까. 시무룩.

……기르 씨, 걱정하고 있겠지. 아빠, 사우라 씨, 슈리에 씨, 그 외에도 다들. 길드원들의 얼굴이 떠오르자 바로 붕붕 고개를 저었다. 안 돼. 아직 생각하면 안 돼.

나는 어금니를 꾹 깨물고 생각을 전환했다. 나는 오르투스의 마스코트 메구야. 절망하기에는 아직 이르다. 할 수 있는 일을 하나씩 처리하며 반드시 모두의 곁으로 돌아갈 거야!

우선 나와 로니는 드워프 광산에 가기로 결정했다. 그것만으로도 앞날이 보여서 조금 안도했다. 하지만 역시 전이된 목적이 마음에 걸린다. 인신매매라고 해도 왜 이 세 명인 걸까.

"저기, 우리는 전이 마법진으로 성에 불려온 거지?"

"으음, 아마도. 하지만 우리 세 명밖에 없었고, 제한이 있었던 게 아닐까. 일정 이상의 마력을 지닌 자 한정이나, 미성년이거나."

"왜, 미성년……?"

리히토가 턱에 손을 대고 생각에 잠기며 말하자, 로니가 의문을 입에 담았다. 확실히 모으고 싶다면 더 대대적으로 범위를 넓히는 게 낫지.

"어디까지나 추측이니까 확실한 건 아니야. 하지만 성인도 포함하면 마력을 지닌 자가 많이 소환될 테니까…… 모두 붙잡는 게 어렵지 않을까?"

확실히. 심지어 뒷거래 같은 인신매매가 목적이라면 그런 대규모에 대처하지 못할 것 같은 느낌이 든다. 마력을 지녔다는 것만으로도 공격 수단이나 방어 수단이 있을 법하니까. 그 점에서 어린아이라면 아직 미숙하다. 잘 구슬릴 수 있을지도 모르고, 어떻게든 될 거라고 여긴 거려나.

"게다가 필요한 마력의 문제도 있을 거라고 봐."

"아, 그렇구나. 전이 마법진은, 굉장히, 많은 마력을, 사용하니까……."

리히토의 말에 로니가 이해했다는 듯한 얼굴로 말을 이었다.

"맞아. 나도 아까 전이로 마력이 거의 남아있지 않아. 그럭저럭 마력을 지니고 있는데도 말이야. 그걸 전 세계, 대륙을 넘어서 불러오는 거잖아. 소모하는 마력량이 어마어마할 거야. 솔직히 세 명이나 불러낸 게 대단하지."

"광산의 전이 마법진도, 여러 명의 드워프가, 마력을 주입해야 해. 목적지가 정해진, 간단한 마법진이어도, 그만큼, 사용하니까……."

"게다가 인간 중에 마력을 지닌 자는 별로 없어. 돈으로 후려쳐서 마석을 쏟아부었다고 해도 상당한 양이겠지. 뭐, 그래서 당분간은 강제 전이될 일도 없을 테니 그 점은 안심해도 될 거야."

그렇구나……. 하지만 듣고 보니 오르투스의 길드원도 전이

계 마법은 거의 사용하지 않았다는 걸 깨달았다. 날아서 이동하거나 마법이나 탈것, 특수능력 등으로 이동하는 게 대부분. 아빠는 아예 자동차고, 기르 씨는 날거나 그림자 속을 이동하고는 했다.

그렇다면 인간들이 그렇게까지 해가며 불러낸 우리를 쉽게 놓아줄까. 그런 의문이 머리를 스쳤다. 막대한 마력이나 재력을 사용해서 불러냈는데 곧바로 도망쳐 버렸으니까.

"하지만 그러니까 혈안이 되어서 우릴 찾겠지. 광산에 간다고 해도 우리 셋만으로는 바로 발견되어 잡힐 거야."

그래. 우리는 아무리 마력을 지녔다고 해도 아직 어린아이다. 성인, 심지어 국가에서 보내는 추격자로부터 무사히 도망칠 수 있을 것 같지 않다.

"나도 이젠…… 이 근방에선 살 수 없겠어. 금방 붙잡히겠지. 그러니 나도 우선 너희와 함께 광산에 가려고 하는데…… 괜찮을까? 뒷일은 또 생각해볼게."

"그야, 물론."

"든든해요!"

그래도 뿔뿔이 행동하는 것보다 뭉쳐서 힘을 합치는 게 당연히 낫다. 불안하니까. 리히토의 제안에 나도 로니도 바로 고개를 끄덕였다.

"그래서 말인데."

우리가 고개를 끄덕이자 리히토가 입꼬리를 씩 올렸다.

"의지할 수 있는 어른을 한 명 알고 있어. 길을 헤매던 나를 키워준 은인이니까 믿을 수 있지. 그 사람에게 가서 상담해 보려고 하는데, 어때?"

제안하는 것치고는 이미 결정된 사항인 것처럼 느껴지는 건 착각이 아닌 것 같은데……!

왜냐하면 나나 로니는 그 의지할 수 있는 어른을 모르니까. 즉 판단할 기준이 없다. 그러니 좋든 나쁘든 리히토에게 의지할 수밖에 없다. 선택지가 없다는 뜻이다! 실제로 리히토에게는 부모라고 할 수 있는 사람이니까 아마 괜찮을 거라고는 생각하고, 역시 어른의 존재는 크긴 하지만.

내 안에서는 그런 식으로 생각했지만, 구구절절 말하지 않고 리히토의 의견에 찬성했습니다. 로니도 딱히 신경 쓰는 기색을 보이지 않아 실랑이 없이 바로 결정. 목표가 정해지자 안도한 우리는 내 수납 팔찌에 들어있던 음식으로 간단하게 식사하고 휴식한 뒤 다시 출발하기로 했다. 간식으로 먹으라며 받았던 과자가 많이 남아있었기에 대활약했다. 아, 떠올렸더니 쓸쓸하다.

"저기…… 메구는 귀한 집 아가씨인 거야?"

"어?"

깜빡 눈물이 나오려는 걸 참고 있을 때, 리히토가 머뭇거리면서 물었다. 아가씨? 내가?

"그야 이런 과자를 쉽게 건네주고, 입은 옷도 고급이고, 수납 마도구에 머리색과 눈색을 바꾸는 특수한 마도구까지 갖고 있잖아. 그게 얼마나 값비싼 것인지 설마 모르는 거야……?"

"리히토, 모를 가능성도 있어. 메구는, 아직 어리잖아."

아, 그렇구나. 확실히 아무것도 모르는 사람이 보면 그런 식으로 보일지도 모른다. 우선 나는 아가씨가 아니라고 고개를 저었다.

"그게, 비싼 물건이라는 건 알지만 딱히 그런 느낌은 업따고 할까……."

"실감이 없는 건가……."

조심조심 대답하자 리히토도 로니도 심각한 얼굴로 팔짱을 꼈다. 어? 뭐지?

"위험한데."

"그러게……. 한눈에 봐도 귀하게 자랐는데 본인에게 자각이 없다니. 유괴해 달라고 말하는 거나 마찬가지야."

어? 그 정도야? 뭐, 확실히 금전 감각이 좀 맛이 간 느낌도 들고, 세상 물정을 모르기는 하지만……. 아, 위험한 거 맞구나.

"게다가 외모."

"너무 귀여워서 눈에 띈다는 것도 대단해. 지금도 이런데 머리카락과 눈 색을 바꾸지 않았다면 장난 아니었겠지……."

아무렇지도 않게 너무 귀엽다는 말을 하는 리히토 때문에 반사적으로 쑥스러워졌다. 에헤헤 웃자 둘 다 무심코 움직임을 멈추고 말았다. 으……. 네, 죄송합니다. 쑥스러워할 때가 아니었죠!

"……죽어도 지키자."

"나도, 노력할게."

아무래도 두 소년 사이에 통하는 게 있었던 모양이다. 리히토와 로니는 손을 맞잡으며 고개를 마주 끄덕였다. 남자애들은 이해하기 어렵네.

그 후 우리는 걸으면서 이런저런 이야기를 나눴다. 사용할 줄
아는 마법, 자신의 실력에 대한 것이 메인이었다. 그제야 나는
정령들에게 오르투스에게 연락해 달라고 부탁하는 방법이 있었
다는 걸 떠올렸다. 맞아, 나에게는 정령들이 있잖아! 내가 얼마
나 당황했었는지 알 수 있었다.

희망의 빛이 보였다고 생각한 것도 잠시, 로니가 한숨을 쉬며
해준 말이 나를 침울하게 만들었다.

"여기는 인간 대륙…… 광산이라면, 전이 마법진을 통해, 마
대륙에서, 마력이 흘러오니까, 괜찮지만…… 압도적으로, 마소
가, 적어."

마소가? 어, 그건 즉……!

"자연 마법을 쓰는 사람에겐, 치명적이야. 우선 정령이, 마음
껏, 움직일 수 없으니까."

"세상에……"

당황해서 머릿속으로 쇼에게 말을 걸었다. 있으면 나오라고.
하지만.

『주인, 님…… 미안해, 밖에는 잘 못 나가겠어…….』

돌아온 건 그런 약한 목소리. 지금은 목걸이, 이어 커프, 팔찌
에 박힌 마석 속으로 다들 피난 갔다고 한다. 거기라면 마력이
가득 차 있으니까.

『마법도 한 번에 한 개만 사용할 수 있어. 너무 복잡한 것도

못 해. 그게 한계야…….』

　마소가 적은 이 땅에서 마법을 사용하면 그것만으로도 상당한
마력을 소모해서 정령들도 녹초가 되어버린다고 했다. 최악의
경우 사라져버린다나. 안 돼, 그건 절대 안 돼! 그렇다고 내가
이 아이들에게 나눠줄 수 있는 마력도 무한하지 않은 데다가 언
제쯤 돌아갈 수 있을지 알 수 없으니 낭비도 못 한다. 확실히 마
법은 의지할 수 없을 것 같다. ……아니야, 어쩔 수 없지. 나는
모두에게 마석 속에서 푹 쉬라고 말했다. 마석이 각자의 색으로
희미하게 빛났으니 알겠다고 대답한 거겠지. 희미한 반응이라
걱정이 되었지만, 다들 절전 모드인 것뿐이라고 믿자. 마력 사
용에 관해선 이 아이들을 유지하기 위해 조금씩 보내주는 걸 최
우선으로 삼기로 했다.

　즉, 결국 나는 생긴 게 귀엽기만 할 뿐 아무것도 못 하는 짐짝
이라는 뜻이다. 심지어 인간 대륙이니까 어린아이는 특이하지도
않다. 어린아이라는 이유만으로 애지중지해주는 일도 없다는 뜻
이다. 빠르게도 좌절의 벽이……. 그런 생각을 하며 나는 다시
절망할 뻔했다.

　"하지만, 자연 마법을, 아예 못 쓰는 건, 아니야. 많이는, 못
쓰지만, 여차할 때를 위해, 절약하는 거야."

　로니의 말에 위로받는 나. 그래, 그렇지! 꼭 써야 할 때만 쓰
면 된다. 쓸 때는 정령들에게 부담을 줄지도 모르지만……. 내
몸속에 있는 마력에 영향이 있는 건 아니니까, 평소보다 마력을
많이 건네주면 되지! 비록 마력 회복에 시간이 좀 걸리는 모양

이지만. 마력 회복약도 조금은 있으니, 분명 어떻게든 될 거야! 힘내자!

"메구도, 마법은 최대한, 안 쓰도록, 하는 게 좋아."

"네! 알겠습니다!"

자연 마법사 선배의 조언이다. 나는 힘차게 대답했다.

"참고로 마법 말고 다른 방어 수단 있어? 음, 그래. 없겠지. 미안."

리히토의 질문에 바로 고개를 젓자, 미안하다는 듯 리히토가 콧등을 긁적였다. 하지 마. 괜히 더 못나게 느껴지니까……! 그쪽 분야에 대해서는 아직 공부 중이다. 아무리 노력해도 체술은 사용할 수 없을 것 같았기에 마도구에 의존하거나 사우라 씨에게서 간단한 함정 기술을 배우고 있기도 하거든. 이래 봬도!

하지만 실전에서 쓸 수 있을지는 미묘하다. 애초에 바로 보호자들이 구해주기 때문에 쓸 기회가 없었다. 지금은 상당히 곤란한 상황이긴 해도, 나 자신이 힘을 얻을 기회라고 할 수 있을지도 모른다. 이 두 사람에겐 굉장히 폐를 끼치겠지만. 훌쩍.

"무리할 필요도 시무룩해질 필요도 없어! 너는 아직 어리니까, 우리에게 맡겨! 로니도 의지해도 되지?"

"으, 응. 그리 든든하진, 않을지도, 모르지만……."

아아, 면목 없어라……! 하, 하지만 나라도 도움이 되는 건 있어! 그렇게 생각한 나는 소리쳤다.

"나 도구 마니 갖고 있어! 먹을 것도, 간이 텐트도 있고 간이 결계랑 호신용 마도구도 잔뜩!"

그렇게 말하며 수납 팔찌의 투명 디스플레이창을 띄워서 읽었다. 사용할 기회가 전혀 없었기 때문에 계속 쌓여서 전부 다 기억이 안 난단 말이지. 목록을 읽고 있었더니 리히토가 제지했다. 응? 왜?

"잠깐, 멈춰. 더 있는 거야……?"

"아직 반도 안 읽었는데……?"

"……알았어. 이제 알았으니까 그 목록 넣어둬."

이마에 손을 짚고 지쳤다는 듯 한숨을 쉬는 리히토. 왜 저러지. 고개를 갸웃거리면서도 창을 닫았다.

"네가 얼마나 비상식적인지 잘 알았어."

"너무해! 내가 머가 비상식적이라고!"

"그럼 물어보겠는데, 그거의 가치랑 지금 읽은 물건들 하나하나의 가치를 알아?"

그거라면 수납 팔찌를 말하는 거겠지. 그리고 마도구 하나하나의 가치……. 아, 응. 죄다 비싼 것들이었네요.

"……제가 비상식적이었습니다."

"알면 됐어……."

저는 오르투스에 있다 보면 일반상식이 사라진다는 걸 익혔습니다. 이럴 수가!

"그거, 남에겐 안 보여주는 게, 좋아. 장신구는, 착용만으로도, 눈에 띄어."

로니의 말에서 묵직함을 느꼈다. 목걸이나 팔찌 같은 걸 착용한 시점에서 좋은 집안의 딸이라는 인상을 주는 모양이다. *끄응*,

그렇다면 대책을 세워야지! 그렇게 생각한 나는 다시 창을 열고 화면을 노려보았다. 의아한 표정인 두 사람을 잠깐 무시하고 필요한 물건을 찾았다.

"이거다!"

필요한 물건, 목둘레를 가려주는 긴소매 옷을 발견한 나는 바로 그 옷을 손가락으로 터치! 수납 팔찌의 변신과도 같은 옷 갈아입기 기능을 통해 순식간에 갈아입기 완료! 짜자잔! 마을에서 밭일을 도울 때 만들어준 옷으로, 베이지색 셔츠에 회색 오버올 스커트라서 색상 측면에서도 눈에 띄지 않는다. 게다가 긴소매라서 팔찌를 가릴 수 있고, 옷 밑으로 목걸이를 숨기면 완벽! 이어 커프는 애초에 귀를 가리기 위해서도 머리카락으로 가리면 오케이!

이러면 어때? 하는 의미를 담아 두 사람을 보자 리히토는 다시 머리를 부여잡고 있었다. 어째서냐.

"자중하라고……."

"리히토, 메구는 아직, 어리니까……."

로니도 위로하는 방식이 이상하지 않아? 옷을 갈아입으려면 지금밖에 없잖아? 두 사람에겐 숨겨봤자 의미 없으니까! 나도 이제는 이해했고 다른 사람 앞에선 안 해! 진짜거든?! 그런 내 반론은 두 사람이 머리를 쓰다듬어서 끝나버렸다. 어째서냐!

2 향후의 방침

잠시 걸어가는 사이에 몸의 나른함에도 익숙해졌다. 계속 나빠지는 게 아니라 다행이다. 로니 왈, 인간 대륙의 공기에 몸이 적응한 게 아니냐고 한다. 그렇구나. 안심이야.

"좋아, 슬슬 지상으로 올라가자. 내가 먼저 나가서 확인할 테니까 잠시 기다려."

길은 아직 더 이어지고 있었지만, 벽에 밧줄 사다리가 달린 장소에 멈춘 리히토가 그렇게 말했다. 끼익끼익 소리를 내면서도 가벼운 몸놀림으로 휙휙 올라가는 리히토. 천장에 도착하자 출구를 막은 바위를 치우기 시작했다. 이쪽 출입구는 들어왔을 때와 다르게 마법을 쓰지 않는 모양이다. 분명 무거울 텐데, '웃차' 하는 기합만으로 바위를 움직였다. 제법인데! 리히토 소년!

"……응. 괜찮은 것 같아! 메구, 올라올 수 있어? 로니, 아래에서 받쳐줘!"

"알았어."

"자, 잘 부탁합니다. 로니."

조금 높이가 있어서 솔직히 무섭지만, 위에서는 리히토가 지켜보고 아래에서는 로니가 받쳐주면서 따라와 주니까 그런 말을 할 수도 없다. 으윽, 후우의 힘을 빌려서 슝 올라갈 수 있다면 좋을 텐데. 여태까지 내가 얼마나 게으르게 살았는지 알 수 있었다. 조금은 내 몸을 단련해야겠다고 마음속에 메모했다.

"좋아, 잡아당길게."

팔을 꽉 잡아당기고 안아 들면서 끌어올리는 리히토 소년. 역시 힘이 좋다. 14살짜리 남자는 튼튼하구나. 아직 어린아이라는 인상이 있었기에 의외다.

그렇게 로니까지 지상으로 나온 뒤 주위를 둘러보았다. 아까와 같은 숲속인가? 하지만 나무들이 아까보다 무성하게 우거진 것처럼 보였다. 아, 저기에 작은 오두막집이 있네. 응? 어라? 사람이 다가오고 있잖아?

"응? 아, 저 사람은 괜찮아! 아까 말한 믿을 수 있는 어른이니까!"

나와 로니가 다가오는 사람을 경계하는 걸 보며 리히토가 밝게 설명했다. ……그렇지만, 저 사람 왠지 화난 얼굴 아니야? 성큼성큼 이쪽으로 걸어오는데? 아, 달린다!

"리히토오오오오오!!"

"오, 라비! 다녀왔……."

"이 자식아아아!"

"크허어어억!"

어마어마한 기세로 달려온 장신의 여성은 가볍게 인사하려고 했던 리히토의 말을 완전히 무시하고 날아차기를 날렸다. 허리께에 꽂힌 그 발차기를 정통으로 맞은 리히토는 그대로 가볍게 날아가 땅바닥으로 침몰. 여성은 밝은 갈색의 포니테일을 흔들며 손뼉을 짝짝 쳤다. ……잠시 흐르는 침묵. ……무, 무서워!

"뭐…… 뭐 하는 거야!"

몇 초 후, 벌떡 고개를 든 리히토가 울상이 되어 외쳤다. 바로 일어나지는 못하는 건지 땅바닥에 앉은 채였다. 여기저기 찰과상이 보이고 흙투성이가 되었다. 저런…….

"뭐 하는 거긴! 갑자기 사라져서 지금까지 뭘 한 거야!"

"사정이 있었다고! 게다가 내 잘못이 아니야! 봐, 저기에 두 명이 있잖아? 쟤들도 휘말린 녀석들이야!"

그제야 비로소 여성은 우리를 인식한 모양이었다. 이쪽을 휙 돌아보기에 나도 모르게 움찔 떨었지만, 어쩔 수 없다고 본다.

"……그럼 먼저 그렇게 말해!"

"아야! 냅다 발차기부터 날린 건 라비잖아! 폭력 반대!"

라비라고 불린 여성이 가볍게 꿀밤을 먹이며 리히토를 혼냈다. 부, 불쌍해! 하지만 나는 놓치지 않았다. 라비 씨가 가볍게 한숨을 뱉으며 작은 목소리로 '걱정했단 말이야'라고 중얼거린 것을.

우선 라비 씨가 사는 오두막으로 향하게 된 우리. 왜냐하면 내 배가 분위기 파악을 못 하고 공복을 호소했거든! 으윽, 창피해! 아까 간단히 배를 채웠는데도! 하지만 덕분에 분위기가 누그러지고 쿡쿡 웃은 라비 씨가 집에 초대해주었다. 신세 지겠습니다……!

가는 도중 리히토가 여태까지 있었던 일을 설명했다. 그 이야기를 듣는 사이에 라비 씨의 표정이 점점 험악해졌다.

"흐응, 그렇구나. 리히토가 갑자기 사라진 이유는 알았어. 거기 두 사람도 갑자기 당한 거지?"

질문을 받은 나도 로니도 나란히 고개를 끄덕였다. 징조도 없이 정말 갑작스러웠다고! 마이유 씨도 놀랐었지. 하지만 누군가가 보고 있을 때라서 다행이다. 분명 다른 사람들에게 보고해주었을 테니까. 걱정하고 있겠지…….

"먼저 식사하자! 배가 고프면 아무것도 못 하니까. 자, 앉아!"

내가 길드원들을 떠올리며 침울해하는 걸 알아본 모양이다. 라비 씨가 밝은 목소리로 그렇게 말해주었다. 머리도 다정하게 쓰다듬어 주었으니 분명 나를 배려하는 거겠지. 첫인상은 그랬지만, 사실은 착한 사람이구나! 에헤헤.

식탁에 따뜻한 수프가 놓였다. 야채가 들어간 콩소메 수프에 빵, 그리고 뭔가 고기인가? 생긴 걸 보면 닭고기 같은데.

"변변치 못해서 미안해. 하지만 먹을 입이 늘어서 비장의 고기를 썼지!"

비장의 고기! 그런 걸 받아도 되는 걸까……. 그런 생각이 얼굴에 드러난 건지 라비 씨가 씩 웃으며 입을 열었다.

"지금이 그 비장의 타이밍이야. 밑처리는 해놨던 고기라 번거롭지도 않았어. 신경 쓰지 말고 많이 먹어."

"네, 감사합니다!"

아아, 역시 이 사람은 좋은 사람이다. 모처럼이니 감사히 잘 먹겠습니다!

수프는 지극히 평범한 야채 수프로, 잘 우러난 수프의 열이 전신에 서서히 퍼져나가 몸을 따뜻하게 데워주었다. 빵은 조금 딱딱했지만 수프에 적셔서 먹으니 부드럽게 맛이 퍼져서 맛있다.

그리고 고기는 식감으로 보아 역시 닭고기다. 하지만 내가 아는 닭고기와는 다르게 한 입 깨물자 육즙이 입 안에 가득 퍼진다. 향초를 사용해서 구운 걸까. 너무 맛있어!

"후후, 맛있게 먹는구나. 만든 보람이 있어! 전에 먹다 남은 걸 활용한 거라 미안하지만."

"메구는 평소엔 더 좋은 걸 먹었을 테니 서민의 식사는 입에 안 맞을지도 모른다고 걱정했는데, 괜찮은 것 같네!"

음, 확실히 평소엔 치오 언니의 요리나 마을 식당에서 맛있는 것을 먹는다는 자각은 있다. 하지만 이런 소박한 요리는 마을에도 있고, 가끔 오르투스에서도 먹었기 때문에 전혀 문제없다. 애초에 이 식사도 맛있는데!

"메구라고 하는구나? 메구는 귀족 아가씨 같은 거야? 무척 귀엽게 생겨서 그럴 만하다 싶긴 한데."

아차, 아직 자기소개를 안 했지! 신세를 지고 있는데 이 무슨 무례를……! 아, 하지만 라비 씨에게도 내 정체를 말해도 괜찮은 걸까? 고민하며 머뭇거리자 그걸 알아차린 건지 리히토가 웃는 얼굴로 말을 이어주었다.

"라비는 내 은인이고 믿을 수 있어! 그러니까 말해도 괜찮아."

"그렇게 믿어줘도 말이지……. 하지만, 그런 말을 하는 걸 보면 뭔가 사정이 있나 봐?"

턱을 괴고 그렇게 말한 라비 씨는 우리를 자상한 눈으로 바라보았다. 리히토를 힐끗 보자 굳건한 눈빛으로 고개를 끄덕였기에 나는 결심을 굳혔다. 이렇게 신세 지고 있는걸. 제대로 인사해야지!

"저는 메, 메구입니다. 마대륙에서 살았고요. 그리고, 엘프, 예요……."

그렇게 말하며 조금 전 두 사람에게 보여준 것처럼 목걸이를 벗어 본래의 머리카락 색과 눈동자 색을 보여줬다. 그러자 라비 씨는 눈이 휘둥그레져서 움직임을…… 멈추고 말았다. 여, 여보세요? 괜찮으세요?

"…………처음, 봤어……."

"뭐, 우리도 놀랐지만. 그렇게 말문이 막힐 정도야?"

간신히 목소리를 쥐어짠 라비 씨. 리히토는 어이없는 듯 당황한 듯한 오묘한 표정을 지었다.

"그 정도야! 모르겠어?! 어린이잖아? 심지어 엘프라니, 희소아인보다 훨씬 더 고가에 거래……."

리히토의 말에 무심코 일어나 언성을 높이던 라비 씨였지만, 무언가를 알아차리고는 갑자기 말을 끊었다.

"……미안. 단어 선택이 안 좋았어. 배려가 부족했네."

그리고는 면목 없다는 듯 작게 말했다. 나는 그런 게 실재한다는 건 아니까 신경 안 쓰이지만……. 그래도 실제로 다른 사람에게 들으면 현실성을 띤다고 해야 하나, 뭐라 말할 수 없는 기분이 들긴 했다.

"……아니요. 알고 있었으니까 괜찮아요."

"그래도. 마음 아프게 해서 미안해."

하지만 제대로 먼저 알아차리고 이런 어린아이를 상대로 확실

하게 사과하는 걸 보면 역시 이 사람은 좋은 사람이다. 사과를
받아들이지 않으면 분명 신경 쓸 테니까, 나는 생긋 웃으며 받
아들였다.

"……그나저나, 나라에서 그렇게 나왔다 이거지."

로니와도 간단히 자기소개를 마친 뒤, 라비 씨는 의자 등받이
에 기대며 그렇게 중얼거렸다.

"뭐 아는 거 있어?"

몸을 앞으로 내밀며 묻는 리히토의 말에 팔짱을 끼고 한숨을
쉬는 라비 씨. 그리고는 가볍게 고개를 끄덕인 뒤 말하기 시작
했다.

"이 나라와 마대륙의 마왕국이 광산을 통해 교역한다는 건
알지?"

마왕성에 갔을 때 간단히 들은 것 같다. 광물을 거래한다고 했
던가. 아마 마왕국과 이 나라는 광물을 중심으로 교역하고 있겠
지. 내가 고개를 끄덕인 것과 동시에 리히토와 로니도 끄덕였
다. 로니는 광산 출신이니까 당연히 아는 건가.

"기본적으로는 광물과 식품이거든? 그 뒤에선 인신매매가 이
뤄지고 있어. 뒷거래라고 하지만 양국에서 공인한 거래야. 그리
대놓고 말할 수 있는 장사가 아니니까 아는 사람은 적지만."

"공인이라고……? 사람을 사고팔다니. 그건 노예, 잖아……?"

리히토가 주먹을 쥐고 미간을 찡그렸다. 노예라는 신분이 존
재한다는 것에 혐오감을 느끼는 것처럼 보였다. 응, 뭐. 마음은
이해한다.

"물론 무작위로 마구 파는 건 아니야. 오히려 가끔. 팔리는 건 무거운 죄를 저지른 범죄자뿐이거든. 다시는 자국에 돌아오지 못하도록 대륙을 넘는 거야. 범죄자 전부를 보내는 것도 아니고, 검토에 검토를 거듭한 끝에 결정하기 때문에 드물게 있어. 대체로 범죄자는 대부분 국가가 인수해서 무보수 노동을 시킨다고 하니까."

리히토는 '범죄자라면 뭐' 하면서 어깨에서 조금 힘을 뺐다. 살아서 속죄하라는 뜻이니까. 하지만 그렇구나. 중죄인을 마대륙에 보낸다는 거지. 그걸 생각하면 왠지 무섭지만, 마대륙은 그 사람들보다 훨씬 무서운 사람이 득시글거리니까. 마대륙 측도 그럴지도 모르겠네. 으음, 하지만 썩 기분 좋은 이야기는 아니다. 그래도 눈을 돌릴 수 없는 문제지.

라비 씨는 테이블에 팔꿈치를 세우고 심각한 표정으로 다시 입을 열었다.

"그래서, 여기서부터가 본론. ……그 뒷거래의 **뒤**에서 나쁜 녀석들이 나쁜 짓을 하는 거야."

"나쁜 짓……?"

불안해져서 무릎 위를 꽉 움켜쥐었다. 라비 씨는 말을 이었다.

"그래. 젊고 능력이 뛰어난 인재를 납치해서 취향이 고약한 부자들에게 팔아치우는 조직이 있거든."

'히익' 하는 목소리를 흘리며 나도 모르게 떨었다. 어느 세계에도 나쁜 사람이란 존재하기 마련이다. 아마 그런 거겠지.

"그런 나쁜 짓을 하는 녀석이 나라의 중심인물이라면?"

이어지는 라비 씨의 말에 숨을 삼켰다. 리히토는 부루퉁한 표정을 무너트리지 않으니 알고 있었던 건지도 모른다.

"최근에는 마대륙에서 보내는 인재가 썩 시원치 않다고 들은 적이 있어. 있어서는 안 되는 일이지만, 인간 측은 납치하면 조달할 수 있으니까. 하지만 마대륙 측은 그럴 수 없지. 아무튼 마왕이 관리하고 있으니."

마왕이라는 말을 듣고 내심 가슴이 크게 뛰었다. 아빠와 함께 머리를 맞대고 고민하고 있었지. 아마 아버지는 범죄자라고 해도 인신매매는 없애고 싶을 거다. 그래서 조금씩 보내는 인재를 줄이고 있을 가능성이 있다. 반면 이 나라는……. 으음. 인간은 무섭구나……. 나도 원래는 인간이었지만.

"그래서, 이번에 너희가 왕성에 강제 전이된 건 그런 이유일 거라고 봐."

"……자력으로 능력이 뛰어난, 마력을 지닌 인재를 확보하려고 했다?"

"오, 똑똑하잖아. 리히토. 장하네."

"어, 언제까지고 어린애 취급하지 마!"

그, 그렇게까지 하는 거야? 욕망이란……. 마력을 많이 보유한 인재면 인간 대륙에서는 그렇지 않아도 귀중한 존재인데 자신의 욕심으로 팔아치우려 하다니.

"뒷면의 뒷면은 앞면이라고 하지. 아이러니하게도, 말 그대로 앞면의 인물이 뒤를 장악하고 있으니까 웃을 수도 없어."

그렇게 말하며 라비 씨는 한숨을 쉬었다. 인간이니까 추악하다는 건 아니겠지. 인간 중에도 좋은 사람은 많이 있는걸. 일부 나쁜 사람이 문제야! 그리고 권력자 중에 그런 사람이 있는 건 정말로 문제고! 아니, 권력자이기 때문에 욕망에 빠져버리는 걸지도 모른다. 그 열의를 다른 곳에 돌리지…….

"그나저나 대륙을 넘어 마대륙에서도 데려오다니. 제법 마력을 사용한 이동 마법진이겠지만, 그렇게까지 멀리 갔다는 건 놀라워. ……메구, 혹시 보통 사람보다 잠재 능력이 뛰어난 거 아니야? 다른 엘프보다 마력량이 많다거나. 그래서 끌려 들어간 건지도 몰라."

가슴이 크게 뛰었다. 마력량은 확실히 많은 편이다. 또래 아이와 비교하면 틀림없이 규격 외라는 말을 들은 적도 있고. 하지만 그것만이 원인일까? 하이 엘프이자 차기 마왕이라는 것도 영향이 있을지도 모르고……. 으음, 모르겠다. 우선 여기는 어린아이를 전면에 내세워 고개를 갸우뚱 기울여봤다. 필살기, '어린이라 아무것도 몰라요' 발동!

"아하하, 모르는구나. 그야 그렇겠지! 어휴 귀여워라."

훌륭히 성공! 어떻게든 얼버무린 모양이다. 거기까지 밝혀서 더 큰 혼란을 주는 것도 좋지 않으니까.

"라비, 씨."

"응? 라비면 돼. 왜? 로니."

계속 묵묵히 지켜보던 로니가 입을 열었다. 쭈뼛거리는 느낌인데, 그는 대체로 그런 식이다. 성격인가? 아니면 종족 특성? 커터 씨도 다른 사람과 대화하는 걸 어려워했지……. 그 사람과 비교하면 로니는 말이 많다고 해도 될 정도지만.

"그럼, 라비. 왜, 그렇게 잘 알아?"

"아, 그거?"

듣고 보니 라비 씨는 유독 뒷세계의 사정에 해박하다. 나라의 중심인물이 얽혀있다면 그건 은닉해두거나 하는 기밀 사항이지 않나? 아니면 이렇게까지 소문이 날 만큼 유명한 이야기거나. 하지만 그렇다면 그냥 두는 나라도 이상하단 말이지……. 이 나라 자체가 썩었다는 소리가 된다.

"나는 이래 봬도 오랫동안 모험가 일을 했거든. 귀족을 상대하는 일도 여러 번 했어. 의외로 신뢰받고 있지."

라비 씨는 가슴을 펴고 자랑스럽게 말했다. 자신의 직업에 자신감을 가진 모습은 순수하게 멋있습니다!

"그래서, 그쪽으로 이어지다 보니 뒷세계에도 살짝 인맥이 있지. 최근에는 그곳에서 정보를 수집하는 일도 많아. 내 몸은 내가 지켜야 하는데 정보는 무기가 되니까. 아, 협박해서 들었다거나 하는 건 아니야. 제대로 교섭해서 얻은 정보야."

그렇구나……. 그럼 조금 전 정보는 세간에는 널리 드러나 있지 않은 이야기인가 보다.

"모험가 길드에서도 극히 일부밖에 모르지 않을까? 루머도 돌고 있거든. 하지만 슬슬 대책을 세우려고 움직이려 한다는 이야기야. 나라가 얽혀있으니 상당히 어려울 테지만."

팔짱을 끼고 심각한 얼굴로 말하는 라비 씨는 이 문제에 대해 크게 생각하는 바가 있는 것 같았다. 정의감이 강한 사람이구나.

"아무튼, 그렇게 말해도 지금은 아직 멀었어. 구조대가 올 때까지 메구와 로니를 계속 여기에 둘 수는 없지. 여기도 언제 발견될지 모르니까."

거기까지 말한 뒤, 심각하던 얼굴을 씩 웃는 얼굴로 바꾸며 이쪽을 보는 라비 씨. 그 얼굴은 앞으로 어떻게 할지 이미 정했다는 걸까?

"다 먹으면 앞으로 어떻게 할지 이야기하자. 제안이 하나 있으니까 들어줘."

역시 무언가 아이디어가 있는 모양이다. 지금은 유일한 어른인 라비 씨를 의지할 수밖에 없다. 게다가 이 밝은 미소가 왠지든든해 보여서 안심했다. 그래, 믿어보자. 리히토의 은인이라고하는걸! 우리는 고개를 끄덕인 뒤 다시 고기를 먹기 시작했다. 으음, 맛있어!

"앞으로의 방침 말인데."

먹는 게 느린 나를 딱히 재촉하지도 않고 생글생글 웃으며 기다려준 세 사람. 그런 따뜻한 시선을 받은 나는 빨리 다 먹으려고 노력했다. 아니, 서두르지 않아도 된다고 하지만 좀 그렇잖아?

그렇게 간신히 다 먹은 나는 '기다리셨습니다……' 하고 작은 목소리로 밝혔습니다. 그러자 세 사람은 돌아가며 내 머리를 쓰다듬었다. 어째서?!

"우선 리히토의 제안대로 다 함께 광산에 가려고 해. 로니에게는 고향이고, 그곳에는 마대륙으로 연결된 전이 마법진도 있다고 하니까. 물론 나도 같이 갈 거야."

"응, 그건, 나도 찬성."

"하지만 전이 마법진을 사용할 수 있을지 없을지는 확실하지 않다는 말이지……."

그건 그렇지만……, 거기까지 데려다주는 것만으로도 충분하다. 거기서부터는 나도 자력으로 어떻게든 수단을 강구할 생각이다. 결국 부탁밖에 못 하지만, 승산이 없는 것도 아니니까. 음. 그래도.

"라비 씨도 따라와 주시는 거예요? 그, 괜찮은 건가요……?"

이 부분이다. 우리를 데리고 광산까지 여행한다면 어느 정도 위험이 따라붙지 않을까. 추적자가 올 가능성도 크고, 나 같은 어린아이를 데리고 가야 하니까. 왠지 너무 면목이 없다고! 내가 시무룩하게 그런 생각을 하고 있었더니 몸이 붕 떴다. 어?

"메구는 착한 아이구나……. 자기가 이런 일을 당했는데도 남 걱정을 하고."

가까운 거리에 라비 씨의 얼굴이 있다. 햇볕에 그을린 듯한 피부는 건강해 보이고, 살짝 난 주근깨가 매력적이다.

"나는 원래 떠돌이야. 전 세계를 여기저기 돌아다니는 모험가지. 리히토를 주운 뒤로는 여기를 거점으로 삼고 이 녀석을 키웠지만…… 슬슬 때가 됐다고 생각하던 참이었어. 리히토도 세상을 볼 좋은 기회잖아."

"……그래. 나는 이제 어린애가 아니야!"

"흥. 건방지긴."

"뭔데."

불평하는 리히토는 역시 아직 조금 어린애 같다. 리히토가 라비 씨에게 주워졌다는 복잡한 사정을 조금 알고 말았지만. 그래도 이 모습을 보면 그리 걱정할 필요 없는 것 같다. 이 두 사람은 어딜 봐도 사이좋아 보이니까!

"다만 내가 같이 가 주는 건 광산까지야. 거기서부터는…… 자신의 길을 걸어. 리히토는 그대로 여행을 계속하든 해서 자기가 있을 곳을 찾도록 해. 로니는 광산이 집이니까 문제없고. 메구, 너는 어리니까 몸의 안전을 확인할 수 있을 때까지는 돌봐 줄 테니 안심해."

"……라비는?"

말하기 껄끄러운 듯 리히토가 그렇게 중얼거렸다. 아무래도 라비 씨는 리히토의 독립을 바라는 모양이었지만.

"흐응, 섭섭해? 리히토 어린이?"

"무슨…… 그럴 리 없잖아! 착각하지 마."

얼굴이 새빨개진 리히토는 바로 뒤를 돌아버렸지만, 얼핏 보인 그 얼굴은 조금 쓸쓸해 보였다. 솔직하지 못하긴.

대강 계획이 정해지자 우리는 광산에 가기 위해 먼저 경로를 확인하기 시작했다. 리히토가 서랍에서 가져온 이 대륙의 지도를 다 함께 들여다 보았다. 으음, 역시 모르겠다. 마대륙의 지도와는 너무 다르다. 먼저 어마어마하게 넓다. 그리고 마대륙은 육지로 이어진 곳이 많지만, 인간 대륙은 바다를 끼고 떨어진 땅이 제법 된다. 그렇게 멀리 떨어지진 않은 것 같지만, 가장 가까운 곳이어도 배로 반나절은 걸린다고 한다. 어? 이 거리에? 이런 의문이 든 나는 완전히 오르투스 기준으로 생각하게 되었구나. 일반상식, 일반상식을 챙기자.

"우리가 있는 건 이 가장 큰 나라인 코르티가의 북동부에 있는…… 이 숲속이야."

아무래도 코르티가라는 건 국가 이름이었던 모양이다. 지도상에서 가장 커다란 육지니까, 인간 대륙은 이 나라가 메인인 걸까. 라비 씨가 가리킨 숲은 그 커다란 나라의 오른쪽 구석. 참고로 남쪽에는 바다만 적혀 있으니 분명 이 너머가 마대륙일 것이다. 확인해 보자 맞다는 대답이 돌아왔다.

"왕성은 이 숲에서 나가면 있으니까 그리 멀지 않아."

"왕성인데, 나라의 중앙에 없고……?"

"아, 맞다. 다른 나라는 왕이 한 명밖에 없었지? 이게 너무 당연해서 깜빡했어."

로니의 질문에 라비 씨는 손뼉을 치고 그런 말을 했다. 어? 왕이 한 명이 아닌 거야……?

"코르티가는 정말로 큰 나라거든. 먼 옛날에는 대륙 통일도 이룩했다는 역사가 있는데…… 자세한 건 모르지만, 그때부터 이 나라는 너무 커진 거야."

대륙 통일을 달성한 것까진 좋았으나 다스리는 게 너무 어려웠다고 한다. 각각 지역마다 관리자를 두긴 했지만 나쁜 생각을 하거나 욕심이 강한 사람이 많아서 여기저기에서 쿠데타가 일어났다나. 나라에서는 이대로는 안 된다고 생각했다.

따라서 이 거대한 나라를 넷으로 나눠 생각하기로 했다. 동서남북으로 나뉜 국왕들이 각자의 범위를 통치하고, 더 작은 지역마다 귀족들이 관리한다. 참고로 네 명의 왕 위에 군림하는 게 나라의 중앙에 거점을 둔 황제. 네 명의 왕과 황제가 나라의 방침을 정하고 각자 통치한다는 형태가 만들어졌다나. 어휴, 그건 그거대로 문제가 많아 보이는데.

이 지도로 보면 우리가 전이한 건 넷 중 동쪽 왕성이라는 셈이되는구나. 어? 그럼 억지로 사람을 납치해 인신매매를 저지르려는 왕성이 그 외에 셋이나 있다는 거야? 걱정이 되어 물어보자라비 씨는 그건 알 수 없다며 고개를 저었다.

"동쪽 왕성에서 독단으로 저질렀을 가능성도 있으니까…….
하지만 이 나라의 구조상 전이 마법진을 사용해 너희를 불렀다는 건 늦든 이르든 다른 왕성에도 전해질 거야. 왕성끼리는 비밀을 만들 수 없어. 어떤 구조인지는 몰라도 무언가 마도구를 쓰는 거겠지."

그래서 지금 단계에서는 판단할 수 없다는 건가. 윽, 만약 남은 세 왕이나 황제도 적이라면 도망치는 게 더욱 어려워질 것같아……! 뭔가 인간 대륙 쪽이 훨씬 그, 마왕 같지 않아?! 사천왕과 마왕이잖아!

"나라에서 그런 걸 허락할 리는 없다고 보지만. 그래도 어디서 누가 이어져 있을지 몰라. 그렇다면 아무도 믿으면 안 돼. 아무리 믿을 수 있을 법한 말을 해도."

그 말을 듣고 레오 할아버지에게 여러 번 들었던 말이 문득 떠올랐다. 레오 할아버지는 인간이라 인간 대륙에 대해 잘 알고 있었다. 나는 그 이야기가 재미있어서 레오 할아버지의 집에 갈 때마다 들었다.

『설령 아무리 친절한 사람이라고 해도 인간이란 속으로 무슨 생각을 하는지 알 수 없는 종족이란다. 마대륙 사람들과는 다르지…….』

그게 사실이라는 걸 새삼 느꼈다. 조심해야지!

"그래서 말인데. 광산은 코르티가의 남쪽 끝에…… 여기. 바다가 있는 장소야. 입구는 분명…….”

"산 서쪽에, 있어."

"아, 고마워. 로니."

서쪽이라……. 여기서부터 간다면 광산에 도착한 뒤 반대쪽까지 가야만 하는구나.

"최단 루트는 코르티가를 가로질러 가는 방법. 원래는 가장 안전한 길이야."

"원래는, 이란 말이지. 나라에 쫓길 가능성이 있는 우리에게는 위험할지도 모른다는 소리?"

"아들이 똑똑하게 자라서 내가 참 기뻐…….”

"언제 라비의 아들이 된 건데."

반발하는 리히토지만 라비 씨에게는 아들 같은 존재가 맞을 것 같은데. 어리지만. 리히토도 쑥스러워하는 것뿐이지? 아마.

"이야기를 되돌려서. 다른 길은 한 번 옆 나라로 넘어가는 루트야. 바다를 건너 옆 나라에 간 뒤 남하해서, 거기서부터는 배를 타고 바로 광산 서쪽에 있는 입구에 가는 거지."

그렇구나. 그러면 이 나라에는 거의 머무르지 않고 광산까지 갈 수 있다. 바다를 뺀다면.

하지만 라비 씨의 얼굴을 보니 그리 추천하지 않는 모양이다. 뭔가 문제가 있나?

"하지만 이 루트에도 문제가 있어. 크게 두 가지. 하나는 국경을 넘을 때 나라에 연락이 간다는 점. 애초에 메구와 로니는 이 지역에 온 기록조차 없으니까. 쉽게 통과시켜주지 않을 테고, 의심받을 게 틀림없어."

윽, 그렇구나. 로니는 원래 이 나라 소속이니까 그나마 낫지만 나는 따지자면 불법입국자였어! 으아아. 이 나이에 범죄자?!

"또 다른 이유는 배에 탈 수 있을지 알 수 없다는 점이야. 밀항은 더 어렵고 너무 위험해. 그래서 다른 루트로 잡자면 작은 마을을 더듬어가는 길이야. 시간도 걸리고 언제 추격자가 올지도 모르니까 위험한 건 마찬가지지만……."

"국내의, 그것도 작은 마을이라면 기록이 남지 않고 통과할 수 있지."

"맞아. 가장 현실적인 루트는 이거야. 작은 마을은 그야말로 많이 있으니까, 발자취를 쫓는 건 어려워지겠지. 큰 도시쯤 되면 기록이 남게 되지만……."

거기까지 말한 뒤 라비 씨는 악당 같은 미소를 지었다. 어? 뭐지?

"하아. 전이하면 되지?"

"바로 그거야! 조금 큰 도시 정도라면 전이 마법으로 슬쩍 들어가 버리면 그만이지! 나올 때도."

끄악! 그거 범죄지?! 어쩔 수 없다고는 하나 정말로 죄를 저지르게 되는구나……!

"즉, 이 루트로 결정?"

리히토가 한숨을 쉬며 말하자, 라비 씨는 고개를 끄덕였다.

"우회해야 하니 시간은 걸리지만, 확실하다고 봐. 다른 루트는 여차할 때의 위험이 크고 아이 셋을 데리고 이동해야 하니 아무래도 어려워."

라비 씨는 미안하다는 듯 눈썹을 팔자로 내렸다.

"나에게 더 힘이 있었다면 좋았을 텐데……. 미안하지만 이래도 될까? 둘 다."

"무, 물로니에요! 오히려 고마울 정도예요!"

"응, 나도……."

이렇게까지 잘해주고, 생각해주고, 우리를 위해 머리를 굴리며 고민해주는데 불평 같은 건 절대 말 못 하지!

"후후, 고마워. 아이를 돕는 건 어른의 의무야. 무슨 일 있으면 사양하지 말고 말해줘."

그렇게 말한 뒤 웃으면서 나와 로니의 머리를 쓰다듬은 라비 씨는 정말로 멋진 어른이었다. 으, 눈물 날 것 같아!

"좋아, 그렇게 정했으니 바로 준비하자. 출발은 밤에 할 거야. 나는 짐을 꾸릴 테니까 아이들은 지금 미리 자 둬."

"나, 나도 도울게!"

라비 씨의 말에 리히토가 그렇게 자청했다. 그렇다면 나도 도와야겠다고 생각했는데, 라비 씨는 고개를 저었다.

"나는 직업상 철야에 익숙해. 하지만 너희는 아니잖아. 지금 푹 자지 않아서 밤에 이동할 때 뻗는 게 더 곤란해."

'그러니 나를 위해서라도 지금 당장 자도록'이라고 말한 라비 씨는 방 안쪽으로 가 버렸다. 어, 어쩜 저렇게 좋은 사람이지……!

"……분하지만 사실이야. 더 힘을 키워야지."

리히토의 말에 나도 로니도 고개를 여러 번 끄덕였다. 그러기 위해서도 시키는 대로 지금은 자야지! 바로 수납 팔찌에서 침낭 세 개를 꺼냈다. 여러 사람에게서 받았으니 두 개 정도는 더 있지! 갑자기 꺼내서 눈이 휘둥그레진 두 사람을 향해 수줍게 웃었다.

"하아, 정말. 뭐 됐어. 나는 방에 침대가 있지만 모처럼 꺼냈으니 여기서 같이 자자. 고맙게 빌릴게, 메구."

"네! 쓰세요!"

이렇게 우리 세 사람은 옹기종기 모여 침낭에 들어갔다. 불안으로 가슴이 꽉 차서 잠이 올지 걱정이었지만…… 두 사람이 나를 가운데에 끼워준 덕분에 안심한 건지, 어느새 순식간에 눈꺼풀이 무거워졌다. 나도 참, 긴장감 어디 갔냐?

3 심정

【사우라디테】

갑작스러운 마력의 흐름. 그 막대한 마력량에 길드 안에 있던 전원이 긴장했다. 여태까지 느껴본 적이 없는 마력이야……!

"지하다……!"

기르가 흠칫 놀란 표정으로 중얼거렸다. 뭐라고……?! 지하에는 지금 메구가 있는데!

"크, 큰일이야! 다들 들어줘!"

바로 지하로 내려가려 한 건지 기르가 그림자에 들어가려던 때, 지하에서 계단을 부리나케 올라온 마이유를 향해 그 자리에 있던 전원이 시선을 집중했다.

"레이디 메구가 사라졌어!!"

그 비명 같은 외침에 길드 안은 단숨에 조용해졌다. 그 말의 의미를 이해하기까지 몇 초 걸렸다. 아니, 정신 차려야지. 사우라디테. 내가 이러면 어떡해. 당장 접수대에서 뛰쳐나와 마이유에게 설명을 요구했다.

"어떻게 된 거야?! 설명해줘, 마이유!"

그 자리에 있던 전원이 마이유의 설명을 들을 자세가 되었다.

"내가 선물한 패션 마도구로 색을 바꾼 레이디가 나에게 고맙다고 인사하러 와 주었거든. 잠시 대화를 나눴는데, 갑자기 레이디의 발밑에 처음 보는 마법진이 나타나더니……! 손을 뻗었지만 튕겨 나갔어. 그리고는 빛이 사라지면서 레이디의 모습이 홀연히 사라졌지!"

자신이 부족했다며 마이유는 원통한 듯 주먹을 움켜쥐었다. 굉장히 드문 모습이다. 그 정도로 아무것도 못 했다는 게 속상한 거겠지. 나는 그런 마이유의 어깨에 살며시 손을 올렸다.

"마법진 발동 중에 타인의 개입을 허락하지 않는 술식이었던 거야. 마이유, 너는 나쁘지 않아."

실제로 그런 마법진은 많다. 사고를 방지하기 위해 발동 중엔 어떤 외부 개입도 허락하지 않거나, 특정 인물만은 개입을 허락하거나. 술식을 바꾸면 얼마든지 응용할 수 있다. 조금 구조가 복잡해지긴 하지만. 그러니 우선 그건 제쳐놓고, 지금 당장 해야 하는 일을 해야지!

"지금은 반성하는 것보다 가르쳐 줘. **네가** 본 적 없는 마법진이었지? 그 마법진, 아직 기억해?"

"물론이야! 나는 한 번 본 디자인은 절대 잊지 않아! 세부까지!"

그건 마이유의 특기. 아름다운 것을 갈고닦는 노력에 목숨을 거는 마이유는 디자인에 관한 부분은 일류다. 어떤 디자인도 한 번 보면 절대 잊지 않는다. 그게 마법진에도 해당된다는 걸 알았을 때는 놀랐지. 마법진을 디자인과 동급으로 보고 있다는 게 참…… 그렇지만. 이번에는 그게 도움이 된다. 옆에 있던 사람이 마이유라 정말 다행이야……!

"그럼 당장 그걸 그려서 가져와! 기르! 그걸 받으면 라슈와 함께 해석해!"

"……그래."

기르가 대답하자 그 자리에 있던 전원이 긴장했다. 이유는 간단하다. 기르의 전신에서 짙은 마력이 흐르고 있기 때문이다. 본인도 그걸 눈치챘지만, 막을 마음도 없다는 건 한눈에 봐도 알 수 있었다.

"……기르."

그래서 나는 눈을 가늘게 뜨고 기르를 봤다. 감정이 흐트러지다니 별일이네. 메구에게 큰일이 일어났으니 분노나 초조함을 억누를 수 없는 것도 충분히 이해한다. 분명 당장에라도 메구를 납치한 자를 찾아서 갈기갈기 찢어버리고 싶다고 생각하는 게 아닐까. 그 마음은 알지. 나도 마찬가지니까. 그 흉악한 살기에 휩쓸렸기 때문만이 아니라, 여기에 있는 모두가 같은 마음이라고……!

"기르. 기르난디오!"

하지만 지금 그래서는 곤란하다. 계속 침착함을 되찾지 못하는 그를 보고 나는 소리 높여 이름을 불렀다.

"기르난디오, 당신을 조사에서 제외합니다."

"무슨……."

"총괄의 명령이야. 머리 식혀!"

"……!"

사람을 죽일 듯이 날카로운 기르의 시선을 정면에서 받아내며 마주 바라보았다. 이윽고 기르는 아무 말 없이 발걸음을 돌려 그림자 속으로 모습을 감췄다. 그 순간, 길드 안에 퍼져있던 기르의 살기가 훅 흩어졌다. ……휴우, 좀 피곤하네.

"사우라……."

마침 의무실에서 여기에 도착한 루드가 난감하다는 듯 눈썹 꼬리를 내리며 나에게 말을 걸었다. 루드라면 실 능력으로 무슨 일이 일어났는지 파악했겠지. 그리고 내 의도도 아는 모양이다. 그것만으로도 어깨의 짐이 조금 가벼워진다.

"사우라 씨! 어째서…… 어째서 기르 씨를 빼는 거야!"

하지만 이해하지 못하는 사람도 있다. 오히려 그런 사람이 더 많을 테지. 레키가 당장에라도 달려들 듯한 기세로 짖어댔다. 좋아. 레키니까 조금 힌트를 주도록 할까.

"레키. 이건 명령이야. 기르도 그걸 이해했을 거고. 새삼 네가 뭐라고 해봤자 바뀌지 않아."

"하, 하지만! 기르 씨의 힘이 있다면 그 녀석도 금방 찾을 수 있을……."

"그건 아니야."

나는 레키의 말을 가로막으며 단호하게 부정했다.

"지금은 아직 수수께끼의 마법진인 이상 그 부분을 연구하는 게 급선무야. 그건 확실히 기르의 특기 분야지. 하지만 분석만 하는 거라면 라슈 혼자서도 충분해. 오히려 지금 기르라면 방해 만 돼. 기르는 확실히 우수하지. 하지만 만능은 아니야."

"하, 하지만…… 누구보다 걱정하는 건 기르 씨잖아!"

그래, 무척 걱정하고 있겠지. 하지만 누구보다 걱정한다는 건 틀렸다. 메구를 걱정하는 것에 순서를 가르는 것 자체가 이상하다는 걸 눈치채지 못하는 걸까.

나는 최선의 수단을 고른다. 그리고 최선은 늘 바뀐다. 지금은 지금 할 수 있는 최선의 선택을 했다. 그런 말을 삼키며 나는 조용히 말을 이어갔다.

"……알겠니? 착각하지 마. 너는 아직 신입이야. 이제 막 성인이 되어 미숙한 풋내기라고. 지금은 상사인 내 말만 잘 듣고 실행하면 돼."

레키는 억울한 듯 이를 악물었다. 괜찮아, 그래도. 너는 아직 이 무대에 서지 않았지만, 지금은 그걸로 충분하다.

"그리고 기억해둬. 그 기분을."

이어지는 내 말에 레키는 천천히 고개를 들었다.

"틀렸다고 생각한다면 네가 힘을 가졌을 때 그걸 고쳐. 그러니까 지금은 이해할 수 없다고, 틀렸다고 생각해도 지시를 따르도록. 경험이 부족한 풋내기가 멋대로 행동하지 마. 지시를 따르면 그 결과 성공해도 실패해도 그건 전부 내 책임이니까. 안심해도 돼. 너에겐 피해 가는 일 없어. 알았다면 통상업무로 돌아가. 다른 사람도! 길드가 멈춰버리면 용서하지 않을 거야!"

내 말에 길드 안에 있던 길드원은 천천히 움직이기 시작했다. 아직 이른 아침이기도 하기에 외부에서 온 사람이 없었던 게 그나마 다행이었지.

레키는 대답하지 않고 움켜쥔 주먹을 가늘게 떨었다. 실컷 속상해하렴, 레키.

"……그렇게 힘을 키운 뒤에는. 그때는 당당히 나를 도와줘."

그 말만 남기고 나는 바로 그 자리를 떠났다. ······역시 나는 무른 걸까. 채찍만 주지는 못하겠는걸. 레키의 반응을 끝까지 보지는 못했지만, 이로써 무언가를 느꼈을 거라고 믿자.

자, 정신 차리고! 지금은 당장에라도 마법진을 해석해서 메구가 어디 있는지 파악해야 한다.

"사우라."

뺨을 짝짝 두드리며 기합을 넣고 있을 때, 등 뒤에서 조용히 낮은 목소리가 날아왔다. 올 줄 알았기 때문에 놀라지 않고 대답했다.

"그래, 알아. 기르의 상태가 돌아오면 연락할게. 그러니 두목은 바로 출발해."

"말이 잘 통해서 다행이라니까. 역시 총괄이야."

"무슨 말을 하는 거야. 애초에 두목이니까 내 허락 같은 건 필요 없잖아?"

자연스럽게 옆을 걷기 시작한 두목을 향해 최대한 가벼운 태도로 말했다. 그야 걱정되겠지. 이제 다시는 헤어지기 싫었을 테니까. 용케 이렇게까지 냉정할 수 있다니 존경스럽다. 기르조차 저런 상태가 되었는데.

"너야말로 무슨 소리야. 너는 우리 길드의 총괄이잖아? 나도 관리해줘."

"······의외로 어리광쟁이네?"

"그러게. 너는 내가 어리광을 부릴 수 있는 몇 없는 존재야. 귀중하지."

두목이 피식 웃음을 흘리며 그런 말을 하는 바람에 나는 동요하지 않으려고 무지 애썼다. 진짜 이 사람은…… 남을 기쁘게 하는 말을 천재적으로 잘한다니까!

"그럼 원하시는 대로, 두목님에게 명령하겠습니다. 무모한 짓은 하지 마. 무언가 행동하기 전에 반드시 나에게 확인해줘. 반드시."

"알았어, 총괄. ……노력할게."

그렇게 말하며 당당히 떠나간 두목의 등을 바라보며 한숨을 쉬었다. 백이면 백 내 의견을 듣기 전에 저지르겠구나. 노력이 성공한 기억이 없다고! 하지만, 농담을 할 여유는 있는 것 같으니 안심이다. 아니, 억지로 여유를 만들어 내는 거지. 이런 상황에서 침착하라는 게 무리니까.

대체 누가, 무슨 목적으로 메구를 납치한 걸까. 사고라는 가능성도 생각할 수 있지만…… 오르투스 주변, 경우에 따라서는 마대륙 전역에 행방불명자가 없는지 확인해야겠다. 그러려면 마왕에게도 협력을 구해야지……. 윽, 그 마왕이 이걸 알리는 게 제일 위험한 거 아니야? 아니, 그건 두목이 해주겠지. 맡기자.

기다려줘, 메구. 반드시 찾아낼 테니까. 그러니까 부디 무사해야 해……!

【메구】

흔들흔들, 가볍게 몸을 흔드는 감각에 눈을 떴다. 5분만……

하고 중얼거리다가 벌떡 일어났다. 맞아, 이제부터 여행 가야지.

"잘 잤어?"

"네, 잘 자써요."

발음이 짧아진 건 눈감아 주시라. 다들 쿡쿡 웃었지만!

흐릿한 눈을 쓱쓱 비빈 뒤 일어나 앉았다. 몸을 쭉 펴서 기지개. 음, 깼다! 그대로 자리에서 일어난 뒤 침낭을 접어 수납했다. 리히토와 로니의 침낭은 이미 개어 있었으니까 내가 일어나는 게 제일 느렸던 모양이다.

"메구는, 아직 어려. 그래서, 직전까지 재웠어."

늦게 일어나서 미안하다고 사과하자, 로니가 그런 말을 해 주었다. 치, 친절해라!

"너는 꼬맹이 주제에 너무 신경 쓴다고! 그러니까, 주변 사람에게 더 의지하도록 해!"

그 말에 이어 리히토가 웃으면서 그렇게 말해주는 걸 보고 기시감을 느꼈다. ……아, 그래.

『……! 그러니까, ……!』

전이하기 전 거울 앞에서 봤던 검은 머리카락의 소년. 그때 본 미래는 이거였구나. 그 소년은 리히토였던 건가. 그렇다면 그 미래는 이 새로운 만남을 가리키는 거였구나. 그렇게 생각하자 조금 침착해졌다. 이건 정해져 있던 미래였다는 걸 알았으니까. 가능하면 피하고 싶었지만!

아무튼, 의미가 있는 예지몽이었구나. 최근에 보는 예지몽은 평화로운 게 많아서 방심했다. 앞으로 또 미래를 보는 일이 있을지도 모르니 신경 써서 기억해야지. 마음속으로 주먹을 쥐며 혼자 결의를 다졌다.

"준비는 됐어? 뭐, 마땅히 소지품도 없지만."

쓴웃음을 짓는 라비 씨는 어딘가 어이없다는 듯한 얼굴이었다. 이것도 짐의 반 이상을 내가 받아갔기 때문이다. 수납 팔찌에 대해 알리고 짐을 가져가겠다고 하자 턱이 빠질 듯 입을 크게 벌리고 놀라더라……

사실은 전부 보관할 수도 있지만, 그렇게 되면 만약 흩어졌을 때 난감해지고 아예 빈손이면 부자연스러우니까 최소한 필요한 정도의 짐은 각자 들기로 했다. 대비는 중요하지!

"이야, 정말 다행이야. 이렇게 짐이 적고, 손도 가벼우면 예정보다 빠르게 갈 수 있을지도 모르거든."

웃는 라비 씨를 향해 반사적으로 방긋 마주 웃었다. 설령 짐 담당이라고 해도 도움이 되었다면 잘 된 거잖아! 애초에 나 자체가 살짝 짐이니까. ……내가 말해놓고 슬퍼졌다. 자학은 그만 둬야지.

"자, 가자. 이 오두막과도 작별이야."

"……그렇게 생각하니 이런 좁은 오두막도 아쉬워지네."

라비 씨와 리히토는 눈을 가늘게 뜨고 오두막 전체를 한 번 훑어본 뒤, 바로 앞을 향했다. 둘 다 이미 미련은 없는 모양이었다. 태세 전환 속도가 대단하구나. 나도 기합 넣어야지!

이렇게 우리는 오두막을 나와 선두에 라비 씨, 이어서 나와 로니, 맨 끝에 리히토라는 대형으로 어두운 산길을 걷기 시작했다.

무, 무섭지 않거든!

"히익."

이걸로 몇 번째 비명일까. 음량은 착실히 줄여놨지만, 자꾸 목소리가 튀어나온다. 왜냐고? 바람이 불어서 나뭇잎이 바스락거리는 소리나 야행성 동물들이 움직여서 부스럭거리는 소리에 꼬박꼬박 겁을 먹었기 때문입니다!

"……큭큭."

"으으, 제송해요……."

결국 나와 손을 잡고 걷던 로니가 웃음소리를 흘렸다. 부끄러워서 터질 것 같아요!

"긴장감이 부족한 도주극이네. 후후, 그 정도가 딱 좋지만."

"아니, 메구는 내내 겁먹고 있으니까…… 즐기는 건 우리뿐이잖아."

라비 씨가 작은 목소리면서도 밝은 어조로 웃고, 리히토가 뒤에서 나를 두둔했다. 아니, 그거 두둔이 아니거든? 즉 리히토도 즐긴다는 소리잖아!

"그치만 어두운 곳을 걸을 일이 업썼는걸…… 히익."

살짝 울먹이면서 반론하는 와중에도 새가 날아가는 날갯짓 소리에 어깨를 움찔했다. 이건 어린아이가 아니어도 보통 무서워한단 말이야! 밤의 숲은 원래 이렇게 어두운 거냐는 의문이 들 정도로 아무것도 안 보인다고. 일단은 도주 중이라 광원은 최소한으로 줄였기 때문이다. 용케 다들 그렇게 망설임 없이 걸을 수 있구나. 나? 로니가 손을 잡아주지 않았다면 주저앉았을 거야!

"뭐, 그도 그런가. 우리는 밤의 숲을 많이 걸어 봤으니까. 밤에만 사냥할 수 있는 것도 있으니."

"나는 원래, 광산에 살아서, 어두운 곳에, 익숙해. 드워프는 종족 특성상, 밤눈도 밝고."

뭐냐고. 결국 아무것도 안 보이는 건 나쁜이잖아! 으으. 자꾸 비틀거려서 발목을 잡기만 하잖아. 눈물 난다.

"……메구, 등에 업혀. 이대로는, 다칠 거야."

"어, 하지만……."

결국 로니가 멈춰서더니 내 앞에 등을 보이며 쭈그려 앉았다. 그건 아무리 그래도 부탁할 수 없다고! 아무리 어린아이라서 체중이 가볍다지만 업고 산길을 걷는 건 힘들 거 아냐! 그런 생각에 머뭇거리자 로니에게서 든든한 말이 돌아왔다.

"드워프는, 늘 광석을 많이, 날라. 나도 늘, 많이 짊어지고, 종일 걷곤 했어. 메구는, 비교해 보지 않아도, 광석보다, 훨씬 가벼울 거야."

그러니 걱정하지 않아도 된다는 로니. 하지만 아무리 드워프라도 로니는 아직 미성년자라서 몸이 덜 자랐다. 아담한 건 종족 특성이라지만 커터 씨처럼 탄탄한 체격도 아니니까 역시 걱정된다.

"받아들여, 메구. 오빠가 이렇게 말하는데. 민망하게 만들지 말고!"

계속 망설이는 나를 리히토가 뒤에서 덥석 들어 올리더니 로니의 등에 태웠다. 잠깐?!

"아하하. 리히토가 오빠 운운하는 날이 오게 될 줄이야."

"뭔데! 뭐 불만 있어?"

"아니이? 많이 컸다 싶어서."

내가 등에 업힌 걸 확인한 로니는 그대로 벌떡 일어났다. 그리고는 아무렇지도 않게 걷기 시작했다. 저, 정말로 괜찮나 보네. 사람은 겉만 보고는 모르는 법이구나. 게다가 생각보다 훨씬 몸이 탄탄하다. 확실히 남자의 자존심을 뭉개버릴 만한 짓은 하면 안 되는 거였구나. 누나가 반성할게!

"고마워, 로니. 힘 세구나."

"이 정도는, 아무것도 아니야. 메구는 더, 찌는 게 좋겠어."

여기선 사과보단 고맙다고 해야 한다는 생각에 제대로 인사하자, 로니는 부끄러운 듯 그런 말을 했다.

그렇구나, 그렇겠지. 오르투스의 길드원들에게 내가 다른 사람을 의지하면 그 사람이 기뻐한다는 말을 들었다. 알고는 있지만, 전직 일본인의 근성 때문에 사양하는 자세가 먼저 나간다. 하지만 너무 사양하면 오히려 실례가 된다는 걸 명심해야 한다고 새삼 느꼈다. ……일본인이라. 뒤에서 걷는 리히토를 힐끗 쳐다봤다. 역시 이목구비가 일본인으로 보인다. 하다못해 어디 출신인지 물어보고 싶다고 생각하며 로니의 등에서 전해지는 진동을 느꼈다.

말없이 계속 걸어가기를…… 몇 시간이려나? 현재 저는 강적과 힘겹게 싸우고 있습니다. 강적이란 바로 졸음! 으아앙! 출발

전에 푹 자게 해줬는데 왜 또 졸린 거야! 하지만 로니의 등이 폭신폭신해서 너무 기분 좋다고! 안정감 발군! 숨 한번 헐떡이지 않고, 오히려 아무것도 업지 않았다는 듯 저벅저벅 걷는 이 안심감! 나는 빈손으로 걸었어도 지금쯤 뻗었을 자신이 있는데!

"……자도, 돼."

"흐어?! 어떻게 알았어?"

혼자 아무 말 없이 머릿속으로 갈등하고 있었는데 로니가 불쑥 그런 말을 하는 바람에 무심코 소리쳤다. 제 발등을 제가 찍었다는 말이 바로 이런 상황이구나……. 그나저나 진짜로 어떻게? 독심술사?

"그렇게 꾸벅꾸벅 고개를 흔들면 알지. 메구, 너 눈치 못 챘어? 계속 로니에게 박치기했는데."

"힉, 제송해요!"

몰랐어! 대참사다! 너무 민망해서 눈물이 난다. 훌쩍.

"쉴 수 있을 때 쉬는 건 중요해. 메구는 늘 방긋방긋 웃는 게 우리도 마음이 가벼워져. 푹 자. 그러면 로니도 뒤통수가 안 아플 테니까. 큭큭."

"아프지는, 않지만……."

앞에서 걷는 라비 씨가 살짝 뒤를 돌며 놀리듯이 말했다. 그야 어린아이에게 많은 걸 바라지 않는다는 것쯤은 알지만. 오르투스의 일원으로서는 억울함이 더 크다! 하지만 여행은 이제막 시작이다. 여기서 무리해봤자 의미는 없다. 알지만, 알고는 있지만……!

"그런 표정 하지 마. 조금씩 할 수 있는 일을 늘리자고."

"조금씩…… 네! 알겠습니다!"

머리를 부드럽게 쓰다듬어주는 리히토의 말을 곱씹었다. 응, 지금까지도 조금씩 앞으로 걸어갔잖아. 내가 할 수 있는 일부터 차근차근! 좋아, 화이팅! 그런 고로 지금은 시키는 대로 얌전히 자겠습니다! 로니, 미안해……. 안녕히 주무세요. 쿨.

문득 눈을 뜨자 로니의 등에 업혀있던 나는 어느새 라비 씨의 허벅지 위에 있다는 걸 알아차렸다. 어라?

"오, 깼어?"

머리 위에서 라비 씨의 목소리가 들리길래 올려다보자, 자상하게 미소 짓는 라비 씨와 눈이 마주쳤다.

"슬슬 깨울까 하던 참이야. 곧 아침이거든. 그럼 마을에 들어가자."

하늘을 보자 날이 밝아오고 있었다. 라비 씨는 커다란 나무에 등을 기대며 앉아있는 모양이다. 굵은 뿌리가 땅 위로 나와 있는데 거기에 팔꿈치를 올렸다. 좌우에는 리히토와 로니도 몸을 둥글게 말고 자고 있었다.

"어, 어라? 라비 씨, 안 잤어……?"

혹시 계속 불침번을 서고 있었던 걸까. 그렇다면 오두막에 있을 때부터 안 잤다는 거잖아? 분명 굉장히 피곤할 텐데……!

"그건 아니야. 여기에 도착하고 먼저 쪽잠 잤어. 그렇게 안 하면 이 두 명이 자기들도 계속 안 잘 거라고 고집을 부려서."

그렇게 말하며 라비 씨는 난처하다는 듯 웃었다. 그렇구나, 이 두 사람이……. 헉! 그, 그건 즉.

"으으, 나만 마니 잤다……."

"그럴 줄 알았지. 그러니까 교환 조건 어때?"

교환 조건? 의아해서 고개를 갸웃거렸다. 그러자 라비 씨는 미안하다는 듯 입을 열었다.

"그래. 메구에게만 부탁할 수 있어. 그게 말이지……."

나만 할 수 있는 일……! 그 말이 왠지 기뻐서 나는 들뜬 마음으로 라비 씨의 조건을 들었다. 응, 응. 기꺼이!

그런고로.

"아침 먹읍씨다! 리히토, 로니, 일어나!"

라비 씨가 제안한 교환 조건이란 아침밥 준비였습니다! 두 사람에게서 내 수납 팔찌에 먹을 것이 많이 들어있다는 걸 들은 건지, 일어났을 때 내가 분명 신경 쓸 테니까 만약 시무룩해하면 식사 제공을 맡기자고 셋이서 합의를 봤다나. 만난 지 얼마 되지도 않았는데 나에 대해 잘 알고 있구나. 내가 그렇게 파악하기 쉬운가?

"으응, 맛있는 냄새……."

"배, 고파……."

내 목소리와 음식 냄새에 두 사람은 바로 벌떡 일어났다. 내가 한 것이라고는 물을 끓여서 고형 수프를 녹인 정도지만. 그래도 기쁘다.

불을 피워준 건 라비 씨다. 아, 빵은 전에 치오 언니와 함께 반죽한 거니까 조금은 만들었다고 해도 될지도!

"그나저나 대단하네, 이 고형 수프. 뜨거운 물에 녹이기만 해도 이렇게 건더기가 많은 건 처음 봤어."

냄비 속 수프를 저으며 라비 씨가 감탄했다. 응, 나도 처음에 봤을 때는 깜짝 놀랐지! 소위 인스턴트 수프인데, 뜨거운 물에 녹이면 어머나 세상에. 갓 만든 수프처럼 건더기도 커집니다. 마치 마법! 아니, 마법으로 만든 게 맞긴 한데.

이건 라슈 씨가 아니라 미콜 씨가 고안했다. 밤에 활동하는 미콜 씨는 먹고 싶은 시간대엔 가게가 문을 열지 않을 때가 많아서, 언제든 맛있는 요리를 간단하게 먹고 싶다고 외치고 다녔다나. 그렇게 탄생한 게 이 고형 수프다. 당연히 원정으로 나가는 사람들에게도 최적이었기에 지금은 오르투스 인근 마을에선 없어선 안 되는 히트 상품이 되었다고 한다. 뭐, 아이디어는 아빠가 냈다고 하지만, 그걸 만들어내는 미콜 씨도 참 대단하다. 음식은 사람을 움직이는구나!

"이 수프는 예전 요리장님에게 이어받은 지금 요리장님의 수프야. 그래서 아주 맛있어요."

그렇다. 레오 할아버지와 같은 맛을 낼 수 없다고 끙끙 고민하다가 만들어낸 치오 언니만의 수프다. 같은 맛을 만들진 못했지만 만족스러운 완성도라면서 웃었던 치오 언니. 사실 나는 맛의 차이를 알 수 없었지만! 맛있으면 그만이다!

"요리장? 역시 메구는 아가씨야?"

내 말을 듣고 라비 씨가 수프를 그릇에 따르며 물었다. 따끈따끈한 김이 올라오는 그릇이 테이블 위에 놓였다. 아, 그렇구나. 이것만 들으면 확실히 아가씨 같네.

"아니야! 저는 길드에 살거든요. 그래서 길드의 주방장님!"

"어? 길드? 길드에 주방장이 있어? 그보다 길드에서 산다고?"

내 설명을 들은 리히토가 식사를 나르는 걸 도우며 물었다.

"다른 길드는 모르지만 우리 길드, 오르투**수**에는 있는데요?"

"우리 길드? 오르투수?"

"아니야! 오, 르, 투, 수!"

"…………뭐가 다른 건데?"

아악! 발음이 안 돼! 아무리 발음해도 안 돼! 하지만 거듭 설명한 끝에 간신히 진짜 발음을 알려주었다. 큭, 나는 오르투스로 발음한다고 하는 건데.

"그래서 그 오르투스가 뭔데? 길드에 이름 같은 게 있어?"

"어? 이름은 어느 길드든 다 있, 자나……?"

어쩐지 말이 안 맞는다. 어? 나 뭔가 잘못 알고 있나? 간이 테이블에 놓인 수프의 수증기 너머로 나와 리히토가 고개를 갸웃거렸다.

"인간 대륙과 마대륙은, 길드의 방식이, 전혀 달라."

"어?"

"그런 거야?"

잠시 흐른 침묵을 끝낼 한마디를 꺼낸 사람은 로니였다. 나와 리히토는 동시에 의아해하는 소리를 냈지만, 옆에 선 로니는 고개를 끄덕였다.

"오, 그건 나도 몰랐어. 어떻게 다른지 관심 있는데. 이렇게 된 거 먹으면서 들려줘."

'자, 앉아' 하는 라비 씨의 목소리에 서둘러 간이 테이블 앞에 앉는 우리. 세 사람에게 식사 제공해줘서 고맙다는 인사를 듣고 나도 모르게 쑥스러워졌다. 에헤헤. 그 후 바로 아침을 먹기 시작했다. 으음, 말랑말랑한 식감의 빵이 제법 훌륭하구나!

아무튼, 로니의 설명에 의하면. 이곳 인간 대륙의 길드란 위로 올라가다 보면 하나의 커다란 조직이다. 각 나라, 마을마다 지부가 있고 전국에 있는 길드 사이에선 마도구를 이용해 순식간에 연락할 수 있다. 인간은 직접 마법을 사용할 수 있는 사람이 거의 없지만, 간단한 마도구는 일상적으로 사용하는 모양이다.

길드의 역할은 주로 일자리 알선. 각 마을에서 모인 의뢰를 길드에 등록한 모험가라 불리는 사람들이 수행하고, 의뢰비를 받는 시스템. 의뢰 달성율에 따라 모험가의 랭크도 올라가며 받을 수 있는 일의 폭도 넓어진다. 하세가와 메구일 적에 게임이나 소설에서 보던 길드의 방식이라는 생각이 들었다. 그래, 그래서 서로 말이 안 맞았던 거구나.

"마대륙의 길드는 재미있네. 가족 같은 느낌이구나! 즐거울 것 같아!"

"개인이 아니라 길드 전체의 공적이라. 이쪽도 모험가끼리 파티를 맺는 일 정도는 있지만."

리히토도 라비 씨도 마대륙 길드의 방식에 관심을 가진 모양이다. 음음, 즐겁지! 나처럼 힘이 없는 어린아이도 동료에 넣어

줄 정도니까……! 뭐, 특례이긴 했는데.

참고로 라비 씨는 계속 혼자 지내는 모험가라고 한다. 전에는 파티를 맺었지만 귀찮아져서 탈주했다고. 이, 이런저런 사정이 있구나! 덧붙이자면, 아직 리히토는 등록하지 못했다고 한다. 등록 가능한 연령은 15세 이상으로, 리히토는 내년부터 등록할 수 있는 나이가 된다고 했다.

"저에게 길드원들은 다 가족이고, 길드가 돌아갈 장소예요. ……모두랑 만나고 싶어라."

아. 무심코 본심이 툭 나와버렸다. 어떻게 할 수 없을 만큼 쓸쓸해지니까 말하지 않으려고 했는데.

"……반드시 돌아갈 수 있어. 나도 도울 테니까."

"나도, 전이 마법진, 허락이 나도록, 협력할게."

리히토와 로니가 내 머리를 한 번씩 다정하게 쓰다듬으며 그런 따뜻한 말을 건넸다. 정말이지, 착하다니까. 둘 다 장래가 유망한 미남이야!

"응, 고마워! 나도 힘낼께!"

그래서 나도 두 사람의 친절에 웃는 얼굴로 답했다……만.

"……솔직하지 않구나. 메구, 힘들 때는 울어도 돼. 그건 어리광도 뭣도 아니야. 폐라고 생각하지 않아. 한번 실컷 토해내는 게 개운해지는 법이거든?"

라비 씨가 자리에서 일어나 내 옆으로 다가왔다. 그리고는 무릎을 꿇어 나와 눈높이를 맞추며 그렇게 말했다. 호박색 눈동자에서 눈을 뗄 수 없다.

"갑작스러운 일에 놀랐지? 영문도 모르는 사이에 상황이 휙휙 바뀌어서 혼란스럽지? 하지만 지금은 상황도 알았고, 할 일도 정해졌어. 이젠 머릿속이 정리되지 않았을까? ……집에 돌아가고 싶지? 가족을 보고 싶지?"

그만, 그런 말을 들으면 나, 나는……!

"……보, 보고 싶어……!!"

울 생각은 없었는데. 생각하지 않으려고 했는데. 하지만, 하지만!

"어째서……? 나 뭐 나쁜 짓을 한 거야……? 시러, 무서워, 모두를 만나고 싶어! 집에 돌아가고 싶어……!!"

생각했던 걸 하나씩 입 밖으로 낼 때마다 말이 멈추지 않게 되었다. 감정이 멈추지 않게 되었다. 그런 말을 해봤자 곤란할 텐데. 그래도 말하고 만다.

"기르 씨, 아빠, 다들……! 계속 같이 있겠다고 약속했는데! 이제 헤어지지 안켔다고 했는데……!"

"응. 그래…… 외롭지, 미안해……."

"보고 싶어…… 너무해……!"

으아앙 우는 나를 껴안고 머리를 쓰다듬으며 맞장구를 쳐준다. 라비 씨는 하나도 잘못한 게 없는데, 미안하다면서 내 말을 받아준다. 악역을 받아준다. 많이 울어도 된다고. 원망해도 된다고. 막막할 때는 어디에 화를 내야 할지 알 수 없으니까, 자신에게 화를 내면 된다고. 그래서 철없는 나는 완전히 그 호의에 기대, 한동안 라비 씨의 품에 안겨 하고 싶은 말을 토해내면서 계속 울었다.

정신을 차렸을 때라는 건 왜 이렇게 창피한 걸까. 부끄러운데
다 면목이 없어서 얼굴을 들 수 없다! 완전한 화풀이잖아……!
저는 여전히 훌쩍거리면서 라비 씨에게 안겨 있습니다!

"후후, 상당히 개운해졌나 봐?"

하지만 그런 내 심정 같은 건 전부 다 안다는 양 라비 씨가 쿡
쿡 웃었다. 이게 어른의 여유인가?! 인간으로 환산하면 비슷한
나이일 쥬마와의 차이가 굉장하다. 아니, 비교할 사람을 잘못
골랐나.

"으으, 네. 제, 제송해요……."

"사과하지 않아도 돼."

라비 씨는 머리 위에 손을 가볍게 토닥토닥 올리며 내 얼굴을
들여다보았다. 아주 못생겨졌을 자신이 있으니 너무 쳐다보지
말아 주세요.

"……울고 난 얼굴도 귀엽다니 반칙이네."

타고난 얼굴이 이긴 모양이다. 대단하잖아, 메구! 아니, 나지만!

"그, 그럼, 그, 고맙습니다."

"……그래. 응, 인사는 받도록 할게."

순간 놀란 표정을 보인 라비 씨였지만, 바로 부드럽게 웃으며
그렇게 말해주었다. 민망함이 남긴 했어도 마음은 개운해져서
상당히 후련한 느낌이다. 따스하게 흐르는 시간이 나를 한층 치
유해주었다.

이렇게 새빨개진 눈 말고는 쌩쌩해진 나는 의기양양하게 식사 뒷정리를 도우며 뽈뽈뽈 돌아다녔다. 한동안은 리히토도 로니도 걱정하는 얼굴로 쳐다보았기에 정말 지금은 기운 났으니까 괜찮다며 웃어주자 두 사람은 고개를 돌려버렸다. 왜?! 그쪽이 더 충격적이라 눈물 날 것 같거든?!

"자, 슬슬 마을 사람들도 활동할 시간대야. 미리 합의한 대로 나는 너희 세 남매를 중앙 수도에 데려가는 의뢰를 받았어. 어머니가 병에 걸려 죽자 떨어져 사는 아버지를 찾아가는 중. 알았지?"

라비 씨의 확인에 세 사람은 나란히 고개를 끄덕였다. 솔직히 남매라고 해도 전혀 안 닮았지만? 그 점을 질문하자 전혀 문제 없다는 대답이 돌아왔다. 인간은 우리와 다르게 아이가 많이 태어난다. 그만큼 고아도 많아 고아를 거둔 가정도 많다. 유복해서 여유가 있거나 일꾼으로 쓰기 위해서 등 이유도 다양한 모양이다. 그렇구나, 그럼 안 닮았어도 괜찮겠네. 그보다 설정 속에서도 나는 엄마가 없구나……!

참고로 중앙 수도란 왕들의 수장인 황제가 사는 성이 있는 도시다. 우리에게는 오히려 가까이 가면 안 되는 장소다. 그러니 당연히 그 도시에 들르는 건 아니다. 다만 다들 향하는 장소로 가장 무난하기 때문에 그렇게 말하는 것뿐이다. 방향도 대충 맞다고 하고.

"그럼 갈까? 이 마을은 통과하기만 할 거지만 다양한 소문은 들을 수 있어. 추적자가 있는지도 신경 쓰이고, 정보는 무기가 돼. 다음에 갈 마을도 정하지 않았으니 평판 같은 것도 슬쩍 들어두자. 내가 아는 정보와는 달라졌을지도 모르니까."

라비 씨가 밝은 갈색의 포니테일을 단단히 고쳐 묶으며 설명해주었다. 정보는 무기. 그건 잘 안다. 으음, 쇼만 괜찮다면 얼마든지 정보를 가져올 수 있는데! 물론 무리시킬 수는 없기에 내가 할 수 있는 일은 직접 하려고 해야지! 나도 은근히 귀를 기울이기로 결심하며 눈앞에 보이기 시작한 마을을 향해 발을 옮겼다.

4 결의를 가슴에 품고

한적한 마을 풍경이 눈에 들어온다. 아직 이른 아침이라고 말해도 될 시간이지만, 이미 마을 사람들은 분주히 돌아다니고 있었다. 빠르다!

"오? 여행객이라니 별일이네."

마을에 들어가 두리번거리자 농사짓던 아저씨가 작업을 멈추고 말을 걸었다. 처음에는 수상한 사람을 보는 듯한 눈빛이었지만 우리 아이들을 보자 바로 경계를 푼 듯 눈꼬리를 내리며 웃어주었다. 어린이 효과 대단해라.

"안녕하세요. 이 근방에는 아무도 안 오는 건가요?"

그 아저씨에게 라비 씨가 웃으며 물었다. 익숙한 느낌이 든다. 역시 현역 모험가.

"그렇지. 장사하는 아저씨들밖에 없어! 너희들은 어디 다른 곳에 가는 중이지?"

"네. 중앙 수도로 가려고요."

"어휴, 아주 멀리까지 가잖아? 이 마을에는 가게도 없으니 물자 조달도 못 할걸. 다음다음 마을은 제법 큰 곳이니까 그곳으로 가."

털털한 아저씨네. 그리고 친절하다. 우리가 아무것도 물어보지 않았는데 필요한 정보를 가르쳐주다니.

"다음다음 마을이요? 감사합니다. 참고로 어느 정도 걸리죠?"

"걸어가면 하루하고 반나절 정도는 걸리겠지. 아, 그래. 어이! 제트!"

팔짱을 끼고 머리를 굴리던 아저씨가 조금 떨어진 장소에서 말을 돌보던 남성을 큰 목소리로 불렀다. 목청이 굉장해! 뱃속에서부터 목소리가 나오는 느낌이다. 호쾌한 분위기에서 니카 씨가 생각나 무심코 웃음이 나왔다.

"어? 뭔데?"

제트라고 불린 남성이 종종걸음으로 다가왔다. 짙은 갈색의 곱슬 머리카락을 짧게 자른, 체격이 좋은 아저씨다. 하지만 아직 젊어 보인다. 30대 정도일까? 아, 빤히 쳐다봤더니 눈이 마주쳤다. 반사적으로 라비 씨의 뒤에 휙 숨어버렸지만, 아저씨의 진한 호박색 눈동자가 부드럽게 휘는 걸 보고 어깨에서 살짝 힘을 뺐다.

"이 아이들을 다음다음 마을까지 데려다주지 않을래? 마침 그쪽에 물건 사러 갈 일 있었지?"

"그래, 곧 나가려던 참이었어. 좁은 화물칸이지만 그거라도 괜찮다면 타."

"그래도 되나요? 감사합니다!"

운이 좋다. 우연히도 오늘은 열흘에 한 번 마을에서 사용하는 식품과 일용품을 사러 그 마을에 가는 날이었다나. 마차라서 저녁에는 도착한다고 한다. 제트 씨는 내일 마을에서 물품을 싣고 그다음 날에 또 이 마을로 돌아오겠지. 갈 때는 마을에서 수확한 농작물 등을 싣고 가니 좁다는 말을 들었지만, 태워준다면 그것만으로도 충분하지!

"그럼 마차 준비 끝날 때까지 잠시 기다려줘."

그렇게 말한 제트 씨는 다시 말에게 달려갔다. 멋진 아저씨다!

"매번 제트 씨 혼자 매입하러 가는 건가요?"

기다리는 동안 대화 상대가 되어준 아저씨에게 리히토가 질문했다.

"그래, 대체로 저 녀석 담당이지."

"그, 위험하지는, 않고요⋯⋯?"

이어지는 리히토의 질문에 아저씨는 놀란 듯 눈을 동그랗게 뜨더니, 이어서 이해했다는 듯 고개를 끄덕끄덕 흔들며 대답해주었다. 뭐지?

"너희가 있던 곳에는 도적이나 짐승이 잘 나오는 장소였어?"

"으, 응. 짐승은 소형이나 중형이니까 오히려 사냥할 수 있어서 환영인데 도적이 있었어. 소규모의 부랑배 같은 녀석들이었지만⋯⋯."

도적이라⋯⋯. 역시 그런 사람들도 있구나. 여태까지 있던 환경과는 너무 달라서 실감이 나지 않지만, 나는 너무 태평한 건지도. 최종적으로 내 몸은 내가 지켜야만 하니까.

"뭐, 내가 잡았긴 했지."

"오오, 강한 누님이잖아! 검도 차고 있고. 역시 모험가?"

"그래. 이 아이들의 호위야."

"그거 든든한데. 하지만 이 근방은 평화 그 자체니까 나설 차례는 없을지도 몰라!"

호쾌하게 와하하 웃는 아저씨는 역시 니카 씨 같아서 필사적으로 웃음을 참았다. 겸사겸사 그리움도. 하지만 그래. 이 근방은 평화롭구나. 그래서 제트 씨도 안심하고 혼자서 매입하러 갈 수 있는 거다. 애초에 이 마을 자체가 작은 울타리를 주위에 둘러놓은 정도고 약탈당한 기색이 없으니 평화로운 건 정말일 것이다. 하지만 때때로 숲에서 나오는 짐승이 밭을 파헤치러 오는 일은 있다고 한다. 그야 그렇겠지.

이때 문득 궁금한 게 생겼다. 하지만 아저씨에게 물어볼 수는 없었기에 리히토의 옷자락을 꾹꾹 잡아당겼다. 리히토가 돌아보더니 무슨 일이냐고 눈으로 물어봐서 손을 입가에 가져가 비밀이야기를 하는 자세를 취했다. 이해한 리히토는 몸을 숙여 귀를 내밀었다.

"인간 대륙에는 그…… 마물이 없어?"

그렇다. 마대륙에선 마을에서 조금 떨어지면 당연하다는 듯 마물이 있다. 마물에게도 영역이 있으니까 득시글거린다고 할 정도는 아니지만. 그래도 나쁜 짓을 하는 마물은 있으니 토벌당하기도 한다. 방어 수단이 없는 사람이 마을 밖을 걷는 건 솔직히 무척 위험하다.

"아, 그렇구나. 마대륙에는 있지……. 들어봤어."

리히토는 한쪽 눈썹을 까딱 들며 무슨 말을 하는 거냐는 표정을 지었다가, 바로 내가 마대륙 출신이라는 걸 떠올린 듯 그런 말을 했다.

"애초에 공기 중의 마소가 적은 이 대륙에선 마물이 태어나지 않아. 즉 '없다'가 답이야."

아, 그렇구나. 마소가 적다는 건 마물에게도 살기 힘든 땅이라는 소리다. 몸이 조금씩 이 환경에 익숙해져서 깜빡했다.

"하지만, 광산 주변에는, 있어."

"어? 그래?"

그때 근처에서 이야기를 듣던 로니가 그렇게 끼어들었다. 광산 주변에는? 그렇다면 혹시.

"광산 주변은 마소가 진한 거야?"

"그래. 마대륙만큼은, 아닐 테지만…… 우리는, 마법을 쓸 수 있으니까."

듣고 보니 확실히 그렇다. 마소가 없다면 정령도 살 수 없으니, 로니처럼 인간 대륙 쪽에 사는 드워프가 자연 마법을 쓸 수 없게 된다. 마대륙의 광산과 전이 마법진으로 이어진 게 어떠한 영향을 주는 걸까? 하지만 덕분에 희망이 보였다. 광산까지 가면 마법을 쓸 수 있다는 거잖아?

"쇼, 마소가 있으면 떨어져 있어도 마대륙까지 심부름하러 갈 수 있어?"

그래. 마대륙에 있는 마왕님이라면 가장 가까우니 어떻게든 될지도 모른다. 확인하기 위해 팔찌에 박힌 마석을 향해 살며시 말을 걸어보았다. 여느 때라면 머릿속으로 대화할 수 있지만, 지금은 약해진 상태라 육성을 썼다. 팔찌는 옷으로 가려졌지만 전해졌겠지.

『마소 농도에 따라 달라질 수 있지만, 마대륙 쪽으로 가는 거라면 아마 문제없어!』

마소가 많은 곳으로 향하는 거라면 서서히 힘이 회복되니까 괜찮을 거라는 말이었다. 그렇구나, 반대가 힘든 거였군. 피로도 쌓이는데 마소도 점점 줄어드니까. 하지만 돌아올 때는 내가 부르면 정령 계약 덕분에 바로 전이해올 수 있으니, 그것도 문제없을 것 같다.

"메구의, 정령?"

내가 쇼와 대화하자 로니가 그렇게 물었다. 아, 그래. 드워프니까 정령의 기척을 느꼈구나.

"응, 목소리의 정령이야. 언젠가 소개할게."

"목소리? 신기하네……. 나는 대지의 정령과, 계약했어. 광산에 도착하면, 소개할게."

그렇게 말하며 로니는 가슴께를 주먹으로 가볍게 두드렸다. 분명 로니도 마석이 달린 목걸이를 옷 밑에 숨기고 있는 거겠지. 대지의 정령이라. 만나는 게 기대된다. 우리는 마주 보며 웃었다.

"……신기한 대화네."

그런 나와 로니를 리히토가 이상하다는 표정으로 고개를 갸웃거리며 쳐다봐서 무심코 웃음을 터트렸다. 미안해! 하지만 웃긴 표정이었는걸!

잠시 후 돌아온 제트 씨의 안내를 받아 우리는 마차에 탔다. 물론 아저씨에게도 인사했지! 그리고 현재 마차를 타고 이동하는 중인데……. 으윽. 엉덩이가 아프다. 그러고 보니 나는 마차를 타는 건 전생을 합쳐도 처음이더라. 여기에 온 뒤로는 늘 바구니를 타거나 품에 안기거나 했으니까.

하지만 마법의 보조 덕분에 멀미나 엉덩이 통증 같은 건 느껴본 적이 없다. 정말로 (남이 걸어준)마법에 너무 의지했었구나. 나 혼자서만 훈련했다고 생각한 거였어! 오르투스의 일원으로서 지금은 버텨야 한다!

"으윽, 하지만 울렁거려……."

"메구, 괜찮아? 누워."

하지만 멀미는 강했다. 흐물거리는 나를 걱정한 리히토가 마차 짐칸에서 무릎베개를 해 주었다. 친절해라.

"밑에 망토라도 깔까? 지금은 안 입었으니까……."

"앗! 맞다!"

라비 씨의 한마디에 떠올랐다. 나에게는 과보호하는 어른들이 사준 다양한 물건이 있었지! 짐칸은 천막으로 포장해놨고 여기에는 우리 일행밖에 없다. 기회다. 그리고 천천히 수납 팔찌에서 부드러운 담요를 꺼냈다.

"짜잔! 폭신폭신 시파 담요!"

"…………."

시파는 양 같은 생물이다. 이 양털이 부드럽고 폭신폭신하다니까! 둥글게 말면 양 모양이 되는데 그대로 베개로 쓸 수 있고, 조금 펼쳐서 쿠션으로도 쓸 수 있고, 전부 펼치면 담요로 덮을 수도 있다. 게다가 후드가 달려서 뒤집어쓰면 양으로 변신! 둥근 눈동자와 아담하게 달린 귀와 뿔 장식이 포인트입니다! 하얀색, 분홍색, 노란색, 하늘색의 네 종류를 갖추고 있습니다. 아, 마침 인원수와 딱 맞네. 색을 고르지 못했던 나에게 그럼 전부 다 가지라면서 사준 케이 씨 덕분입니다. 그때의 과소비가 이렇게 활용되었다.

"여러분도 쓰세요!"

"……그래, 이쯤 되면 신경 쓰는 게 지는 거지. 고맙게 빌릴게."

살짝 질린 기색을 보이면서도 라비 씨는 노란색 양을 받았다.

"……고마워. 잘 쓸게."

약간 부끄러운 듯 로니가 하늘색 양을 선택! 조금 펼쳐서 그 위에 앉았다. 그 푹신푹신함에 놀라워하고 있다.

"뭔가 네 가족…… 너무 과보호하는 거 아니야?"

그건 제가 가장 절실하게 느끼고 있습죠. 오묘한 표정을 하면서도 리히토가 하얀 양을 가져가며 고맙다고 인사했다.

그래그래, 귀여운 양이 바글거려서 보기에도 흐뭇하지! 나는 변함없이 마차 멀미를 느꼈기 때문에, 분홍색 담요를 걸치고 후드도 뒤집어쓴 뒤 둥글게 몸을 말고 다시 리히토의 무릎을 베고 누었다. 나는 아직 몸이 작으니까. 담요를 걸치면 전신이 쏙 들어가서 아주 아늑해진다. 후드를 쓰면 한층 더 폭 감싸인 느낌이라 순식간에, 순, 식간, 에…… 졸음이…… 밀려오…….

"……귀여워…….."

"……귀엽네."

"응, 귀여워."

다들 양의 귀여움을 이해해준 것 같지? 나는 안심하며 눈을 감았다.

담요와 리히토의 무릎베개 덕분에 마차 멀미를 신경 쓰지 않고 이동하길 약 반나절. 계속 잔 건 아니다? 뒹굴거리면서 대화하거나 꾸벅꾸벅 졸거나 했지. ……뭔가 참 게으르다. 뭐, 뭐어 할 일도 없으니까 어쩔 수 없지!

아무튼 간신히 점심 휴식 장소에 도착. 평범한 포장길이 이어지는 가운데 조금 트인 장소가 나왔다. 마을과 마을을 오가는 사람들은 다들 이 장소에서 휴식한다고 했다. 여러 그루의 커다란 나무가 만들어주는 그늘이 있어 딱 좋다고 한다.

"조금 늦었지만 점심 먹자. 배고프지?"

제트 씨의 목소리에 내 배가 생각났다는 양 꼬르륵 울었다. 부끄러우니까 그만! 하지만 다들 이미 듣고 쿡쿡 웃어버렸다. 으으.

"좋아, 준비할 테니까 기다려."

"나도 도울게."

제트 씨와 라비 씨가 점심 준비를 시작했다. 다 함께 먹을 수 있는 밥 정도라면 아직 내 수납 팔찌에 들어있지만, 제트 씨 앞에서는 차마 꺼낼 수 없으니까.

그렇다고 아무것도 하지 않고 멍하니 기다리기만 할 수도 없으니 짐 속에서 돗자리를 꺼내 펼치거나, 짐 속에서 꺼낸 것처럼 연기하며 리히토가 마법으로 물을 채운 컵을 꺼내기도 했습니다! 리히토의 마법도 역시 비밀인 거겠지. 눈빛으로 말하지 말라는 말이 들린 것 같아 고개를 끄덕였다. 알겠습니다!

그러는 사이에 점심 준비도 다 된 모양이었다. 육포를 사용한 샌드위치를 각자 들고 인사한 뒤에 먹었습니다. 맛은 뭐, 못 먹을 정도는 아니라는 느낌. 그렇구나. 보통은 갓 만든 요리를 들고 다닐 수 없고, 만들 때도 도구가 여럿 필요하니까 이런 게 많다는 걸 이때 처음으로 깨달았다. 긴 여행을 하는 것도 아닌 제트 씨라면 더더욱 요리할 일이 없겠지.

아니, 긴 여행이라고 해도 그런가. 그때는 조리도구도 다소 들고 다닐 테지만, 재료가 금방 상하는 게 문제다. 야채 종류는 더 무리고. 현지 조달이라는 방법도 있지만 요컨대 맛을 추구하는 건 뒤로 미루고, 영양 섭취를 중시한다. 이런 건 조금만 생각하면 알 수 있는 일이니까 아마 그게 상식일 것이다.

하지만 나는 그런 상식을 지금 이렇게 경험하면서 처음으로 알았다. 지식으로서는 알고 있었거든? 그래도 경험해본 지금이니까 처음으로 알았다고 말할 수 있다고 본다.

"왜 그래? ……입에 안 맞아?"

내가 멍하니 생각에 잠긴 걸 걱정한 건지 리히토가 작은 목소리로 물었다. 내가 맛있는 요리만 먹었다는 걸 알기 때문에 물어보는 거겠지.

"그런 건 아니야. 그치만 조금 딱딱해서 턱이 얼얼해."

배실 웃으며 대답한 뒤 다시 샌드위치를 깨물었다. 실제로 빵도 고기도 딱딱해서 턱에 힘이 많이 들어가니까. 꼭꼭 씹어야지. 우물우물.

"……흐응. 이런 건 못 먹겠다고 투정부릴 줄 알았는데…… 의외로 근성이 있네."

리히토는 그렇게 말하며 샌드위치를 먹었다. 한 입이 크다. 무심코 눈을 크게 떠버렸다. 투정이라. 딱히 이 정도는 별거 아닌데. 아, 하지만 평범한 5살 아이라면 할지도 모른다. 인간은 어린아이가 많으니까, 리히토도 어린아이와 엮인 적이 있었던 거겠지. 그래서 의외라고 생각한 건지도. 하지만 아쉽게도 내 알맹이는 인간으로 따지면 아줌마……. 기쁘거나 무섭거나 외로울 때 등 감정이 크게 움직일 때는 몸의 나이에 동화되긴 하지만, 이 정도 일로는 슬픔도 분노도 딱히 느끼지 않는다. 오히려 이렇게 식사를 준비해준 게 고맙다. 당연히 불만 같은 건 없고말고요. 하지만 다 먹지 못하고 남긴 건 리히토가 먹어줬다. 턱이……. 홀쩍.

나는 이 여행에서 많은 것을 배울지도 모른다. 길드에 있으면 죄다 과보호하는 보호자들이라 내가 뭘 하기 전에 주변에서 해주고는 했으니. 그리고 그 상황을 주변이 과보호하는 거라며 나도 받아들였다. 요컨대 어리광을 부렸다는 소리다.

모두와 헤어진 지금이, 다양한 경험을 쌓을 기회라고 할 수 있다. 물론 이 상황은 기쁜 일이 아니지만, 그저 휘둘리기만 하는 건 아깝다. 할 수 있는 것을 늘려서, 성장해서, 가슴을 펴고 돌아가는 거다.

나도 잘 할 수 있었다고 웃는 얼굴로 보고하기 위해. 떠올려라!

마차에 매인 말처럼 일하던 그 시절을! 내 가슴 속에 결의의 불꽃이 타올랐다. 해내겠어!

　점심 휴식을 마치고 바로 다시 마차를 탄 우리들. 목적지인 마을에 도착한 건 하늘이 붉게 물들 무렵이었다. 어라? 제트 씨의 마을에서 다음다음 마을이라고 했었는데, 다음 마을을 지나갔던가? 그런 의문을 입에 내자 목적지가 분명한데 용건도 없는 다른 마을을 굳이 경유하지 않는다는 리히토의 대답이 돌아왔다. 우회하게 된다나. 마, 맞는 말씀입니다……!

　"대충 예정대로 도착했네! 나는 아는 사람의 집에서 잘 건데, 너희는 어떻게 할래?"

　마을 입구에 도착해 짐칸에서 내린 우리는 저마다 제트 씨에게 여기까지 태워줘서 고맙다고 인사했다. 신경 쓰지 않아도 된다며 밝게 웃은 제트 씨는 역시 멋진 아저씨다!

　"응, 우리는 숙소를 잡을 거야. 장소를 가르쳐줄 수 있을까?"

　하지만 아무래도 그 아는 사람의 집에 우리도 같이 재워줄 수 있냐는 뻔뻔한 말은 못한다. 네 명이나 되니까 당연하다.

　"그거라면 이 길을 직진해서 두 번째 모퉁이를 오른쪽으로 꺾으면 바로 보여. 이 마을의 여관은 거기밖에 없는데, 대부분 식사하러 오는 손님이니까 숙박은 문제없을 거야."

　다행이다. 여관이 있구나. 만약 없다면 여기까지 와 놓고 노숙할 뻔했다. 뭐, 나에게는 노숙이 더 쾌적할 것이라는 점은 제쳐 두자. 간이 텐트 만세.

"그래, 알았어. 정말 고마워, 살았어!"

"괜찮아. 나는 내일까진 이 마을에 있을 테니까 무슨 일이 있으면 말해. 어느 가게든 내 이름을 말하면 장소 정도는 다들 가르쳐줄 테니까!"

매입과 인사로 여기저기 돌기 때문에 장소는 바로 알 수 있을 거라는 소리였다. 애프터 케어까지 확실하다.

"어, 고마워. 무슨 일이 있으면 부탁할게."

"그럼 조심해. 오늘은 푹 쉬어."

"감사합니다!"

리히토의 인사에 이어 나와 로니도 인사하자, 제트 씨가 순서대로 머리를 쓰다듬어주었다. 나는 기뻤지만 남자 둘은 참으로 쑥스러운 듯한 얼굴이었다. 사춘기란 복잡하구나!

"좋아, 그럼 바로 여관에 갈까. 오늘은 빨리 쉬고 아침 일찍 출발하자."

"역시 서두르는 게 좋으니까?"

"그렇지…… 아직 동쪽 왕성에서 그리 멀리 떨어지지 않았고."

이전 마을에도 이 마을에도 왕성에서 소식이 전해진 듯한 기색은 없다. 만약 그렇다면 우리를 보고 무언가 반응이 있을 법하니까. 하지만 그건 즉, 소식이 도착한 뒤에는 늦다는 말이 된다. 으아아, 정말로 여유 부릴 때가 아니구나!

"게다가 로니와 메구도 집에 빨리 돌아가는 게 제일 좋잖아?"

조금 불안을 느끼려던 때, 라비 씨가 웃는 얼굴로 그렇게 말해주었다. 어휴, 원할 때 가장 듣고 싶은 말을 해주다니, 라비 씨는 너무 유능한 사람이라니까! 팬이에요!

대화가 일단락되자 우리는 곧장 여관으로 향했다. 저녁놀이 지는 길을 라비 씨와 손을 잡고. ……엄마가 있다면 이런 느낌일까? 그런 생각도 조금 하면서.

숙소는 문제없이 확보했다. 방은 두 개. 라비 씨와 나, 리히토와 로니로 나눠서 하룻밤을 묵는다. 요금은 선불이라 라비 씨가 한꺼번에 내주었지만……. 윽, 면목 없어라!

한 번 짐을 두러 방에 가게 되었기에 그때 나는 나도 돈을 내겠다고 말했다. 당연하게도 라비 씨는 오묘한 얼굴이 되었습니다. 그야 그렇겠지! 아무리 부자라는 걸 알아도 어린아이에게 돈을 내겠단 소릴 들으면 그럴 거야. 하지만 도저히 말하지 않고 넘어갈 수 없었단 말이야!

"뭐라고 해야 하나, 메구는 정말 어른처럼 생각하네……. 리히토나 로니는 조금도 신경 쓰지 않는데. 아, 로니는 미안해하는 표정이던가."

죄송합니다. 알맹이는 어른이라서요……. 정말, 사고방식만 성인이라 난감한 일도 많단 말이지. 도움을 받을 때도 있지만! 그래도 이럴 때는 천진난만한 어린아이로서 생각할 수 있다면 좋겠다. 이래서는 괜한 참견처럼 보이는, 그냥 조숙한 꼬맹이잖아!

"대답은 메구도 알고 있을 테지만, 나는 너희에게 돈을 받을 마음이 없어. 다만……."

라비 씨는 한번 말을 끊더니, 방구석에 짐을 내려놓고 두 손을 허리에 얹은 뒤 이쪽을 향했다.

"이대로는 내 돈이 금방 바닥나는 건 확실해. 그러니 메구의 도구에도 의지하게 되겠지."

라비 씨는 내 머리 위에 톡 손을 올리더니 그대로 몸을 숙여 내 얼굴을 아래에서 들여다보았다. 호박색 눈동자에 내 당황하는 얼굴이 비쳤다.

"게다가 정말로 돈이 부족해지면 근처 길드에서 의뢰라도 받아 벌 생각이야. 나는 모험가니까. 그렇게 되면 그때 같이 도와주지 않을래? 그렇게 해서 받은 보수는 나만이 아니라 메구 것도 되잖아?"

'그걸로는 안 될까?' 하고 이를 보이며 웃는 라비 씨의 말에 나도 덩달아 웃었다. 어린아이를 잘 다루는 어른이라는 생각도 든다. 우리 길드원들이었다면 절대 못 내게 하거나, 다 커서 갚으면 된다고 얼버무리거나 둘 중 하나니까.

"응! 열심히 도울게요!"

"좋아, 결정."

그 후 라비 씨가 얼굴 옆에 손을 들어 올리기에 나도 손을 촵 맞댔다. 좀 더 찰싹하고 시원한 소리를 내고 싶었는데 뭔가 다르다. 그래도 대등한 대우를 받은 일 자체가 기뻤으니 그거면 충분하다. 만족스러운 기분으로 방에서 나온 우리는 리히토와 로니를 데리러 갔다.

숙박하는 방은 2층에 있었기에 우리는 다 함께 1층으로 내려갔다. 계단을 내려와 오른쪽으로 가면 입구와 접수대, 왼쪽으로 가면 식당인 구조다. 물론 목적은 저녁밥. 아직 조금 이른 시각이기도 해서 손님은 그리 많지 않았다. 몇 팀 정도는 있지만!

적당한 자리에 앉자 6, 7세 정도의 여자아이가 물을 가져다주었다. 검은 머리카락을 양 갈래로 묶은, 웃는 얼굴이 귀여운 여자아이. 나와 신체 연령이 비슷한 것 같다는 생각에 무심코 빤히 쳐다보고 말았다.

"? 왜?"

"어, 그게, 그……."

쳐다보는 걸 알아차린 건지 여자아이가 생긋 웃으면서 말을 걸었다. 하지만 나는 지금의 나와 비슷한 또래의 아이와 대화할 기회가 없었기 때문에 당황스러워!

"이 마을 사람이 아니지? 여행하는 거야?"

머뭇거리자 여자아이 쪽에서 화제를 던졌다. 커뮤니케이션 능력이 뛰어난 아이구나! 역시 여관에서 일하는 사람답다고 해야 하나. 그에 비해 나는…… 오르투스의 일원이자 알맹이는 성인인데 한심해……. 훌쩍.

"응, 그게. 중앙 수도에 가."

내심 침울해진 걸 숨기기 위해 나도 웃으려고 노력하며 대답하자, 여자아이의 눈이 휘둥그레졌다.

"중앙 수도? 되게 먼 곳이라고 들었어! 아직 어린데 대단하네."

놀랍게도 칭찬해주었다! 흐아아아! 어리다니 그건 너도 마찬가지 아니니. 하지만 그냥 못 들은 걸로 하기로 했다.

"아니야, 나는 데려다주는 걸 따라가는 것뿐이니까……."

"그래도 여행이라니 대단해! 나는 이 마을에서 나가본 적도 없는걸."

"가, 가게 일을 열심히 돕는 게 더 대단해!"

칭찬을 많이 들었기에 나도 생각한 걸 전하자, 여자아이는 어리둥절한 얼굴이 되었다. 어? 이상한 소릴 했나?

"일이라니, 처음 들었어……. 다들 심부름 열심히 한다고만 하는데……."

그렇게 중얼거린 뒤, 여자아이는 순식간에 웃는 얼굴이 되었다. 진심으로 기뻐하는 얼굴이다. 이해해. 이해하고말고, 그 마음! 아직 어리다는 이유로 다들 어린아이로 대한단 말이지. 아니, 어린아이가 맞지만……. 이쪽은 진지하게 일하는 건데, 심부름이라는 말을 들으면 조금 뾰로통해진다.

"그치만 일이잖아?"

"응, 일이지. 제대로 일하는 거야!"

웃으면서 고맙다는 인사를 듣고 우리는 생글생글 마주 웃었다. 그런 우리를 주변 사람들이 따뜻한 눈빛으로 보고 있는 듯한 느낌이 들지만…… 됐다.

"나는 애니라고 해. 너는?"

여자아이, 애니가 악수하자고 손을 내밀며 이름을 물어보았다. 그래서 나는 그 손을 잡으며 웃는 얼굴로 대답했다.

"나는 메구!"

"메구구나! 밤이 되면 나 조금 시간 나거든? 잠깐 대화할 수 없을까?"

우리는 지금 도망 중인 몸. 그러니 사실은 중간에 들른 여관의 아이와 교류할 때가 아니지만……. 라비 씨 쪽으로 시선을 힐끔 던지자, 내 생각을 알아차린 건지 라비 씨는 미소 지으며 입을 열었다.

"내일 아침 일찍 출발해야 하니까 늦은 시각까지 안 자는 게 아니라면 괜찮지 않을까? 모처럼이니 대화 정도는 해."

"진짜?! 만세! 그럼 애니, 나 방에서 기다리고 있을 테니까, 일이 끝나면……."

"응. 부르러 갈게!"

두 손으로 꼭 악수하는 우리. 애니는 기쁘다는 듯 생긋 웃은 뒤 후다닥 일하러 돌아갔다. 에헤헤. 기대된다.

"왠지…… 메구를 보면 긴장이 풀려."

애니가 떠난 뒤, 리히토가 작게 중얼거렸다. 긴장감이 없는 녀석이라 미안하구나. 일단 도망 중이라는 자각은 있거든?

"그 정도가 딱 좋아. 계속 긴장하는 것보단 나아. 웃차."

라비 씨의 두둔이 친절하다. 고맙다는 눈빛을 보내자 라비 씨는 내 머리를 살며시 쓰다듬으며 일어나 입을 열었다.

"나는 지금부터 필요한 거 사러 갈 거야. 아직 아슬아슬하게 가게가 열려있는 시간이니까. 혼자 가는 게 빠르니 너희는 여관 사람에게 말해서 먼저 목욕이라도 하며 기다려."

맞다. 쇼핑이 있었지. 목적은 정보 수집이지만. 확실히 곧 가게가 닫힐 시각이니까 서둘러야 한다. 이야기를 듣는 것도 가게가 닫힌 뒤라면 불편하잖아. 여기서 우리가 따라가는 건 방해가 된다. 알고 있으므로 얌전히 고개를 끄덕였습니다.

"알았어. 라비도 조심해."

"하하, 리히토가 걱정해주다니. 고마워, 다녀올게."

그렇게 말하며 한쪽 손을 슥 든 라비 씨는 여관에서 휙 나갔다. 당당하게 떠나는 그 뒷모습은 오르투스 사람들처럼 빈틈이 없는 느낌이다. 위험한 일을 겪기도 하는 모험가라는 걸 실감했다.

"좋아, 그럼 시킨 대로 목욕하러 가자."

리히토의 말에 퍼뜩 돌아봤다. 맞아, 우리가 할 일 정도는 끝내야지! 하지만 미안, 나는 숙녀니까 물만 받아서 방에서 씻도록 하겠습니다! 뭔데, 그 눈은. 숙녀니까 당연하잖아. 웃지 마!

무사히 물통과 수건을 손에 넣은 나는 방에서 혼자 씻었다. 무거운 물은 나를 수 없어서 여관의 주인아주머니가 도와주었지만. 그리고 마침 방에 혼자 있으니 슬쩍 마도구를 사용했다. 그냥 쓰기에는 물이 너무 차가웠거든! 마력이나 도구를 낭비하지 않기로 했다지만 따뜻해지는 마석을 넣어 뜨거운 물로 만드는 것 정도는 용서해주시라. 재활용도 가능한걸.

"다녀왔어. 메구, 있니?"

"라비 씨! 지금 문 열게요."

슬슬 돌아오려나 생각하던 차에 문을 노크하는 소리가 들렸기에 호다닥 입구로 가 문을 열었다. 제대로 문단속하고 기다리다니 장하다면서 칭찬받았다. 에헤헤.

"어라? 애니."

"후후, 내가 돌아왔을 때 문 앞에 서 있었어."

그런 라비 씨의 뒤에서 애니가 우물쭈물 나오는 바람에 놀라서 외쳤다. 문 앞에 서 있었다고……? 어라? 말을 안 걸었나? 나 못 들었던 거야?! 그런 생각에 당황했지만 단순히 뭐라고 말을 걸지 고민했던 것뿐이라고 한다. 어쩌지. 귀여워.

"나는 목욕한 뒤에 리히토와 로니의 방에 있을 테니까. 여기서 편하게 대화해."

"네? 하지만 손님의 방에서는……."

라비 씨의 제안에 당황해서 두 손을 붕붕 내저으며 사양하는 애니. 그 마음은 이해한다.

"여기 있는 게 무슨 일이 있을 때 바로 달려올 수 있으니까. 안 돼?"

"그, 그런 거라면……."

라비 씨는 말을 교묘하게 잘하는구나. 나도 이렇게 배려할 줄 아는 사람이 되고 싶다.

라비 씨는 우리 두 사람의 머리를 쓰다듬으며 웃은 뒤 바로 방에서 떠나갔다. 너무 멋있어.

"우음, 그럼…… 앉을래?"

"응!"

라비 씨의 등을 배웅한 나는 애니를 방에 들였다. 그 후, 둘이서 의자에 앉아 헤실헤실 웃었다. 대화 시작 타이밍을 못 잡는 거냐! 하지만 그걸 계기로 우리는 누가 먼저랄 것 없이 웃음이 터져서, 적당히 긴장이 풀렸으니 잘된 것으로 치자. 그래.

"있지, 메구는 귀한 집 아가씨야?"

웃음이 멈추자 애니가 꺼낸 화제가 이거였다. 당연히 나는 당황하며 부정했다. 이거 리히토와 로니에게도 들었지. 그렇게 고급스러운 옷을 입진 않았는데. 그걸 그대로 전하자, 애니는 꺄르륵 웃었다.

"후후, 알았어. 분명 사실을 말하면 안 되는 거구나!"

아니, 아니야. 어마어마하게 착각하고 있어, 애니.

"나 비밀로 할게! 안심해."

저기, 그러니까……. 뭐 됐다. 왠지 여기서 부정해봤자 착각이 더 심해질 것 같으니까 그런 걸로 해두자. 이런 일반 서민인 내가 아가씨일 리 없지만!

"저기, 왜 그렇게 생각했어?"

그래서 확인했다. 이번이 처음이 아니니까 나는 그렇게 보이는 편이라는 걸 자각할 수밖에 없었거든. 바꿔 말하자면 그건 내가 눈에 띈다는 소리다. 도망 중이니까 대책을 짜기 위해서도 들어야 한다고 생각했다.

"그야 어마어마하게 귀여운걸."

하지만 돌아온 건 답이 없는 이유였다. 어, 응, 그렇지. 확실히 이 외모는 귀엽다. 지나치게 귀엽다고 해도 과언이 아니다. 엘프인데다 그 아름다운 마왕님의 딸이니까 당연하다면 당연하지만, 그걸 자꾸 잊어버리는 게 내 나쁜 습관이다. 그리고 정말로 답이 없다. 얼굴은 바꿀 수 없는걸. 기르 씨처럼 마스크라도 찰까……? 아니, 그건 그거대로 눈에 띄니까 안 된다.

"게다가 옷도 심플하지만 좋은 거라는 게 보여. 나도 알 수 있으니 다들 알아챘을걸?"

그런 거야?! 아니, 그래. 눈치채지 않으려고 했던 것뿐이지 나도 알지. 역시 그렇구나……. 하지만 이런 옷밖에 없는데. 다른 건 더 눈에 띄고.

"……도와줄까?"

끙끙 고민하고 있었더니 애니에게서 그런 제안이 왔다. 어? 도와준다고?

"내가 이젠 못 입게 된 작은 옷이 있어. 메구에게 줄게!"

"어?! 그래도 돼?"

"응. 벌써 몇 번이나 고쳐 입은 옷이라 이젠 버리거나 물려줄 수밖에 없었거든. 버리는 것보단 훨씬 낫잖아!"

반대로 그런 낡은 옷을 주는 건 실례가 되는 거냐며 애니가 걱정하는 얼굴이 되었다. 그렇지 않아! 고마워! 무심코 주먹을 불끈 쥐자 애니는 씩 웃었다. 어?

"역시 신분을 숨기고 여행하는 거구나! 나에게 맡겨줘!"

착각이 더 커지고 말았다. 나도 이젠 몰라!

하지만 덕분에 제법 평범한 서민 어린이처럼 보이게 됐다. 애니에게도 윤기가 흐르는 머리카락과 맨들맨들한 피부만큼은 어떻게 할 수 없지만 예쁜 동네 소녀 정도로는 보이게 되었다는 합격 도장을 받았고. 솔직히 감사합니다.

"분명 무언가 사정이 있을 테지만…… 안 물을게."

"애니……."

확실히 사정은 있지만, 애니가 생각하는 건 다른 거겠지. 그래도 그런 건 됐다. 오늘 처음 만난 수상한 어린이에게 이렇게까지 해주는, 그 마음이 기쁘다.

"왜 이렇게까지 해주는 거야? 아주 기쁘지만."

그래서 궁금한 걸 물어보자, 애니는 얼굴이 환해지더니 내 손을 두 손으로 붙잡았다.

"기뻤으니까!"

"응?"

"내가 일을 한다고 말해 줬잖아? 인정해준 것 같아서 너무 기뻤어."

그런 일로? 하지만 '그런 일'이 아니라는 건 내가 가장 잘 안다. 왜냐하면 본인은 아주 진지하니까. 그렇게 해서 받는 보수는 얼마 안 될지도 모르지만, 그래도 어엿한 일이다.

"……알아. 나도 늘 일한다고 생각하고 노력해. 그걸 제대로 일이라고 말해주는 사람이 있어. 그게 아주 기뻤으니까."

그래. 늘 접수대에서 말을 걸어주는 사우라 씨나 지나가면서 머리를 쓰다듬어주는 아빠.

『메구, 오늘도 열심히 일하는구나! 대단해!』

『메구, 너무 과욕부리지 마라? 일은 안 도망가니까.』

슈리에 씨나 케이 씨도 겸사겸사라며 굳이 나에게 와서 상황을 보고 간다.

『메구는 안 쉬는 건가요?』

『배고프지 않아? 같이 쉬자, 메구.』

그리고 늘 나를 첫 번째로 생각해주는 기르 씨.

『수고했다, 메구. 오늘도 열심히 했구나. ……푹 쉬어.』

빨리 모두를 만나고 싶다.

"그래서 이 여행이 끝나고 집에 돌아간다면 또 열씨미 일할 거야. 조금이라도 모두에게 인정받을 수 있도록."

울까 보냐. 이제 안 운다. 많이 울었으니까. 주먹을 불끈 쥐고, 다시 만나는 것만을 믿으며.

"그럼 우리는 똑같구나. 내일이면 헤어지지만, 일을 열심히 한다는 목표는 같아. 나는 늘 메구를 생각하며 열심히 할게."

자칫 눈물이 나오려던 때에 애니가 그렇게 말하며 웃어주었다. 왠지 마음이 밝아진다. 용기가 샘솟아.

"응! 나도 마음이 꺼낄 것 같으면 애니를 떠올릴께!"

그렇게 말하며 우리는 마주 웃었다. 아주 잠깐밖에 함께 있지 못했지만, 여기서 애니를 만나 이렇게 대화하게 되어 정말 다행이다. 반드시 돌아가겠다고 다시금 결의할 수 있었으니까!

5 단련

아침이다! 창문에서 들어오는 햇빛에 눈을 뜬 나는 벌떡 일어나 기지개를 켰다. 어제는 애니와 대화하느라 자는 시간이 조금 늦어졌으니 늦잠 잤으려나? 창밖의 밝기로 보아 그럭저럭 일찍 일어난 것 같지만, 맞은편 침대에는 이미 사람이 없으니 라비 씨는 더 일찍 일어난 모양이다. ……나보다 더 늦게 잤을 텐데, 언제 잔 거지? 아니면 어른은 그런 거였던가? 벌써 그런 기억도 가물가물해졌으니.

방을 두리번두리번 둘러보아도 라비 씨는 없다. 어딘가에 나갔나? 의문을 느끼며 별생각 없이 창문을 열고 밖을 살펴봤다.

"앗."

"응……? 어, 메구. 좋은 아침! 일어났구나."

창밖에는 마침 여관 뒤뜰이었던 모양이다. 우물이 있는 그 장소는 아주 조금 넓게 트인 곳인데, 라비 씨는 그곳에서 검을 휘두르며 땀을 흘리고 있었다. 이미 전신이 땀에 젖었으니 분명 눈을 뜬 뒤로 계속 단련한 거겠지. 대, 대단해!

"조금만 더 하면 끝나니까 갈아입고 내려와. 세수할 거지?"

"앗, 네! 알겠습니다!"

대답한 뒤 창밖으로 내밀었던 고개를 집어넣은 나는 라비 씨가 단련하는 모습을 보고 가슴이 뜨거워져 있었다. 감동했기 때문이다. 왜냐고? 멋있으니까! 그게 다다. 싸우는 여자, 여성 모험가. 멋지잖아! 크으으!

그렇지. 아무것도 안 했는데 강해지는 사람은 없는걸. 나도 어리니까 보호받으며 아무것도 하지 않는다면, 결국 아무것도 하지 못하는 어른이 되어 버린다. 그건 곤란하다. 자연 마법밖엔 장점이 없다니, 지금처럼 마법을 제대로 사용할 수 없는 상황이 되면 아무것도 못 하는 짐이 되는걸. 슬프다.

오르투스의 사람들도 다들 저마다 약점이 있다. 하지만 그걸 보완하는 무언가의 방법을 지니고 있다고 들었다. 사우라 씨도 공격을 받으면 조금도 못 버티지만, 여차하면 도망칠 수 있는 비장의 카드가 있다고 했는걸.

그럼 나는? 뭘 할 수 있지? 아무것도 못 하고 그냥 울기만 할 뿐이다. 그래서는 오르투스에 있을 수 없다. 전력이 되지 않는 사람이 있어봤자 폐가 될 뿐이잖아. 계속 기대기만 해서는 안 된다. 곧 50살이 되니까 슬슬 앞날을 생각해 단련해야지!

그렇게 생각한 나는 수납 팔찌에서 어제 애니에게 받은 수수한 옷을 골라 순식간에 갈아입었다. 매번 수납하기만 해도 세탁이 끝나는 점에 감사하며 라비 씨에게 다다닷 달려갔다.

"저를! 단련, 시켜, 주세요!"

그리고 나는 우물에 도착한 뒤 헉헉 거친 숨을 몰아쉬면서 라비 씨에게 요청했다. 폼이 안 나네……. 인사나 설명 등을 모조리 날려 먹고 이 말부터 해버린 점에서 나는 어린애란 말이지. 라비 씨도 눈이 휘둥그레졌잖아. 우선 꾸벅 머리를 숙여서 '좋은 아침입니다' 하고 급조 인사를 하자, 그제야 라비 씨가 웃음을 터트렸다. 어째 죄송합니다.

"좋은 아침. 갑자기 뭐야? ……강해지고 싶다고 생각한 거야?"

라비 씨는 목에 건 수건으로 땀을 닦으며 나에게 말했다. 꼬맹이라고 달래는 게 아니라 제대로 이야기를 들어주는 모양이다. 그것만으로도 기쁘다.

"아니요. 저는 아마 그렇게 강해지진 못할 꺼예요. 하지만 마법을 쓰지 못할 때, 여차할 때를 위해 적어도 제 몸을 지킬 수 있을 정도로는, 도망칠 수 있을 정도는 되고 싶어요!"

내가 할 수 있는 일과 하지 못하는 일 정도는 안다. 지금부터 계속 단련한다면 언젠가는 강해질지도 모르지만, 솔직히 가능성은 희박하다. 그래도 내 몸을 지키는 것 정도는 할 수 있게 되겠지.

"발목을 잡는 건 시러요. 지금부터 조금씩 단련하고 싶은데, 뭘 해야 할지 모르니까……."

"……그렇구나."

내 말에 라비 씨는 살며시 머리에 손을 올리고 슥슥 쓰다듬은 뒤 그 자리에 쪼그려 앉아 나와 눈높이를 맞췄다.

"알았어. 그럼 광산까지 가는 동안 시간이 날 때는 같이 단련하자. 다만, 아주 엄하다?"

윙크하며 그렇게 말하는 라비 씨의 대답에 뺨이 달아오르는 걸 느꼈다. 나는 두 주먹을 불끈 쥐고 힘차게 '잘 부탁드립니다!' 라고 대답했다. 오르투스의 너무나도 친절한 보호자가 아닌 다른 사람이 해주는 단련이다! 힘내자!

하지만 지금은 이미 아침을 먹을 시각. 그 자리에서 세수만 하고 리히토, 로니와 함께 식당에 왔습니다! 빵과 토마토 수프를 우물우물 먹으면서, 현재 저는 여차할 때를 위한 이론을 라비 씨에게 듣는 중입니다!

"호신술이라고 해도 몸을 단련하는 게 전부가 아니야. 그야 강하면 상대방을 쓰러트릴 수 있을지도 모르지만, 가장 중요한 건 우선 위험을 피하는 거지."

"그건, 당연하잖아……?"

라비 씨의 강의에 의문을 표하는 로니. 확실히 당연한 소리다.

"그래. 그 당연한 게 중요해. 하지만 의식하는 것만으로도 달라진다? 혼자 인기척이 없는 장소나 어두운 장소를 어슬렁거리지 않는다. 수상함을 느낀 사람에겐 가까이 가지 않는다. 당연한 것 같으면서도 의식하지 않으면 무의식적으로 저지르곤 해. 지름길이니까, 시간이 없으니까, 그런 이유로."

듣고 보니 맞는 말이었다. 설득력이 넘쳐난다! 나는 특히, 아직 성인일 때의 습관이 덜 빠져서 혼자서 어슬렁거리곤 하니까. 몇 번을 혼났는지. 전생의 기억도 잊는 게 나은 것만 기억한단 말이지.

"뭐, 이건 대전제고. 다들 위험을 나서서 겪고 싶은 게 아니잖아? 조금 조심해서 피할 수 있다면 그게 최선이니까, 아무튼 이건 머릿속에 입력해둬. 그게 중요해."

"알겠습니다!"

지당한 말씀! 나는 팔을 번쩍 들어 올리며 대답했다. 라비 씨는 착한 아이라며 머리를 쓰다듬어주었다. 에헤헤.

"그럼 다음. 만약 위험한 일을 겪게 될 경우야. 간단한 것부터 가르쳐줄게."

라비 씨는 토마토 수프를 단숨에 비운 뒤, 혀로 입술을 핥았다. 왠지 섹시하네요.

"이건 나도 긴장했을 때 꼭 하는 건데. 심호흡이야."

"심호흡?"

"그래. 위험하다고 느꼈을 때야말로 침착해져야 해. 당황해서 이상하게 행동했다가 괜히 더 꼬여버리면 안 되잖아?"

그러니 위험을 앞에 두고 패닉에 빠지면 천천히 크게 숨을 들이마셨다가 내쉬는 심호흡을, 마음이 진정될 때까지 반복한다고 설명했다. 그것만으로도 상당히 침착해지니까 냉정하게 생각할 수 있게 된다면서.

순간적으로 '뭐야, 겨우?'라는 생각이 들었지만 이론적으로 맞는 말이다. 뇌에 산소를 공급하는 거지. 더불어 진정 효과. 실제로 위기에 처했을 때는 그런 것조차 못하는걸. 울거나 소리치거나 하면서. 그럴 때도 있었습니다.

"자, 그럼 여기서 문제. 심호흡해서 냉정해진 머리로 무슨 생각을 할까? 위험한 상황은 바뀌지 않았어. 어떻게 할래?"

으음, 으음. 눈앞에 위험한 상황. 나라면 어떻게든……

"도망친다……?"

"오, 정답이야. 메구. 참 잘했습니다! 저기 있는 멍청이는 싸운다고 대답했거든!"

"큭. 옛날이야기 하지 마, 라비!"

그래, 리히토는 이미 이 강의를 들었구나! 아니, 나였어도 힘이 있다면 싸우겠다고 대답했을 테니까, 리히토의 마음도 이해한다.

"대전제가 위험한 상황을 피할 것이니까, 도망치는 걸 생각하는 게 당연한 흐름이지."

그렇게 말하며 라비 씨는 팔짱을 끼고 웃었다. 오, 오오. 정답을 말해서 다행이야……! 나는 쑥스러워서 입꼬리가 올라가려는 얼굴을 얼버무리기 위해 빵을 집어넣었다. 우물우물, 맛있어!

"뭐, 도망친다고 해도 상황에 따라 여러모로 달라지지. 하지만 대체로 할 일은 같아. 눈앞에 위험인물이 있고, 당장에라도 나에게 덤벼들 것 같다고 하자. 그럼 먼저 크게 소리치는 거야."

내가 식사를 마치는 걸 기다린 뒤 라비 씨는 강의를 계속했다. 크게 소리친다라. 하지만 공포에 질리면 의외로 안 나온단 말이지. 심호흡조차 힘든걸.

"이때 아까 말한 심호흡이 중요해져. 심호흡한 뒤라면 큰 목소리도 낼 수 있게 될 테니까."

아, 그렇구나. 무심코 '오오' 하며 감탄을 흘렸다.

"아무튼 크게 소리치면서 도망치는 거야. 갑자기 큰 소리를 들으면 상대방도 순간 움츠러들거든."

그 후 만약 잡힌다면 어떻게 될까, 입이 막혔을 때 등 다양한 상황을 열거하며 설명해주는 라비 씨. 굉장히 이해하기 쉬워서 감동적이다! 목을 노린다거나 눈을 노린다거나 기타 등등. 실천

할 수 있을지는 모르지만, 아는 것과 모르는 건 큰 차이니까!

"알겠니? 상대방도 사람이라면 반드시 빈틈이 생겨. 순식간에 죽어버린다면 아무래도 방도가 없지만…… . 잡힌 상황이라면 분명 기회는 찾아올 테니까. 그때를 기다렸다가 허를 찌르고 도망치는 거야. 이걸 머릿속에 꼭꼭 담아두도록!"

"네! 감사합니다!"

무척 유익한 이야기였다. 후우. 로니도 머리를 숙이고 있었다. 그래그래, 같이 힘내자!

"자, 강의는 이 정도로 하고. 애초에 메구는 체력이 너무 없어. 오늘은 제대로 움직여주렴."

"힉, 히, 힘낼게……!"

아주 조금 심술궂게 웃는 라비 씨에게 등을 똑바로 펴고 대답하자 쿡쿡 웃음이 돌아왔다. 노, 놀렸구나!

"짐을 정리하면 바로 출발이야! 여유 부릴 수는 없으니까."

라비 씨의 목소리에 우리는 입을 모아 대답한 뒤 자리에서 일어나 방으로 돌아갔다. 어제 라비 씨가 정보 수집하러 가면서 사온 물건을 각각 짐에 나눠 넣는 것뿐이니까 그리 시간은 걸리지 않았다. 신세 졌던 제트 씨를 만난다면 한 번 더 인사할 생각이었으나, 결국 그럴 시간도 없었다. 하지만 우리가 떠난다는 건 알리고 싶었기 때문에 여관 근처의 정육점에 전언을 부탁했다. 멋진 아저씨에게 인사하지 못한 게 참으로 아쉽다. 힝.

"메구, 잘 지내야 해! 또 근처에 올 일이 있으면 들렀다 가! 약속이야!"

게다가 모처럼 친해진 애니와도 헤어진다는 게 너무 슬프다. 심지어 작별 인사가 가슴에 꽂힌다. 아주 푹푹. 왜냐하면 근처에 올 일은 이제…… 아니. 어쩌면 있을지도 모르지. 하지만 나는 오르투스에 돌아갈 생각이니, 애니와 다시 만날 가능성은 한없이 낮다. 오히려 그렇지 않으면 곤란하다. 그래도 섭섭한 건 섭섭하다. 게다가 눈물이 그렁그렁해져서 이쪽을 바라보는 애니에게 사실을 말할 순 없어!

"응, 꼭……!"

그래서 나는 그런 말밖에 할 수 없었다. 의도치 않게 둘이서 눈물을 줄줄 흘렸지만, 애니처럼 나도 제대로 웃으면서 손을 흔들었겠지?

"대단하네. 멋진 친구를 사귀었잖아. 비록 이젠 만날 수 없다고 해도."

라비 씨가 머리를 쓰다듬으며 격려해주었다. 그렇지. 이제 만나지 못한다고 해도 이 만남은 나의 소중한 추억으로 마음에 남는다. 괴로워도, 굴할 것 같을 때도, 열심히 하자고 용기를 얻을 수 있을 터.

"응! 절대, 안 잊어!"

팔로 눈물을 쓱쓱 닦고 앞을 보았다. 애니에게 받은 옷을 벌써 눈물로 더럽히고 말았다. 리히토와 로니가 자연스럽게 옆에 서주는 게 든든하다. 그래, 우울해 하고만 있을 수도 없다. 다음에 들를 예정인 마을까지는 꽤 거리가 있다는 모양이니까. 그럼 필연적으로 야영이다. 야영은 처음이야! ……하고 콩닥거릴 때가 아니고. 즉 제법, 아니, 상당히 녹초가 될 것이 예상됩니다.

하지만! 지금의 메구 씨는 조금 다르다! 체력을 키우기 위해서도 열심히 걸었다. 최대한 다른 사람들의 속도에 따라갈 수 있도록! 하지만 당연히 무리하면 계속 걸을 수 없다. 그래서 상황을 보아 또 로니의 등에 신세 지게 될 것 같다. 아니, 그렇다고 벌써 걱정된다는 듯 이쪽을 힐끔힐끔 쳐다보지 않아도 되거든? 로니. 최, 최대한 내 힘을 걸을 거야!

"흐어어어……."

"고생했어, 메구. 많이 걸었네! 이쯤에서 쉴까."

마을을 나와 해가 높이 뜰 때까지 끊임없이 걸은 우리. 우는 소리 없이 착실히 내 발로 걸었지만, 이젠 다리가 후들거린다. 갓 태어난 새끼사슴 같은 상태입니다. 하, 한심해라……! 심지어 내가 그런 상태에다 원래 걸음이 느리니 많이 이동하지 못했겠지. 면목 없다.

"무슨 생각으로 시무룩해진 건지는 모르지만, 불평 한번 없이 착실히 걸었으니까 첫날치고는 훌륭해!"

"그래, 메구. 비틀거릴 때까지 걷다니 대단해. 언제 울려나 했는데."

"아, 안 울어!"

격려해주는 라비 씨와 은근슬쩍 놀리는 리히토. 이젠 못 한다고 울거나 하지 않거든! 지금은 너무 힘들어서 눈물이 고이긴 했지만!

"점심 먹은 뒤엔 로니에게 업혀 가. 무리하면 내일 걷지 못하게 되니까. 매일 조금씩 걸을 수 있는 거리를 늘리면 돼."

"응, 맡겨줘."

그, 그렇죠. 확실히 저도 이젠 더 걷지 못할 것 같습니다. 오히려 서 있을 수 있을지도 의심스럽다. 순순히 기대자.

"미안해, 로니⋯⋯. 고마워."

면목이 없어서 꼬물거리자 얼굴이 빨개진 로니가 '윽' 하고 반응했다. 아아, 진짜 미안! 빨리 체력 키울게!

이렇게 점심을 먹은 뒤에는 로니에게 업혔고, 우리는 오전의 느린 속도를 만회하려는 기세로 쭉쭉 걸어갔다. 이 속도를 따라갈 수 있는 날이 올까? 그런 생각을 하다가 나도 모르는 사이에 로니의 등에서 잠들어버렸지만! 수마에는 이기지 못했어⋯⋯! 퍼뜩 정신을 차렸을 때 주변을 둘러보긴 했는데, 거기서 거기인 풍경이 이어지다 보니 얼마나 시간이 지났는지도 알 수 없다. 그렇게 많이 자지는 않았다고 믿고 싶다. 죄송합니다!

해가 저물기 조금 전에 라비 씨가 멈췄다. 산길에 들어간 뒤로 상당히 많이 걸은 것 같다. 나무에 둘러싸이긴 하지만 길은 나 있으니 다들 여기를 지나간다는 걸 알 수 있었다. 그리고 멈춘 위치는 조금 트인 장소. 다른 사람들도 여기서 야영하는 건가?

"어두워지기 전에 야영 준비를 해야 하니까. 오늘은 이쯤에서 멈추자."

"야영 준비라⋯⋯."

장작을 모으거나 텐트를 치거나 하는 걸까? 하지만 나는 사우라 씨에게 간이 텐트를 받았는걸. 으음, 하지만 여기서는 좀.

"라비 씨, 저기, 조금 더 앞으로 갈 수 업쓸까요? 가능하면 사람이 엄는 장소로. 그, 특수한 텐트를 갖고 있는데……."

우물쭈물 머뭇거리면서 말하자 무언가를 알아차린 듯 리히토가 끼어들었다.

"분명 터무니없는 기능이 붙은 거야. 그걸 남들이 보면 곤란하다는 거지?"

역시 리히토, 그동안 내 비상식 요소에 실컷 놀라본 덕분에 익숙해졌구나. 그 말대로라며 고개를 끄덕끄덕 흔들자 라비 씨가 팔짱을 꼈다.

"그 텐트에 다 들어갈 수 있어? 하지만 너무 시간을 빼앗기면 야영 준비가……."

어두워지면 준비하는 것도 힘들겠지. 하지만 괜찮다!

"밖에서 보면 일반적인 텐트지만, 안은 평범한 집처럼 생겼어. 부엌도 있고, 방도 두 개는 있으니까……."

내가 그렇게 설명하자 리히토와 로니가 황당하다는 눈빛을 보내는 걸 느꼈다. 뭐, 뭔데.

"으음, 그러니까 야영 준비를 안 해도 된다는 거야? 또 말도 안 되는 걸 갖고 있구나……."

라비 씨마저 황당하다는 듯 그렇게 중얼거렸다. 아, 아니야! 내가 갖고 싶어 한 게 아니거든?! 그런 항의도 미적지근한 반응과 함께 흐지부지되었다. 크윽!

그리하여 우리는 조금 더 올라가, 나무가 많은 장소를 찾았다. 음, 이 근방이면 괜찮겠다. 바로 수납 팔찌에서 텐트를 꺼냈다.

"……잠깐, 이런 거에서 자라고?"

"피, 핑크는 바깥에만 그래!"

연분홍색 텐트를 보고 리히토의 입꼬리가 꿈틀거렸다. 마음은 이해하지만 괜찮거든! 그리고 이어서 간이 결계 마법도구를 꺼냈다. 작은 램프형으로, 반경 10미터 정도는 침입자를 막아준다. 보호자들의 진심이 느껴지지……! 하지만 지금은 마력 소모를 줄이기 위해서 반경 2미터로 설정을 고쳤다. 절약해야지. 하고 싶은 말이 있다는 듯한 세 사람의 시선은 의도적으로 눈치채지 못한 척했다. 나는 모른다. 모르는 일이다. 의식하면 지는 거다.

"아, 아무튼 끝! 안에 들어가!"

이렇게 반강제로 텐트 안에 세 명을 밀어 넣었다. 그리고 모두 들어갔을 때 텐트의 스텔스 기능을 on!

"이제 안 놀랄 거라고, 생각했었는데……."

텐트 안의 모습이나 스텔스 기능 등등을 직접 본 일행은 리히토의 중얼거림에 진심으로 동의를 표했다. 처음 이걸 봤을 때의 기분이 떠오르네. 안심하세요, 저도 아마 지금 여러분과 같은 생각을 했었으니까!

텐트 덕분에 쾌적한 야영을 할 수 있다는 걸 안 우리는 그냥 마을에 들르지 않아도 되는 게 아니냐는 사실을 깨닫고, 최대한 건너뛰며 가기로 정했다. 이걸 야영이라고 불러도 되는지 아닌지는 제쳐놓고, 물자 조달도 필요 없단 말이지. 왜냐하면 텐트 안에 설치된 부엌에 냉장고는 물론이고 식량창고에도 식량이 잔뜩 들어 있었으니까. 이건 나조차 살짝 기겁했다. 창고에는 시간이 흐르지 않는 마법까지 걸려있었거든. 식량이 썩을 걱정도 없다. 완전히 지극정성이다!

오르투스 길드원의 과보호에 살짝 기가 막혔지만, 문득 사우라 씨에게 들은 말을 떠올렸다. 너무 많은 것들을 안겨줘서, 이렇게 갖고 있어도 못 쓴다고 거절하려고 했을 때였다.

『유비무환이야! 어차피 해가 되는 것도 없으니까, 무슨 일이 있을 때를 대비한 보험이라고 생각해.』

지금 와서 그 의미의 중요함을 실감했다. 새삼스럽게 역시 이 세계에서도 그런 개념이 있다는 생각도 들고.

"마음대로 써도 괜찮다고는 하지만. 낭비하는 건 안 좋으니 생각하면서 사용할게."

이 인원으로도 몇 달은 생활할 수 있을 정도의 물자가 있지만, 라비 씨는 어디까지나 신중하게 생각하는 모양이었다. 착실한 사람이다. 나 혼자였다면 깊게 생각하지 않고 마구 써버렸을 것 같으니, 야무진 사람의 존재는 무척 감사하다. 보, 본받겠습니다. 그런 라비 씨가 앞일을 고려해서 저녁을 차려준다고 하기에 얌전히 호의를 받아들이기로 했다. 재료를 얼마나 쓰는지 같은 건 전부 맡기는 게 낫겠지. 틀림없다. 그동안 나는 리히토와 로니를 방으로 안내했다.

"2층까지 있냐고……."

"아, 응. 사실은 2층을 만들 필요는 없는데…… 만들어준 사람이 '멋지잖아?'라면서…….."

마이유 씨다. 확실히 멋지고, 어린아이가 쓰기 좋게 계단의 높이가 낮지만, 2층을 만들 필요는 전혀 없다. 아공간 마법을 도입했으므로 공간을 줄일 필요도 없고. 그 사람은 기술 낭비의 극한을 찍은 사람이니 어쩔 수 없다고 생각할 수밖에.

계단을 올라가 바로 왼쪽 방으로 두 사람을 안내한 뒤 겸사겸사 방을 사용하는 법도 가르쳐줬다.

"뭐야, 딱히 사용법까지 가르쳐줄 필요는…… 이게 뭔데?"

"방 안에, 방이 있어."

그렇겠지. 이게 평범한 방이라면 리히토의 말대로 설명은 필요 없다. 하지만 여기는 호텔 같은 설비를 갖추고 있는데, 이 세계에서는 이런 구조가 평범하지 않으니 설명이 필수다. 그 증거로 두 사람은 동요하고 있다.

"여기는, 이렇게!"

"억, 뭐, 샤워실?!"

두 사람이 움츠러들어서 문을 열지 않기에 백문이 불여일견이라며 내가 열어서 보여주었다. 냉수와 온수가 모두 나오는 마도구와 욕조를 보고 두 사람의 눈이 휘둥그레졌다. 놀랐구나! 앤티크 풍의 욕조이긴 하지만 이 세계에서도 흔히 보는 형태의 욕조이니 바로 샤워실이라는 걸 알아줬으니 안심인가.

"손을 내밀면 마력에 반응해서 뜨거운 물이 나와. 둘 다 마력이 있으니까 이 부분은 괜찮지? 마력도 별로 안 써. 여기에도 뜨거운 물을 받아서 전신을 씻은 뒤에 들어가면 돼."

"들어간다고……?"

손가락으로 가리키며 두 사람에게 알려주자 로니가 고개를 갸웃거리며 물었다. 혹시 욕조에 몸을 담근 적이 없는 건가? 그럴 수도 있겠다. 욕조는 있어도 그런 문화가 없어도 이상하지 않으니까. 오르투스에서 욕조에 몸을 담그는 게 당연한 건 아빠의 영향일 테고. 하지만 리히토는 몸을 담근 적이 있는 모양이다. 그 부분을 로니에게 설명해주고 있다. 하지만 로니가 계속 묘한 표정을 하기에 주먹을 불끈 쥐고 역설했다.

"따뜻한 물에 몸을 담그고 푹 쉬면 기분 좋아! 피로가 풀리니까 추천해! 하지만 너무 오래 있으면 탈진하니까 조심하고."

이대로는 안 할지도 모른다고 생각한 나는 미리 욕조에 뜨거운 물을 받아주었다. 에잇. 이러면 물이 아깝다면서 들어가겠지. 아앗! 하는 목소리는 안 들려요. 안 들려.

"그야 매일 들어가는 건 마력 낭비가 될지도 모르지만…… 가끔은 괜찮잖아? 오늘은 시험 삼아 들어가면 안 돼?"

맛있다거나, 즐겁다거나, 기분 좋다거나. 좋은 건 남에게도 가르쳐주고 싶잖아. 특히 두 사람에게는 많이 신세졌으니까. 물론 나중에 라비 씨에게도 가르쳐드려야죠.

"너무 사치잖아……. 하아, 알았어!"

"나중에, 감상, 알려줄게."

빤히 쳐다보며 두 사람의 반응을 기다리자 무언가에 항복한 건지는 모르지만 리히토가 이마에 손을 짚으며 말했고, 로니도 쓴웃음을 지으며 말했다. 왠지 내가 떼를 부리는 것 같은 느낌이 들어서 못마땅하다. 뭐, 됐어.

"응! 아주 기분 좋아! 찬물도 꼭꼭 마셔!"

로니의 반응이 기대된다! 그럼 나중에 보자고 인사한 뒤 나는 두 사람의 방에서 나왔다. 바로 라비 씨에게도 알려줘야지! 저녁 준비는 마무리 되었으려나?

"하아. 뜨거운 물에 몸을 담그란 말을 들었을 때는 그런 사치가 다 있나 했는데, 역시 좋네."

"그쵸? 그쵸?"

부르러 갔을 때, 라비 씨도 준비가 끝난 뒤였다. 말 그대로 베스트 타이밍. 리히토와 로니에게 한 것과 마찬가지로 목욕에 대해 설명하자, 자신에겐 마력이 없으니 같이 들어가자는 대답이 돌아와 지금에 이르렀다. 라비 씨의 긴 머리카락을 북북 감겨주는 게 즐거웠습니다! 평소에는 남이 감겨주기만 했으니까……. 등을 밀어주기는 했어도 머리를 감겨주는 건 처음이었다! 물론 나도 라비 씨가 씻겨줬지만. 그래도 사실은 그 외에 신경 쓰이는 게 있었다.

"오랜 상처에 효과가 있는 느낌이 들어."

그렇다. 라비 씨의 몸은 여기저기에 흉터가 많았다. 큰 것부터 작은 것까지, 흉터의 종류도 각양각색이었다. 베인 흔적이나 화상 등 다양하게 다친 게 보였고……. 그래서 등을 미는 게 왠지 무서워서 머리를 감겨주기로 했다. 이제 아프지 않다는 건 알지만 아파 보인단 말이야!

"메구는 착하구나. 미안해, 보기 안 좋았지? 흉터가 잔뜩 있어서."

"그렇지 아나! 아파 보여서 놀랐을 뿐이고…… 제송해요."

정말로 깜짝 놀란 것뿐이다. 일본에 있을 때는 물론이고 지금도 이렇게까지 흉터가 많은 몸을 본 적이 없었으니까. 오르투스의 길드원들이 안 다치는 게 아니라, 치료 마법이 발달해서 흉터가 거의 남지 않는다. 그리고 마대륙의 사람들은 종족 특성상 자연치유력도 높은 것 같고.

인간은 참 연약하다는 생각이 들었다. 최약체 종족이라고 들었고, 지식으로서는 알고 있었지만 그걸 직접 보게 되었으니.

"사과할 거 없어! 그렇게 아파 보인다면서 걱정해주는 게 착하다는 증거잖니."

밝게 아하하 웃으며 그렇게 말해주는 라비 씨가 훨씬 착하다구요. 언젠가 온천에 데려가 주고 싶다. 평범한 욕조보다 흉터에 좋을 것 같으니까. 사는 대륙이 다르니 무리일지도 모르지만.

"자, 슬슬 나가자. 그 녀석들도 배고플 거야. 목욕 고마워."

"! 응!"

우선 라비 씨는 만족했으니 지금은 그걸로 오케이다!

우리가 갈아입고 식탁으로 내려오자 뺨이 붉게 상기된 리히토와 로니가 의자에 앉아 느긋하게 쉬고 있었다. 두 사람은 내가 온 걸 보고는 눈을 반짝반짝 빛내며 보고했다.

"뜨거운 물 최고였어! 피로도 풀렸고!"

"응. 좋은 거, 배웠어."

그렇지? 그렇지? 로니도 목욕이 꽤 마음에 든 모양이다. 다행이다!

"자! 이제 수프를 데워서 놓기만 하면 되니까 너희도 도와!"

라비 씨의 목소리에 대답한 뒤 다 함께 그릇을 날랐다. 각자 자리에 앉으면 저녁식사 시간입니다. 목욕하고 나와서 개운한 몸으로 맛있는 저녁밥을 함께 먹는 것. 왠지 진짜 가족 같구나. 오르투스의 사람들도 가족이지만, 설마 인간 대륙에서도 그렇게 생각할 수 있는 사람들과 만나게 될 줄은 생각지도 못했다. 만난 지 얼마 되지도 않았고, 이런 나사 풀린 정신상태로는 위험하다는 걸 알지만. 응, 이 만남에 감사한다.

저녁을 먹으며 앞으로 어떻게 할지 대화했다. 이미 여러 번 대화한 내용이니, 확인이 주목적이라는 느낌이긴 했지만. 확인이라는 건 몇 번을 해도 좋다. 언제 예기치 못한 사태가 일어날지 알 수 없으니까. 하지만 말하는 건 거의 라비 씨고, 나는 열심히 저녁을 입에 가져가는 것에 주력했다.

"그러니 마을 안에는 기본적으로 들어가지 않는다는 방침을 철저히 지키자. 앞으로 어떤 정보가 얼마나 돌지 알 수 없으니까."

"하지만 라비만 들어가는 건 치사하잖아."

그렇다. 방침은 이렇게 정해졌다. 슬슬 우리가 도망친 동쪽 왕성에서 정보가 돌아도 이상하지 않다고 하니까. 아무리 인간 대륙에서는 어린아이가 드물지 않다고 해도 어린아이를 데리고 여행하는 것 자체만으로도 눈에 띈다. 하지만 정보는 수집하고 싶다. 그래서 직업상 익숙한 라비 씨가 그 역할을 담당하기로 했다. 우리는 라비 씨가 조사할 때는 근처 숲에서 대기. 즉 숨어서 기다릴 수 있는 장소가 주변에 없으면 조사도 어렵다는 소리이기도 하지만, 이 근방의 마을은 대체로 근처에 숲이 있으니 그 점은 안심이다.

"무슨 소리야. 조금이라도 위험을 줄이기 위해서잖아. 언젠가 꼭 지나야만 하는 도시가 나올 테니 그걸로 참아."

"쳇, 알았어."

'쳇'이라니 귀엽구나, 리히토. 하지만 그 마음은 이해한다. 자신도 도움이 되고 싶어서 그런 거지.

"게다가 기다리는 동안은 과제를 낼 거야. 그냥 기다리기만 하는 건 심심하잖아?"

하지만 이어지는 라비 씨의 말과 씩 웃는 그 미소에 나도 리히토도 로니도 얼굴이 굳어버렸다. 과, 과제, 라고요?

"단련은 하루 만에 숙달되는 게 아니야. 시간이 있으면 단련. 이게 상식이지!"

어째 눈이 빛나는데요?! 히익!

"어, 어떤 과제를 낼 생각이야? 라비."

"사, 살살."

"부탁드려요……!"

그렇게 약해지면 어떡하냐는 라비 씨의 외침에 우리는 모두 등을 똑바로 폈다. 그 등을 한 번씩 팡팡 두드리며 괜찮다고 말해줬지만, 전혀 믿을 수 없는 말로 들렸다는 건 언급할 필요도 없다. 으윽. 우는 소린 안 할 거야! 천 리 길도 한 걸음부터!

충분히 휴식을 취한 우리는 다음 날 아침부터 예정대로 사람을 거의 만나지 않으며 이동했다. 며칠 단위이기는 했으나 순조롭게 몇몇 마을도 지나갈 수 있었다. 그때마다 라비 씨가 조사하고, 기다리는 동안 우리는 단련하며 지내기를 몇 차례. 반복 작업이나 라비 씨의 과제는 제법 힘들긴 했지만, 열심히 하면 해낼 수 있는 절묘한 과제를 내는 덕분에 어떻게든 단련도 계속하고 있다. 라비 씨, 좋은 스승이시네요. 정말로…….

그 덕분이기도 한 건지 매일 조금씩 내 발로 걸을 수 있는 거리도 늘어났고, 호신술 이론이나 소소한 반격기 같은 것도 배우게 되었다! 반격기는 잘 성공하지 못하지만……. 홀쩍. 그래도 착실하게 성장한다는 실감이 느껴져서 즐겁기도 하다. 여행은 순조로움 그 자체! 라고 말하고 싶지만…….

어제, 마침내 라비 씨가 뒤숭숭한 소문을 듣고 말았다.

"동쪽 왕성에서 병사를 파견했대."

"누굴 찾는 것 같던데."

"뭐야, 범죄자 같은 건 아니지?"

라비 씨가 마을 사람의 소문을 들은 바에 의하면 이런 식이라고 한다. 그저 소문이라 하기에는 무시할 수 없는 내용이었다. 라비 씨가 슬쩍 대화에 섞여서 이것저것 물어본 것 같지만…… 애초에 소문에 불과하므로 마을 사람들도 그 이상은 잘 모른다고 했다. 사실인지 아닌지도 의심스럽다고. 그런 소문만으로 끝나는 소식은 흔한 일이려나.

"아마도 이번에는 그냥 소문만은 아니겠지……."

그날 밤, 텐트에서 저녁으로 크림 파스타를 먹으며 라비 씨가 말했다. 너무 태평한 분위기라 위기감이 없지만, 실제로는 위기 상황이거든!

"동쪽 왕성에서 파견했다니까. 우리를 찾는 거겠지……."

"얼굴, 알려졌고……."

"그래. 게다가 너희는 다들 특징적인 얼굴이니……."

리히토가 '특징적인 얼굴이라니'라며 살짝 충격을 받은 얼굴이 되었다. 로니는 드워프 특유의 분위기가 있는 정도고 평범해 보이는데……. 그건 아인을 많이 본 나이기 때문에 그렇게 생각하는 건지도 모른다. 인간과 같냐고 하면 다른 느낌도 들고, 여태까지 본 인간과 비교하면 이목구비가 뚜렷하다거나?

반대로 리히토는 로니와는 정반대다. 일본인 얼굴이니까……. 그래, 그건 그거대로 특징적인 얼굴이 되는구나.

"……나는 이곳의 인간이 아니니까."

"어……?"

그때 작게 툭 중얼거린 리히토의 말에 생각이 멈췄다. 어. 으음. 그건 혹시……?

"가장 눈에 띄는 건 뭐니 뭐니 해도 메구지만."

"응, 눈에 띄어."

"반칙 수준의 미모니까 말이지. 메구는."

하지만 그 중얼거림을 들은 사람은 나뿐이었던 모양이다. 그리고 입을 열기 전에 화제가 나로 넘어왔다. 어, 어라? 역시 그런 거야? 이것만큼은 타고난 거니까 어쩔 수 없는데…….
굳이 말하자면 너무 미형인 부모님 때문이다.

"최대한 얼굴을 가리는 옷을 입을까. 이제부터는 큰 도시가 늘어나니까, 통행인도 많아져. 들어가야만 하는 도시도 있으니 조금이라도 얼버무려야지."

"망토, 같은?"

"전원 망토를 썼다간 그거대로 눈에 띄잖아."

다들 이런저런 대책을 이야기하기 시작했기 때문에 리히토에게 물어볼 타이밍을 완전히 놓쳐버렸다. 하지만, 그건 무슨 의미였던 걸까. 이 나라 출신이 아니라는 의미로도 받아들일 수 있지만…….

그런 답답함을 느끼면서도 또 언젠가 물어볼 기회를 노리기로 하고 일단 마음에 담아두었다. 응, 섣불리 물어봤다가 '일본이 뭔데?' 같은 반응을 하면 곤란하잖아. 여기선 신중히 가야지! 은근슬쩍 확인할 방법이 있다면 좋을 텐데, 좀 어렵겠지. 그런 생각을 하면서, 나는 대책 회의를 들으며 묵묵히 크림 파스타를 먹었다. 으음, 맛있어!

"자, 너무 생각하다가 늦게 자면 안 돼. 다 먹었으면 몸을 잘 풀고 빨리 자. 그나저나 불침번을 서지 않아도 되는 건 참 편하단 말이지."

긴 여행의 기본은 무리하지 않고 휴식을 잘 챙기는 것이라고 한다. 마물이 나오지 않는다지만 도적이나 야생동물이 나오지 않는다는 보장이 없으므로 인간 대륙에서도 야영할 때는 불침번

이 필수라고 했다. 그야 그렇겠지. 하지만 내 텐트 덕분에 안전
은 완벽, 라비 씨도 푹 잘 수 있다. 이 점은 정말 다행이라니까!
텐트를 준 사우라 씨에게 너무 감사하다. 받았을 때는 이렇게까
지 활약할 줄 몰랐지만.

앗차, 나도 빨리 잘 준비해야겠다. 단련으로 피곤한 몸을 꼼
꼼한 스트레칭으로 풀어줘야 한다. 안 그러면 내일 또 갓 태어
난 새끼 사슴 메구가 되어버리니까…… 근육통을 우습게 보면
안 된다.

"메구, 많이, 유연해졌어."

뒤에서 등을 눌러주는 로니가 칭찬했다. 에헤헤, 그렇지? 첫
날에 비하면 상당히 좋아졌다는 자각이 있다. 어? 첫날? 다리를
뻗은 상태에서 손이 전혀 안 닿았는데 뭐 불만 있습니까.

"메구는 아직 어리니까 금방 유연해지는 거야. 어때, 걱정할
필요 없었지?"

옆에서 다리를 찢고 바닥에 몸을 납작 붙인 리히토가 밝은 목
소리로 말했다. 변함없이 연체동물같아! 나는 이제 간신히 다리
를 잡을 수 있게 된 정도인데! 하지만 첫날부터 내내 격려해준
리히토는 전혀 나쁘지 않다. 그냥 내 질투심이다. 그렇게 따지
면 비슷하게 유연한 로니에게도 질투하지만.

"서두르지 마. 메구는, 제대로, 성장하고 있어."

그런 때 로니의 온화한 목소리는 몇 번이나 나를 달래주었다.
그렇지. 내 페이스에 맞춰서 차근차근! 매번 스스로를 이렇게
타일렀다. 무슨 일이든 지름길은 없다.

"응, 둘 다 고마워. 매일 조금씩 계속할게."

리히토는 그 마음가짐이라며 웃었고, 로니는 머리를 쓰다듬어 주었다. 응석을 받아주는 건 이 두 사람도 마찬가지구나. 마음이 따뜻해진다. 정말, 나는 사람 운이 좋단 말이지. 감사하게도.

이렇게 자기 전의 일과를 마친 우리는 각자 방으로 돌아가 침대에 누웠다. 불안한 소문은 들었지만, 조급해하지 말고 내가 할 수 있는 일을 해나가야지!

다음 날부터 우리는 소문 대책으로 인상을 바꾸며 이동하기로 했다. 어떻게 했냐고? 나는 간단하다. 모처럼 패션 마도구가 있으니 마을에 들어갈 때마다 갈색, 붉은색 등으로 머리카락과 눈동자 색을 살짝살짝 바꾸기로 했다!

이 미모는 아무리 발버둥 쳐도 눈에 띄니까, 하다못해 색을 바꿔서 다른 인상을 주는 작전이다. 설령 예쁜 어린이를 봤다고 보고를 받아도, 머리카락 색이 다르니 다른 사람일지도 모른다고 생각할 수 있으니까. 어린아이가 드물지 않으며 기본적으로 머리카락 색이 바뀌는 일이 없는 인간 대륙이니까 기대할 수 있는 효과다.

다음으로 리히토인데, 이쪽도 간단하다. 마을 등 사람이 많은 장소에 있을 때만 마법을 썼다. 존재를 인식하기 어렵게 만드는 마법이라고 하니 기르 씨가 사용하던 은폐 마법일지도 모른다. 성능은 떨어질 테지만, 사용하는 것만으로도 대단하잖아 리히토! 하지만 마력을 소모하니 여차할 때만 사용한다.

그리고 로니는 어쩔 수 없으니 후드가 달린 망토를 둘렀다. 망토가 로니 한 명뿐이라면 그렇게까지 눈에 띄지 않으니까. 충분하다.

다만 그렇게까지 해도 이건 임시방편에 불과하다는 건 안다. 왜냐하면 우선 어른 한 명에 아이 셋이라는 조합만으로도 눈에 띄니까. 리히토는 라비 씨보다 키가 조금 작은 정도라 알아보기 어려울지도 모르지만 일본인 얼굴…… 동안이고, 로니는 종족 특성상 키가 작고, 나는 원래 꼬맹이고, 그래서 어린아이로 보인다. 세 아이를 데리고 있는 여행자라는 건 이 대륙에서도 드물다고 하니까. 성인이 될 때까지는 태어난 곳에서 사는 게 일반적이기 때문이라고 한다. 어지간한 사정으로 이사라도 하지 않는 한. 즉, 우리는 가는 곳마다 뭔가 사정이 있는 여행객으로 보인다는 소리다. 으음, 새삼스럽지만 마을에 들르는 빈도를 줄이길 참 잘했다.

"드디어 내일이면 큰 도시에 들어가. 검문이 있는 곳이야."

대책을 세우고 며칠이 지난 아침, 출발 전에 라비 씨가 그렇게 말했다. 도저히 피해 갈 수 없는 도시라고 한다. 그런 장소가 있는 것도 어쩔 수 없지. 미리 들었던 정보이니 각오는 되어있다. 사람이 늘어난 것을 실감했었고, 슬슬 나올 것 같다고 예감했으니까.

"알겠어. 전이지?"

라비 씨의 시선을 받은 리히토가 말했다. 그렇다. 사실 이번에는 검문을 피해 마을에 침입해야 한다. 기록을 남기지 않기 위해서다. 그래서 우리는 지금 작전 결행 전에 최종 확인을 맞추는 중이다. 요컨대 불법침입이다. 으윽, 긴장된다……!

"도시가 꽤 크니까. 들어가기만 한다면 쉽게 들키진 않을 거야. ……안에서 문제를 일으키지 않는다면."

으아아아. 죄책감이 어마어마하다. 나쁜 짓을 하는 것 같다. 나쁜 짓이 맞지만! 반칙 텐트 덕분에 여태까지 편하게 여행했던 만큼 드디어 도망 중이라는 실감이 솟았다고 해야 하나. ……위기감이 없었던 건 나쁜일지도 모르지만!

"전이하면 마력을 많이 써버리니까……. 은폐는 걸지 못해."

"그래. 사람이 많은 도시니까 사람 속에 숨을 수밖에. 너무 여기저기 돌아다니지 말고 여관을 잡아서, 리히토의 마력이 회복될 때까지 얌전히 여관에 있는 게 좋을지도 몰라."

그렇다. 리히토의 마력 회복을 기다리지 않으면 나갈 때 전이 마법을 사용할 수 없게 된다. 마력 회복약은 갖고 있지만…… 회복하자마자 또 마력을 다 쓰는 건 몸에 큰 부담을 준다. 여행은 앞으로도 계속되니 그런 무리는 시킬 수 없다. 자연스럽게 회복되는 걸 기다릴 수 있다면 그게 제일 낫다.

그래서 약은 다시 전이를 사용해 도시 밖으로 나온 뒤에 먹기로 했다. 꼬박 하루를 쉬면 괜찮다고 들었으니…… 그때까지는 참아야지!

"여관에서, 얌전히."

"나도 얌전히 있을게!"

로니와 함께 고개를 끄덕이자 리히토와 라비 씨가 머리를 쓰다듬어줬다. 에헤헤.

　최종 확인을 마친 뒤 바로 출발한 우리는 순조롭게 인파에 섞였고, 마침내 목적지인 대도시 올라 앞에 도착했다. 우와아. 문이 커! 지금부터 이 안쪽으로 침입하는 거지……! 아아아아 긴장된다!

6 오르투스 내부 동향

【사우라디테】

"왔어! 마법진 해석 결과!"

처음 보는 마법진 해석은 그야말로 연 단위로 시간이 들어갈 법한 일인데, 그걸 20일 만에 해치우다니……. 미콜라슈의 진가를 봤다. 지금은 밤이 되었으니 가져온 건 밤의 모습인 미콜이지만.

내가 외치자 그 자리에 있던 길드원들의 주목이 일제히 쏠렸다. 물론 이쪽으로 다가오는 건 실력자들 뿐. 즉 늘 보는 그 멤버들이다. 우리 길드원들은 그 점을 잘 숙지하고 있다. 듣고 싶은 마음은 있지만 방해하면 안 된다는 걸 이해하고 있으니까.

"바로 본론에 들어갈게. 이건 간단하게 말하자면, 일정 수준 이상의 마력을 지닌 어린아이를 불러내는 전이 마법진이야. 일정 수준 이상이라는 건 일반적인 성인과 비슷한 정도라고 보면 돼."

중진 길드원이 어느 정도 모이자 미콜이 바로 설명해주었다. 얼굴에서 피로가 묻어나네……. 이따 좀 쉬게 해야겠다.

"……그거라면 메구도 대상이 되지."

살짝 살기를 두른 케이가 말했다. 살기를 두른 건 케이만이 아니긴 하지만. 그래도, 그렇구나. 이로써 이해가 갔다. 길드 밖 마을에도 아이들이 있지만, 그 아이는 무사했으니까. 어린아이만 불러내는 게 아니라 성인과 비슷한 수준의 마력을 지닌 어린아이를 불러냈다는 거군. 너무 수상한데.

"그래서 발동 장소는? 소환 전이 마법진이라면 그곳에 메구가 있다는 거잖아?"

루드가 냉정하게 재촉했다. 그래도 조용한 분노가 느껴진다. 무리도 아니지.

"맞아. 그리고 그게 큰 문제야. 장소가…… 인간 대륙이거든."

미콜의 말에 전원이 숨을 삼켰다. 나도 분노가 치밀어서 이성을 잃어버릴 뻔했다. ……아니, 진정하자. 기르를 호되게 혼낸 주제에 내가 분노로 조급해하면 안 되지. 천천히 호흡을 가다듬었다.

"어쩐지……. 정령들로도 연락이 되지 않더니, 그래서였군요."

슈리에가 싸늘하게 울리는 목소리로 그렇게 말했다. 메구가 사라진 뒤 당연히 슈리에와 커터에게 정령을 통해 메구를 찾아달라고 했었다. 그래도 연락이 되지 않고, 정령들도 모르겠다고 말했다는 모양이니…… 그 시점에서 불길한 예감은 들었지만.

물론 이 소식은 이미 마왕님에게도 알렸다. 마왕성 쪽 인물도 총동원해서 수색하고 있다는 모양이지만 수확 없음. 그 마왕님은 메구의 실종을 알고 마대륙 전체를 뒤덮을 기세로 살기를 흘렸었지……. 바로 거두긴 했지만, 메구의 아버지 트리오 중 가장 참을성이 없다. 하아, 마음은 이해하지만. 마음은 아주, 몹시 이해하지만!

뭐 그런 고로, 메구의 소식조차 파악할 수 없는 상태였으니

어떠한 마법으로 방해했거나 붙잡혔을 가능성도 있었지만. 그게 미콜라슈의 조사로 분명해졌다. 하지만 설마 인간 대륙에 있을 줄은……!

『사우라디테 씨! 좋은 아침입니다! 앗, 성공이다! 제대로 발음했다!』

뇌리에 메구의 사랑스러운 목소리와 꽃 같은 미소가 떠올랐다. 최근에는 발음도 제법 잘할 수 있게 되었고, 그걸 자각하고 있으니 성공하면 보는 내가 흐뭇할 정도로 기뻐한다. 혀 짧은 발음으로 아장아장 걸어 다니던 메구도 아주 귀여웠으니 성장한 게 조금 아쉽기도 하지만, 이렇게 성장을 느낄 수 있다는 건 더 기뻤다. 아아, 부모의 마음이 이런 걸까? 그런 식으로 메구 덕분에 귀중한 감정을 알 수 있었지.

『저 계속 오르투수에 있고 싶어요.』

차기 마왕이라는 운명을 지닌 메구는 언젠가 마왕성에 가게 될지도 모른다. 마왕으로서 이 마대륙을 마물의 폭주로부터 지킨다는 사명이 있으니까. 마왕은 이 대륙의 정점이라는 위치이긴 하나, 나라를 다스리는 왕과는 역할이 완전히 다르다. 그 강대한 마력과 마왕의 위압감으로 마물들을 제어하는 것이 가장 큰 의무. 물론 마왕성 주변의 도시 관리도 해야 하니, 일국의 왕이라고 못하는 건 아니지만……. 정작 마왕의 역할이 뒷전으로 밀리지 않기 위해서 그렇게까지 중요시하지는 않는단 말이지. 그래서 늘 크론이나 재상, 마왕 보좌들이 고생하는 거겠지만.

하지만 메구가 만약 이대로 마왕의 자리를 이어받는다고 생각하면 걱정이다. 의무를 다할 수 있는지 아닌지의 문제가 아니고…… 너무 의욕이 넘쳐버리진 않을까. 그 애는 자신이 할 수 있는 일이라면 뭐든 한다는 자세니까! 일을 너무 많이 껴안고 펑크 나는 게 아닌지 걱정이다. 게다가 아마 할당된 만큼은 제대로 수행하는 타입. 본래대로라면 두목이나 마왕님처럼 조금 적당히 힘을 빼는 정도가 딱 좋은데 말이지. ……뭐, 그 사람들은 너무 적당한 구석이 있지만. 한도라는 말을 구구절절 설명해주고 싶다.

『왜냐면 오르투수가 너무 좋으니까! 일 열씨미 할 테니까…… 만약 다 커서 다른 일을 해야만 하게 되어도…… 여기에, 있고 싶어요.』

오르투스가 좋다, 라. 마음이 찡하고 따뜻해진다. 그야 그렇지! 우리를 좋아하니까 계속 같이 있고 싶다는 말을 들으면 당연히 기쁘다. 하지만 분명 메구도 언젠가는 마왕이 되어 성에 가야만 할지도 모른다고 알아차리고 있는 거지. 그래도 여기 있고 싶다고 말해주었다. 하아, 나도 계속 여기 있어주면 좋겠다. 하지만 마왕이 마왕성에 살지 않는다는 이야기는 들어본 적이 없다.

아니, 들어본 적이 없을 뿐 안 되는 건 아니다. 전례가 없을 뿐이다. 앞으로 계속 그렇게 생각해준다면 같이 고민해 나가고 싶었다. 그 아이의 미래를 위해 최선이라고 생각하는 것이나, 그 아이의 바람은 최대한 이뤄주고 싶다. 두목이 그랬는걸. 메구에게는 전생에도 인내만 하게 했으니까 지금은 자유롭게 자신의 길을 걸어가길 바란다고. 다시는 고독을 느끼게 하고 싶지 않다고!

　코끝이 시큰해지는 걸 느꼈다. 나도 메구가 고독한 건 싫다. 하지만 분명 지금은 무척 불안해하고 있겠지……. 혼자 낯선 장소에 뚝 떨어진 지 벌써 20일이나 지났으니……. 그곳에 사람이 있을까. 친절한 사람이라면 좋을 테지만, 못된 생각을 지닌 사람이 눈독을 들이진 않았을까. 애초에 많은 마력을 지닌 어린아이를 불러내다니, 나쁜 예감만 든다. 억지로 마법을 쓰게 하거나, 가둔다거나……. 아아, 안 돼. 나쁜 상상만 떠오른다. 그 귀여운 아이가 심한 일을 겪는다니, 그런 건 절대 있어선 안 된다. 나 역시 울면 안 된다. 나는 오르투스의 총괄이니까. 지금 해야할 일을 제대로 정리하자, 사우라디테. 힘이 없는 약한 몸이어도 마음은 누구보다도 강하게. 그것이 소인족의 자긍심이니까!

　"……이러고 있을 수 없지. 먼저 한시라도 빨리 두목과 마왕님에게 전달해야 해! 그래…… 누가 오웬, 와이엇, 그리고 메어리라를 불러와. 마왕성에 가 줘야겠어."

　마왕성에 전달하러 가는 건 이 세 명이 좋을 것이다. 마왕님도 지금은 메구를 수색하러 나가 있을 것 같지만. 그래도 크론에게는 전할 수 있다. 그녀에게 말하면 마왕님에게도 바로 전달될 테지. 소식 전달만 하는 거라면, 가는 길의 호위로 쌍둥이를 붙여준 메어리라가 적임이다. 인선 이유는 뭐니 뭐니 해도 속도. 메어리라는 속도만 따지면 기르에게도 지지 않으니까. 다만 전투력이 없으니 호위는 필요해진다. 그 점에서 마침 그 쌍둥이에겐 외부 임무를 늘려주고 싶었던 참이기에 딱 좋았다.

"사, 사우라 씨! 왜 저 두 사람이 같이 가는 거죠?!"

세 사람은 바로 나에게 달려왔다. 오는 도중 사정을 들은 모양인지 메어리라는 불만을 표했다.

"메어리라 혼자 갈 수 있어?"

"그, 그건……."

"마왕성 부근은 마물이 통솔되고 있지만, 거기까지 가는 길은 조금 위험하잖아?"

"으으, 그거라면 와이엇 한 명으로도 괜찮지 않을까요……?"

메어리라는 정말로 알아보기 쉽구나. 입으로는 싫어하지만 오웬을 의식하는 게 다 보인다.

"시, 싫어! 오웬이 날 죽일 거야!"

한편 사정을 아는 와이엇은 당연하게도 거부. 쌍둥이 형인 오웬이 옆에서 생글생글 웃으며 살기를 쏘고 있으니까. 오웬도 참 알아보기 쉽다니까! 동생에게도 질투하지 마!

"나, 남자를 둘이나 태우고 나는 건……."

"어라, 지난번에는 케이와 거구인 니카, 거기다 매달고 온 거긴 하지만 쥬마까지 세 명을 동시에 날랐잖아."

메어리라는 이렇게 보여도 상당히 힘이 세다. 인간형일 때조차 체격 좋은 남성도 가뿐하게 들 수 있으니까. 마물형이 되었을 때의 크기는 그리 크지 않지만, 더 큰 힘을 발휘할 수 있다. 여기에 전투 능력이 있었다면 외부에서 돈을 많이 벌어왔을 텐데. 물론 메어리라는 의료반에서 중요한 일을 하고 있으니 이미 없으면 안 되는 존재이지만.

"여, 여자는 저 혼자예요?!"

"와이엇이 있으니까 이상한 일은 안 일어날 거야."

"억, 나 제일 고생하는 역할이잖아!"

어머나, 이해력이 빠르기도 하지. 그래, 와이엇은 때때로 묘하게 새콤달콤한 분위기를 조성하는 이 두 사람 사이에서 끼어 메어리라의 푸념을 듣고, 오웬에겐 눈치껏 빠지라는 잔소리를 듣는 포지션이 될 것 같다. 뭐, 익숙할 테니까 열심히 하렴.

"사람이 많아서 싫다면 오웬과 단둘이 보낼 수도 있는데."

"기꺼이! 제가 반드시 메어리라를 지키겠습니다!"

"끄악! 와이엇과 셋이서 갈게요! 세 명이 좋아요!"

좋아. 이로써 마왕성 쪽은 오케이다. 울상이 된 메어리라를 오웬이 달착지근한 얼굴로 바라보고 있다. 본래 와일드한 외모의 오웬이 저런 표정을 지으면 유독 색기가 줄줄 흐른단 말이지. 메어리라가 새빨개졌다. 와이엇이 머리를 부여잡은 것 말고는 괜찮아 보인다. 이 두 사람도 이제 그만 진도 좀 빼지.

"투정 부릴 때가 아니었어요. 메구는 지금도 애쓰고 있을 게 틀림없는걸요. 저에게 메구를 구하러 갈 힘은 없으니까……!"

메어리라가 작게 중얼거렸다. 녹색 눈동자에 희미하게 눈물이 맺혔다. 아아, 이 애는 역시……!

"죄, 죄송합니다! 참고 있었지만, 도, 도저히……! 흐윽, 메구가 너무 걱정이에요……. 제 무력함이 속상해요."

일부러 활발하게 행동하고 있었구나. 말 자체는 진심이었을지도 모르지만, 메구를 걱정하는 마음을 필사적으로 삼키고 있었어.

"그러니까, 그러니까, 제게 주신 일은 완벽하게 해내겠습니다! 가요, 오웬, 와이엇! 초고속으로 날 거니까 떨어지지 않도록 조심하세요!"

"메어리라……. 그래. 믿을게."

"그래, 호위는 나나 오웬에게 맡겨!"

아아, 젊은이들이 너무 든든해졌어! 이 세 사람 정말 성장했구나. 깜빡 나마저 눈물이 나올 뻔했다. ……응, 괜찮아. 메어리라가 울어준 덕분에 나도 꽤 마음이 후련해졌다. 세 사람을 배웅하며 나는 내 뺨을 찰싹 때렸다. 자, 정신 똑바로 차리고! 다음은 두목이다.

"다음은 아돌! 너도 출장 가보지 않을래?"

나는 접수대에서 사무업무를 보던 아돌에게 말을 걸었다. 그는 설마 자신을 부를 줄은 몰랐던 모양이다. 안경 너머의 검은 눈동자를 동그랗게 뜨면서도, 들고 있던 서류를 탁탁 가지런히 정리해 책상 구석에 내려놓은 뒤 일어났다.

"저 말씀이세요?"

"그래, 네가 적임이야."

아돌포리엔. 그는 조류형 아인으로, 나와 같은 접수대 사무직으로 틀림없이 이쪽에선 나 다음으로 유능하다. 늘 냉정하고 업무에 개인감정을 끼워 넣지 않는다. 두목을 상대로도 자신의 의견을 확실하게 말할 수 있는 귀중한 인물이니, 사정을 알면 틀림없이 앞뒤 고려하지 않고 인간 대륙으로 쳐들어갈 두목의 좋은 제어장치가 될 것이다.

뭐, 인간 대륙에 쳐들어가는 건 분명 막지 못할 테지만. 그렇기에 인간형의 모습이 인간족과 크게 차이 나지 않는 아돌이 적임이다. 붉은 기가 도는 검은색 머리카락과 눈동자이니 색상만 따져도 인간 대륙에 잘 녹아들 수 있을 것이다.

그런 이유를 아돌에게 설명하자 그는 안경을 슥 밀어 올리며 표정을 바꾸고 대답해주었다.

"사우라 씨가 그렇게 말씀하신다면 제가 적임이겠죠. 그 임무, 받아들이겠습니다."

키가 작고 조금 동안인 아돌이 생긋 웃으며 임무를 받아들여주었다. 우호적인 첫인상을 주는 외모라 교섭도 특기다. 여기에 속은 냉정하단 말이지. 역시 오웬, 와이엇과 버금가는 마법특화 중견 트리오. 차세대 오르투스도 안녕하구나. 이쯤에서 한층 더 성장시켜줄 좋은 기회다.

"하지만 두목을 쫓아가는 건 당연히 저 혼자만은 아닐 테죠?"

살짝 입꼬리를 올리며 그렇게 묻는 아돌. 그만해. 그런 귀여운 얼굴로 악랄한 표정 짓지 마! 매번 말하는데 말이지. 어휴. 뭐, 그 말이 맞다. 똑똑한 애는 싫지 않다. 나도 슬며시 미소 지으며 바로 입을 열었다.

"기르, 있지? 나와."

임무에서 제외한다는 말을 들었어도 반드시 어딘가에서 이 대화를 듣고 있을 터. 아니나 다를까, 잠시 후 어디서인지 기르가 나타났다. 조금이지만 어색한 분위기를 두르고 있다.

"……머리는 식었어?"

조금 심술궂게 물어보았다. 그러자 기르는 민망한 표정을 지었다.

"……그래. 미안하다."

자그마하게 대답하는 기르. 아아, 다행이다! 역시 메구 구출에는 기르의 힘이 꼭 필요하니까. 아마 이 중에서 누구보다 내가 제일 안심했을 거야! 이런 속마음은 특히 레키에게는 보여줄 수 없지만. 그렇게 거만한 소리를 해놓고 한심하단 말이지. 오기로라도. 위에 선 자로서 그런 태도를 겉에 드러내지 않는게 필요하다. 지금은 의연한 태도가 가장 중요하니까. 하아, 하지만 정말 다행이다. 물론 믿고 있었지만, 제대로 들을 때까지는 안심할 수 없었는걸!

"이야기는 듣고 있었지?"

"그래."

기르의 대답을 듣고 나는 아돌에게 눈짓했다.

"기르, 아돌. 두목에게 설명해줘. 그 후 함께 인간 대륙으로 향하는 거야. ……메구를 안전히 데리고 와줘."

가장 중요한 임무를 이 두 사람에게 맡긴다. 두목도 있지만. 사태의 중대함을 제대로 이해한 건지, 두 사람은 고개를 끄덕인 뒤 바로 움직이기 시작했다. 어? 기르가 잠깐 멈춰 섰다.

"……사우라. 믿어줘서 고맙다."

"어?"

지, 지금 뭐라고? 그 기르가 나에게 고맙다고 했어……? 아니,

인사를 받은 적이야 물론 있긴 하지만, 그건 업무상의 인사고. 저 말투로 보아 내가 불안해하면서도 기르를 믿고 있었다는 게 훤히 다 보였던 모양이네? 그건 그거대로 무지막지 민망하지만, 그런 것보다 저 기르가 그런 심정을 입 밖에 내어 전했다는 것이 가장 충격이야……!

틀림없이 메구의 영향이다. 물론 좋은 방향으로 바뀌었다. 이거, 더욱 메구 구출에 기합이 들어가는걸. 다만 뒷모습을 보기만 해도 알 수 있는 저 분노의 아우라는 조금 불안하다. 나는 '아돌' 하고 이름을 불렀다. 그 목소리에 반응한 아돌이 바로 뒤를 돌아보자 나는 고개를 한 번 끄덕였다. 그걸 보고 바로 아돌도 고개를 마주 끄덕이더니 그대로 앞을 보며 기르의 뒤를 좇아갔다. 응, 정확하게 알아차린 모양이구나. 그래, 네 역할은 제어기. 두목과 기르의 폭주를 막아줘. 이해가 빨라서 살았다니까. 아……, 아마도지만 마왕님도 막아야 하게 될 듯한 느낌이 든다. 이야기를 들은 마왕님이 가만히 있을 것 같지 않으니까. 크론이 붙잡아준다면 별개지만. 어라? 혹시 아돌에게는 조금 부담이 큰가……? 뭐 됐어. 이것도 경험이지! 믿는다, 아돌!

【기르난디오】

사우라의 지시를 받은 우리는 바로 길드 밖으로 나왔다. 그사이 그림자새를 그림자 속에 날려 보내 두목에게 소식을 알렸다. 두목의 그림자에는 늘 그림자새를 한 마리 넣어두기 때문에 대답은 바로 돌아왔다. 흠, 드워프 광산으로 집합이라. 이동 수단은 하늘. 나 혼자라면 그림자를 통해 바로 갈 수 있으나 아돌이 있으니 날아서 갈 수밖에 없다. 두목과는 광산 앞에서 만나기로 했으니 나 혼자 먼저 도착해도 의미는 없고. 지금 여기서 서둘러야만 하는 건 아니므로 문제도 없을 것이다.

"따라올 수 있나?"

다만, 그리 여유롭게 갈 수도 없다. 여기서부터 광산 앞까지 날아가면 꼬박 하루는 걸린다. 서두르면 조금 더 일찍 도착하겠지만, 아돌에게 무리를 시킬 수도 없다. 두목도 도착할 때까지 어느 정도 시간은 걸릴 것이라 예상되고. 여차하면 아돌은 내가 태우고 날면 된다만.

"최대한 따라가겠습니다. 수행이 되니까요."

"……무리는 하지 마."

"네. 본말전도니까요. 한계가 오기 전에 반드시 말씀드리겠습니다."

아돌도 내 의도를 정확하게 읽어낸 건지 완벽한 대답을 돌려줬다. 그래, 사우라가 아끼는 아이일 만하군. 자신의 실력을 정확하게 파악하면서, 향상심도 있다. 이 대화만으로도 상당히 우수한 남자임을 바로 알 수 있었다.

우리는 바로 마물형으로 모습을 바꾸고 날았다. 아돌은 나와 마찬가지로 검은색의 조류형 아인이다. 아인치고는 수가 많은 보익쇠물닭 아인으로, 말 그대로 타인을 보좌하는 능력이 뛰어나다. 그들은 보조 마법이 특기이며 어떤 파티에서도 일당백의 능력을 발휘하는 자들이다.

마물형의 크기는 비교적 작다. 그림자독수리인 내 반도 안 된다. 그러므로 같은 거리, 속도로 날려고 해도 나보다 더 힘을 소모한다. 하지만 그는 보조 마법의 스페셜리스트. 자신의 운동능력을 마법으로 보조하여 내 비행을 따라온다. 참으로 든든하다. 하지만 역시 피곤할 테지. 상황을 보아 반나절 정도 날면 휴식해야겠다.

묵묵히 날아가고 있자니 역시 상념이 끼어들었다. 뇌리에 떠오르는 것은 활짝 웃는 메구의 모습.

『기르낭디오, 씨…… 아아! 오늘도 실패했어.』

『내일은! 내일은 꼭 제대로 부를 꺼니까요!』

『진짜거든요? 안 믿는다는 얼굴이잖아요! 속쌍하게!』

매일 일과였다. 그 대화가 없으면 하루가 시작된 것 같지 않다. 제대로 발음하지 못해도 괜찮다. 또 들려주기를 간절히 바란다. 메구……. 무사할까. 혼자 울고 있지는 않을까. 나쁜 자에게 잡혀서 몹쓸 짓을 당하진 않았을까.

인간 대륙이니 자연 마법을 사용하기 어려워 필시 곤란해하고 있을 테지. 안전을 지키는 마도구를 잔뜩 갖고 있으니 어느 정도는 괜찮을 테지만……, 혼란스러운 상태라면 사용하지 못할 수도 있다. 희귀하고 값진 물건을 갖고 있다며 반대로 노려질지도 모른다. 인간은 교활하다. 그리고 믿을 수 없다. 웃으면서 메구에게 접근해 속이려 하는 자도 있을 것이다.

그리고 무엇보다…… 외로워하고 있으리라.

그걸 생각하면 가슴이 찢어질 것 같다. 반드시 지키겠노라고 약속했는데, 계속 곁에 있겠노라 약속했는데. 뭐가 오르투스의 넘버 투라는 건지. 아무리 힘을 지녔어도 여차할 때 소중한 사람을 지킬 수 없다면 조금도 의미가 없다.

메구, 메구, 메구……! 부디, 부디 무사하길. 반드시 데리러 갈 테니.

『기르 씨.』

틈을 파고들듯이 냉정한 목소리로 나를 부르는 음성이 들렸다. 옆에서 날고 있던 아돌의 텔레파시다. 차분한 그 목소리는 신기하게도 머릿속에 뚜렷하게 울린다. 생각에 잠겨 있을 때는 타인의 목소리를 알아차리지 못할 때도 있는데. 텔레파시는 머리에 직접 울리니 그 영향도 있을 테지만, 타인을 침착하게 달래주는 아돌의 목소리의 덕이 클지도 모른다.

『믿는다는 건 무척 용기가 필요하죠. 알고 있습니까?』

아마도 내가 무슨 생각을 하며 날고 있었는지 아는 모양이다. 초조함이 보였던 거겠지……. 한심하군.

『반드시 괜찮으리라 믿었다가 만약 실제로 괜찮지 않았을 때 마음에 큰 타격을 입기 때문입니다. 그러니 사람은 최악을 상정하며 생각에 잠기곤 하죠. 이렇게 되면 어떡하지, 하면서 만약의 사태를 대비합니다. 그리고 그 예상이 맞았을 때 조금이라도 마음의 타격을 경감하기 위해서죠.』

기르 씨라면 알고 계실 테지만요. 아돌은 그렇게 덧붙였다. 그래, 알고 있지. 하지만 훌륭하게 그런 식으로 사고하고 있었으니 의미가 없군.

『하지만 믿는 마음이라는 건 때로는 힘이 됩니다. 믿음이 그 결과를 끌어낼 수 있죠. 낙관적인 예측이지만요. 그래도 완전히 상관이 없다고는 할 수 없다고 보지 않습니까?』

대답하기 곤란하군……. 그건 스스로도 아는 바이다. 믿고 싶다. 메구는 무사하다고 강하게 기원한다. 하지만 동시에 무섭다. 만약의 사태가 일어났을 때, 나는 나를 유지할 수 있을지 자신이 없다. 내가 침묵하자 아돌은 '그래도 괜찮습니다'라고 말했다. 마치 내 생각을 읽는 것 같았다.

『기르 씨는 기르 씨의 마음을 지키기 위해 그렇게 나쁜 사태를 상상하세요. 당신이 받는 마음의 상처는…… 만약의 사태에 무척 깊고 커질 테니까요.』

『……너는 정말로 남의 마음을 잘 읽는군.』

『지금의 기르 씨라면 훤히 보이거든요. 평소에는 이렇지 않습니다.』

아돌은 익살맞게 말했다. 사람의 마음을 사로잡는 것도 능숙한 녀석이다.

『전면적으로 믿고, 의심하지 않는 역할은 제가 맡도록 하죠. 저는 무슨 일이 있어도 믿겠습니다. 메구 씨는 무사합니다. 반드시.』

단단한 그 말에 다소 힘을 얻은 느낌이 들었다. 후배에게 격려를 받다니……. 무심코 자조적인 미소가 흘렀다.

『……한심하군, 나도.』

『부모란 그런 법이라고 하던데요? 게다가 완전무결하다는 소문이 자자한 기르 씨의 약한 면모를 보게 되어 저는 안심했습니다.』

완전무결이라. 그렇게 되도록 노력하던 시기도 있었던 것 같다. 하지만 메구를 만난 뒤로는 그 생각도 바뀌었다.

메구는, 나도 '두려움'이라는 감정을 가져도 괜찮다고 허락해 주었다. 그게 얼마나 내 마음을 구원했는지. 강해져야 한다고, 완벽해야 한다고 스스로 목을 조르던 손을 살며시 풀어서 잡아 주었다. 껴안고, 받아주었다.

『……나는, 평범한 사람이다.』

메구는 나도 그저 평범한 사람이라는 걸 가르쳐주고, 평범한 사람임을 인정하면서 호감을 드러내주었다. 소중하고 누구보다 사랑스러운, 나의 가족.

오르투스의 길드원을 신뢰한다. 두목이 모두를 가족이라며 받아들이고, 우리 길드원도 그렇게 받아들였다. 가족은 서로를 돕고 믿는다. 그건 부정하지 않는다. 하지만 최종적으로는 타인이다. 등을 맡기거나 무조건적으로 믿을 수 있지만, 타인이라는 의식이 내 안에서 완전히 사라지는 일은 없었다. 다른 사람들도 그런 법이라고 생각하면서도 가족이라는 말과 자세를 받아들이고 있으리라.

하지만 메구는 다르다. 메구만은 조건 없이, 진정한 가족이라 생각할 수 있다. 지금 와 생각하면 그날 던전에서 처음 메구를 만났을 때부터 그랬던 것 같다. 어떻게든 지켜야 한다고 본능이 호소하는 듯한 감각. 그건 지금도 계속되고 있으며, 오히려 더 강해질 뿐이다. 나 말고도 그렇게 느끼는 사람이 있지 않을까?

확인한 적은 없지만 메구는 묘하게 사랑받으니까. 마왕의 피가 우리 아인에게 특히 영향을 주는 건지도 모른다. 하지만 그걸 제외하고 봐도 메구는 특별하다. 타인에게 사랑받는 별 아래에 서 태어났다고 해도 믿을 수 있다.

그 사랑받는 성질이 인간을 상대로도 통할까. 아인만큼 영향을 받지 않아도, 통하길 바란다. 그렇다면 적어도 심한 일은 겪지 않을 테니까.

『그런데 기르 씨, 슬슬…….』

내가 생각의 소용돌이에 가라앉아 있자 아돌이 머뭇거리면서 말했다. 그래, 그렇군. 슬슬 쉬도록 하지.

『내 마음을 편하게 해 주었으니, 이번에는 네 몸을 편하게 해 줘야겠군.』

『가, 감사합니다…….』

누구에게든 기탄없이 의견을 주장할 수 있으면서 이런 상황에 서는 조금 사양하곤 한다. 아니, 힘이 부족한 게 분한 건지도 모른다. 그래도 반나절 동안 용케 군소리 없이 나를 따라왔다. 아 돌은 차고 넘칠 정도로 열심히 해 주었다. 제대로 쉬어야겠지.

적당한 장소를 찾아내 땅으로 내려선 우리는 각각 인간형으로 돌아와 휴식을 취했다. 그사이 그림자새가 반응을 보였다. 두목 과 이어진 모양이다.

"두목, 지금 어디지?"

『기르냐. 나는 곧 광산 입구에 도착해.』

아무래도 두목은 처음부터 그 방향으로 가고 있었던 모양이다.

놀라서 처음부터 장소를 알고 있었냐고 묻자 감이라는 대답이 돌아왔다. 이 사람은 중요한 상황에 감이 잘 맞는다. 사우라 다음으로 감이 좋은 사람이다.

『아슈도 곧 이쪽에 온다고 해. 나는 먼저 드워프와 이야기해둘게.』

"알았어. 그렇다면 우리도 곧바로 가지. 오늘 내에는 도착할 거다."

『그래. 기다리마.』

거기까지 이야기하자 그림자새 통신을 끊었다. 그래, 마왕도 오는가. 또 일이 쌓이겠지만, 딸의 중대사면 당연한가. 크론도 고생이 많군.

"……이거 저희가 갈 필요 있습니까? 마왕님도 오다니……."

곤혹스러운 듯 말하는 아돌을 보며 입꼬리가 살짝 올라갔다. 그래, 이걸 내다보고 사우라가 아돌을 함께 보낸 거군. 변함없이 수읽기가 뛰어나다. 뭐, 아돌이 무슨 말을 하고 싶은지 모르는 건 아니다.

"필요하다. 나는 인간 대륙에 갔을 때 수색을 담당하겠지. 너는 아마 드워프와 교섭하는 게 첫 역할일 거다."

"네? 하지만 두목이나 마왕님이 교섭하는 거 아닙니까?"

의아하다는 듯 묻는 아돌을 향해 잘 생각해보라고 대답했다.

"나조차 냉정을 잃었다. 그 두 사람이 침착하게 교섭할 수 있을 것 같나?"

아돌도 메구를 아끼는 오르투스의 일원이라고는 생각하나, 직접 만날 기회가 극단적으로 적기 때문에 우리만큼 머리에 피가 오르진 않았다. 실제로 조금 전 나를 달래주었으니. 더불어 타고난 기질이 냉정하므로 교섭에 딱 맞는 인재다.

"…………제가 필요하겠군요."

피식 웃은 아돌 앞에서 나는 바로 마물형으로 바꾸었다. 바로 출발해야 하는 사정을 이해한 아돌은 주저 없이 내 등에 올라탔다. 충분히 쉬지 못했으니, 아돌은 당분간 날지 못할 테지. 설명하지 않아도 그렇게 판단하고 움직이는 게 편하다. 나는 아돌이 단단히 올라탔는지 확인한 후 그대로 하늘로 올라갔다.

조금이라도 일찍 도착해야 한다. 이미 두목이나 마왕보다 먼저 도착하는 건 불가능할 테지만, 그 두 사람이 폭주해서 드워프들과 싸우기 전에는 도착하고 싶다.

"메구 씨에 대해 조금 물어봐도 괜찮습니까?"

날기 시작한 지 얼마 지나지 않아 아돌이 그런 질문을 꺼냈다. 대화하는 것뿐이라면 서둘러 이동하는 중이어도 문제없기에 상관없다고 대답했다.

"저는 평소 계속 접수대 안쪽에서 일했으니까요. 매일 메구 씨를 보기는 했지만, 어떤 아이인지는 잘 모른다는 걸 깨달았습니다."

아돌은 '다양한 사람에게 이야기는 듣지만요'라며 웃었다. 다만 그 대부분이 메구가 이런 일을 해서 귀여웠다, 이런 말을 하다니 정말 착한 아이다 등 칭찬투성이라고 한다. ……무슨 말을 하고 싶은지 알 것 같다.

"제 인상은 그런 소문으로 고정되었으니……. 가장 오래 같이 있는 기르 씨가 본 메구 씨에 대해 듣고 싶었습니다. 그리고 오르투스에 돌아가면……."

아돌은 거기서 한번 말을 끊고는, 나를 붙잡은 손에 힘을 주며 다시 입을 열었다.

"직접 대화해보고 스스로 확인하고 싶네요. 더 관계를 맺어야 했다고, 지금처럼 후회하고 싶지 않습니다."

그렇다. 늘 그곳에 있는 게 당연했다. 매일 변함없는 아침이 오면 웃으며 인사해주고. 가끔 건강이 안 좋을 때는 있어도 없어지는 일은 없다. 그 당연한 것을 지금 이렇게 빼앗겼다. 왜, 어째서. 왜 메구가 이런 일을 당해야 하지? 불려간 게 나였다면 얼마나 좋았을까. 아직 제대로 된 방어 수단도 없는 어린아이가 왜. 벌써 몇 번이나 그런 생각을 했는지 알 수 없다. 하지만 이런 사태가 일어나버렸다. 새삼 지금 당연한 것이 당연하지 않다는 걸 깨달았다. 아무리 후회해도 부족한, 그런 무게에 짓눌려버릴 것 같다.

하지만, 그래. 아돌, 너도 그런 식으로 생각하는구나. 그리 접점이 없었다고는 하나 메구를 소중한 동료로서 걱정하고, 화내고, 후회한다. 더 알고 싶었다고.

『메구는…… 자신보다 타인을 우선하곤 하지.』

아마 지금도 우리에게 걱정 끼쳐서 미안해하고 있을 것이다. 물론 본인도 불안할 테지만, 그렇게 생각할 게 틀림없다.

"그건…… 걱정되네요. 착한 아이지만, 더 응석 부려도 될 텐데."

아돌도 그렇게 생각하나. 자세한 사정을 들은 건 아니지만 메구는 전생에도 혼자 노력해야만 하는 나날을 보냈다고 들었다. 뭐든 스스로 해야만 했고, 일도 이것저것 너무 과하게 받는 바람에 과로로 쓰러졌다고. 그리고 그대로 목숨을…… 아아, 안돼. 살의가 새어나갈 뻔했다. 즉, 그런 전생의 경험이 있기 때문에 지금도 자꾸 그런 면모가 드러나는 것이리라. 본인의 성격에 의한 부분도 많을 테지만 주변에서 신경 쓰지 않으면 또 같은 일을 겪게 될 것 같아 걱정이 끊이지 않는다.

『그래. 그래서 우리는 늘 메구의 응석을 받아주고 있다.』

"지나칠 정도로 애지중지하는 모습은 그런 의도도 있었던 거군요."

지나쳤던 걸까. 어렴풋하게 그런 느낌도 들었지만 설마 아돌에게도 그런 말을 들을 줄이야.

『……지나치다는, 자각이…… 없지는 않다.』

"아하하, 역시 있었군요!"

그렇다 해도 바꿀 마음은 없다. 왜냐하면 그렇게까지 응석을 부리게 해도 메구는 계속 사양하는 습관을 버리지 못하기 때문이다. 오히려 이 정도가 적당한 느낌이다.

"하지만 그래도 괜찮을 겁니다. 메구 씨는 어리광을 받아준다고 거만해지거나 노력을 게을리하는 일은 절대 없을 테니까요."

그래, 그건 그렇지. 절대 없을 것이다. 늘 앞을 보면서 지금 자신이 할 수 있는 일을 찾아 행동에 옮길 줄 아는 아이니까.

그래, 메구는 그런 아이다. 지금도 자신이 할 수 있는 일을 찾아내 노력하고 있을 게 틀림없다. 그렇다면 나도 내가 할 수 있는 일을 전력으로 다하면 된다. 기다려, 메구. 반드시 데리러 갈 테니.

제2장 ◆ 추억과 여로

1 지명수배

대도시 울라. 거대한 나라 코르티가의 대표적인 도시 중 하나라고 한다. 동서남북, 그리고 중앙의 성이 있는 수도와 비슷하게 유명한 도시로, 전국에서 들어오는 다양한 식자재와 조미료, 잡화, 의류 등 온갖 것들이 모이는 도시라나. 라비 씨는 다섯 개의 수도보다 발전하여 떠들썩한 인상이 있다고 했다. 하지만…….

"그, 그렇게 큰 도시라면 검문을 통과하기 어렵지 않을까……?"

내 상상으로는 조금 더 이렇게, 적당히 큰 도시 정도였거든요?! 무지막지하게 큰 도시잖아! 여태까지 들은 이야기로는 이런 느낌이 아니었는데 사기 아니야? 그런 식으로 계속 항의하자.

"으음, 다섯 수도는 더 크거든. 북적거리는 건 맞지만…… 넓이만 따지면 그래."

어? 수도는 더 큰 거야? 역시 인간 대륙. 마대륙보다 몇 배는 더 넓구나……. 기준이 너무 다른데.

"아무튼, 수도는 아니니까 검문도 그만큼 엄격하지는 않다는 거지?"

"음, 그렇지."

리히토의 말에 놀란 사이에 라비 씨에게서도 긍정의 대답이 돌아왔다. 그래도 괜찮은 거냐, 대도시 울라! 그건 즉 나쁜 사람이 쉽게 침입할 수 있다는 소리잖아? 큰 도시이니 여러모로 문제가 되지 않을까. 아니, 그 덕분에 우리도 침입할 수 있게 된 거니까 뭐라 말할 순 없지만. 그런 생각으로 경악하고 있었더니 라비 씨가 보충 설명을 해줬다.

"하지만 여기는 출입 자체는 쉬워도 여기저기에 위병이 순찰해서 나쁜 짓은 못해. 문제가 일어나면 바로 잡혀가고, 그런 정보가 뜨면 도시에서 나가지 못하게 하는 정도의 대책은 있어."

그렇구나. 심지어 위병들은 상당한 실력자들이라고 한다. 그로 인해 치안을 유지하고 있구나. 위병들 대단하다. 어, 하지만 그럼 우리도 금방 들키는 거 아니야……?!

"동쪽 왕성의 소문이 여기까지 퍼졌는지는 모르니까……. 큰 도시니 왕성에서 직접 연락이 갔을지도 모르고. 그래도 큰 소동을 일으키거나 소란에 휘말리지 않으면 괜찮을 거야."

그래서 여독이 쌓였다고 치고 리히토의 마력이 회복될 때까지 여관에서 얌전히 있는다는 작전을 세운 거라고 라비 씨가 설명했다. 그러고 보면 그랬죠……!

가능하면 여기도 통과하고 싶었으나 이 도시는 광산으로 향하려면 반드시 들렀다 가야 하는 장소다. 도시가 길을 틀어막은 듯한 느낌으로 자리를 잡았다나. 하지만 덕분에 도시의 출입구가 여럿이다. 우리는 동쪽으로 들어와 남쪽으로 나가야 한다. 도시에 있는 동안은 조금도 방심할 수 없다.

"자, 가자. 리히토. 준비됐어?"

"그래. 언제든지!"

드디어다. 모습이 사라지는 걸 아무도 보면 안 되기 때문에 우리는 살그머니 행상인의 마차로 보이는 짐수레 뒤에 숨었다. 최대한 문에 가까이 가지 않으면 전이로 내부에 들어갈 수 없기 때문이다. 우리는 작은 목소리로 신호를 주고받았다. 으아아, 드디어 나도 범죄자! 하, 하지만 그런 소릴 하고 있을 때가 아니지. 마음속으로 거듭 '죄송합니다'를 반복했다. 머리카락 색도 지금은 빨간색으로 바꿨고, 눈동자도 갈색으로 비슷한 색이 되었다. 괜찮아, 눈에 잘 안 띌 거야! 좋아, 각오는 됐다.

다들 리히토를 붙잡고 고개를 끄덕였다. 그걸 확인한 리히토는 마력을 움직이고는 작은 목소리로 '전이!' 하고 읊조렸다. 목소리를 내는 게 이미지하기 쉽다고 했지. 그 목소리에 맞춰 눈을 질끈 감자 방대한 마력이 피부에 달라붙는 것을 느꼈다. 왕성에서 빠져나올 때와 같은 감각이다. 그리고 다음 순간에는 부유감. ……부유감?! 또 이거야?! 아아아아 또 착지에 실패한다아아!

"윽, 어, 어라?"

곧 들이닥칠 통증에 몸을 잔뜩 굳히고 각오했는데, 예상했던 충격이 느껴지지 않는다. 의아해하며 조심조심 눈을 뜨자 놀랍게도 저는 라비 씨의 품에 공주님 안기로 안겨 있었습니다!

"나는 리히토의 전이에 그럭저럭 익숙하거든."

어머나. 라비 씨 멋져라! 아니, 그게 아니고. 라비 씨의 품에서 내려와 바로 주변을 확인했다. 주변에 사람은 없는 것 같아 우선은 안도로 가슴을 쓸어내렸다. 그 후 다른 두 명의 모습을 보자 힘이 빠진 리히토가 무릎을 꿇었고, 깔끔하게 착지한 듯한 로니가 리히토를 부축하고 있었다. 내, 내가 제일 한심해!

"자, 아무 일도 없었다는 것처럼 걷자. 리히토, 바로 여관 찾을 테니까 조금 참아."

"어, 어……."

지난번에 비해 라비 씨라는 사람이 한 명 늘었기 때문인지 리히토는 그때보다 더 힘이 빠진 것처럼 보였다. 걱정이네. 몸이 안 좋다고 하면서 여관에 틀어박힐 예정이었지만 실제로 컨디션이 엉망인 것도 좀……. 로니가 리히토의 왼쪽에서 부축하며 걸었기에 나도 미력하나마 오른쪽에서 부축했다.

"이, 이런 꼬맹이에게 부축받다니……."

내 친절과 사춘기 남자의 자존심이 맹렬히 충돌하는 모양이다. 하지만 뿌리치지 않고 가만히 있는 걸 보면 내 친절을 받아들인 것 같다. 리히토는 역시 착하구나! 툭하면 놀리려 들지만. 좋아, 힘내서 리히토를 여관으로 데려가야지! 나는 의욕이 넘쳐흘렀다.

잠시 걸어가자 통행인이 많은 길이 나왔다. 아니, 너무 많은 거 아니야? 넘쳐나는 인파에 눈을 크게 떴다. 사람이 없는 곳을 찾는 게 어려울 정도다. 우리가 전이한 곳에 사람이 없었던 건 리히토가 착지점으로 그런 장소를 이미지했기 때문에 아무도 없는 뒷골목이었던 거겠지. 허허, 용케 그런 장소를 찾아냈다. 아직 이른 아침이라 운이 좋았던 건지도 모른다.

아, 그렇구나. 그런 장소 지정 때문에 더욱 마력을 잡아먹은 건가. 으으, 무리시켰구나. 하지만 덕분에 살았어, 리히토! 감사한 마음을 담아 부축하는 팔에 조금 더 힘을 줬다.

그리고 쫄보인 나는 현재 움찔거리면서 걷고 있습니다……! 이거 수상해 보이지 않을까? 그렇게 생각해도 자꾸 움찔거린다. 하지만 새삼스럽게도 검문을 받지 않고 들어온 게 무서워졌단 말이야. 나는 범죄와는 안 맞는구나……. 금방 들키고 금방 자백할 자신이 있다.

"메구, 너무, 긴장했어."

"윽."

그런 내 모습은 역시 부자연스러웠던 건지 로니가 쿡쿡 웃으며 지적했다. 태도에도 얼굴에도 바로 드러나는 어린이라 죄송합니다.

"뭐…… 처음 보는 인파에 당황한 시골 꼬맹이로 보일지도 모르지."

시골 꼬맹이! 말하자면 촌뜨기다. 으, 응. 그냥 그거 할래……. 딱히 틀린 말도 아니니까! 훌쩍.

"하지만 시골 꼬맹이치고는 너무 예쁘지 않아? 옷만 그런 느낌이고."

옷은 애니에게 받은 걸 입었으니 일반적인 농가의 소녀라는 느낌일 테지만. 역시 이 외모가 눈에 띄는구나……. 본래의 머리카락 색이었다면 한층 위험했을 게 뻔하다. 마이유 님 만만세다.

"신분을 숨긴, 아가씨?"

"그런 것치고 수행원이 너무 초라하잖아. 나도 포함해서."

어, 어라? 셋이 왠지 침울해졌는데. 전혀 초라하지 않거든?

그야 기사로 보이거나 하진 않지만. 그래도 기사에 필적할 만큼 든든하니까! 이렇게 어영부영 이야기가 오간 결과 나는 시골의 유복한 집에서 태어난 촌뜨기라는 설정으로 정리되었다. 근데 이 설정이 필요한 때가 있긴 해……?

"좋아, 무사히 방을 잡았으니까 짐을 두고 쉬자."

적당한 여관을 빠르게 찾아내 들어가자 라비 씨가 능숙하게 숙박 절차를 끝마쳤다. 지난번에 숙박했을 때처럼 둘씩 나눠서 방으로 이동했다. 이번에는 작은 복도를 사이에 두고 맞은 편에 리히토와 로니의 방이 있는 모양이다. 리히토는 아직 몸 상태가 나빠 보였으니 푹 쉬었으면 좋겠다. 로니가 곁에 있겠다고 하니 안심이지!

"그럼 나는 잠시 탐문하고 올게. 저녁 먹기 전엔 돌아올 테니까 메구는 이 방이나 저쪽 방에서 나오면 안 된다?"

"알겠습니다! 하지만 라비 씨, 쉬지 아나도 괜찮아요……?"

그렇지 않아도 여행으로 피곤한데 중간중간 우리의 특훈도 봐 주었으니, 정신적 피로도 꽤 쌓였을 것이다. 그래서 걱정이 되었다.

"후후, 일찍 돌아와서 식사하고 오늘은 푹 잘 생각이니까 괜찮아. 게다가 일하지 않으면 불안해지거든."

라비 씨는 '고마워'라며 내 머리를 쓰다듬었다. 확실히 가만히 있지 못하는 사람이 있긴 하다. 사우라 씨도 그렇지 않을까. 아무튼 여전히 걱정이지만, 일찍 돌아온다고 했으니 붙잡는 것도 안 좋겠지. 정보를 모으는 것도 중요하고, 내가 돕고 싶어도 자연 마법을 쓸 수 없는 지금은 발목을 잡기만 할 뿐이니까. 윽, 괴로워! 마지못해 고개를 끄덕이자 라비 씨는 웃으면서 '다녀올게' 하고 인사한 뒤 방에서 나갔다. 별일 없이 돌아오기를!

이렇게 방에 홀로 남은 나는 구석에 짐을 정리한 뒤 한가함에 몸부림치기 시작했다. 여기서 기다리는 것도 좀 그러니 리히토와 로니의 방에 가려고 발을 옮기려고 한 그때였다.

"크윽⋯⋯!"

"라이가 씨!"

"별일 아니야! 먼저 가! 바로 쫓아갈 테니까⋯⋯!"

"큭, 네! 알겠습니다!"

창문 밖에서 그런 분주한 목소리가 들렸다. ⋯⋯당연히 궁금하잖아? 밖에 나가지만 않으면 되니까, 창문 너머로 상황을 살피는 것 정도는 괜찮겠지. 그래도 만약을 위해 아무도 보지 못하도록 조심하면서 창밖을 살폈다.

"다쳤어⋯⋯!"

여관 바로 앞 골목길에 기사 같은 복장의 남자가 무릎을 꿇고 허벅지에서 피를 흘리는 게 보였다. 치료해야 하는데. 누구 없나?! 혼자 당황해서 그 주변에 시선을 굴려도 길을 오가는 사람들은 멀리서 쳐다보거나 지나가기만 할 뿐이었다. 얽히고 싶지 않은 사람, 손을 내밀어도 아무것도 해줄 수 없어 당황하는 사람, 그리고 대다수는 저 기사님의 귀기 어린 기색에 겁을 먹은 것처럼 보였다.

왜냐하면 저 사람은 피를 줄줄 흘리고 있어서 빨리 지혈해야 할 것 같은데, 자리에서 일어나 동료를 쫓아갈 생각으로 넘치는 게 훤히 보이는걸. 다친 부위에 천을 대고 상처를 누르고 있는 것 같지만…… 아마 칼날에 베인 걸까. 순식간에 천이 핏빛으로 물드는 걸 보면 위험한 상황 같다. 아무리 그래도 저 상태로는 큰일이지?

……여관 바로 앞이니까 잠깐 정도라면 괜찮을까? 아, 아는데! 눈에 띄는 짓을 하면 안 된다는 것 정도는! 하지만, 그래도, 저렇게 심하게 다쳤는데 아무것도 하지 않고 보기만 할 수는 없잖아. 어쩌면 나중에 구조가 올지도 모르지만, 만약 오는 게 늦어지면? 그 탓에 후유증이 남거나 최악의 경우 죽어버린다면? 저 사람은 복장으로 보아 틀림없이 기사일 테지. 죽으면 끝이고, 살아도 후유증이 남으면 앞으로 일에 상당한 영향을 준다. 경우에 따라선 실직하게 될 수도 있다.

나는 감기를 오래 앓아서 회사를 며칠간 쉬었을 때조차 복귀했더니 체력이 크게 떨어져 충격을 받았는걸. 아아, 그때의 자책감……. 꽤 오래전의 일인데도 여전히 생생하게 떠올릴 만큼 트라우마다. 기사라면 더욱 사태의 중대함을 알고 있을 터다.

그러니까 무슨 말을 하고 싶냐면. 나에게는 저 상처를 낫게 할 방법이 있다. 그리고 나는 다친 사람을 보고 말았다는 소리다. 내버려 둘 수 있을 것 같아?

"……미안해, 시즈쿠. 잠깐 힘내줄 수 있을까?"

돕지 않는다는 선택지는 없다. 나는 이어 커프를 만지며 물의 정령인 시즈쿠에게 말을 걸었다. 마력 회복약이라면 갖고 있지만, 부상에 쓰는 약은 없단 말이지. 무슨 일이 있어도 시즈쿠가 있으면 괜찮다고 생각했으니까. 다른 도구는 그렇게 많은데! 앞으로는 제대로 챙겨 다녀야지.

『큰 도움은 못 되지만, 주인의 부탁이라면 듣겠다.』

바로 돌아온 든든한 목소리에 희미하게 미소 지었다. 하지만 역시 조금 힘없는 목소리다. 나는 수납 팔찌에서 작은 크기의 빈 병을 몇 개 꺼냈다.

"이 병에 치유의 물을 담아줘. 할 수 있는 만큼만 해도 괜찮으니까……."

『그 정도라면 문제없지. 바로 만들겠다.』

사실은 직접 치유의 안개를 흩뿌리는 게 효과가 좋지만, 너무 잘 치유해버리면 의심을 받을 수도 있고 애초에 마법을 사용했다간 큰 소란이 일어난다. 그래서 원래 갖고 있던 치유의 물이라면서 사용하기로 했다. 인간 대륙에도 이런 마도구나 약 종류는 유통되고 있을 테니 괜찮을 것이다.

시즈쿠는 바로 이어 커프에서 나와 모습을 드러내더니 그 자리에서 한 바퀴 돌았다. 하늘색 꼬리가 부드럽게 내 뺨을 스쳤다. 그러자 모든 빈 병에 치유의 물이 차오르는 것을 보고 눈을 크게 떴다.

"너, 너무 열심히 했어, 시즈쿠! 괜차나? 힘들지 아나?"

『괜찮, 다……. 하지만, 당분간은 못 움직이겠군…….』

분명 나를 위해 조금 무리한 거다. 나는 고마운 마음을 담아 살짝 윤기가 사라진 털뭉치를 끌어안았다. 그 상태로 내 마력을 넘겼다. 내가 움직이지 못하게 되면 안 되니까 조금밖에 주지 못하는 게 마음 아프지만…….

『아아, 기분 좋구나. 주인이여. 이 마력이 공기 중으로 사라지지 않도록 마석으로 돌아가지.』

그래도 기쁘다는 듯 눈을 가늘게 휘며 뺨을 비벼주기에 나도 시즈쿠에게 뺨을 비볐다.

"응. 정말 고마워. 푹 쉬어."

착실하게 인사하고 목을 쓰다듬자 시즈쿠는 이어 커프의 마석으로 돌아갔다. 오랜만에 끌어안아서인지 나도 힐링되는구나. 하아, 옆에 있는데도 정령들과 스킨십하지 못하는 건 역시 쓸쓸하다……. 아차, 이게 아니지. 지금은 이 약을 저 기사님에게 가져다줘야 해! 나는 한 번 더 창밖을 확인한 후 살며시 방에서 나왔다.

그리고 여관 밖으로 한 걸음 나왔을 때.

"나는 신경 쓰지 않아도 된다! 평소처럼 행동해!"

기사님이 꼿꼿한 자세로 주변 사람들에게 말하는 걸 보고 가까이 갈 타이밍을 놓쳐버렸습니다……! 기사님의 말에 멈춰서서 상황을 살피던 사람들도 느릿느릿 이동하기 시작하더니 그 자리에서 떠나가 버렸다. 통행인은 이쪽을 조금 신경 쓰면서도 쭈뼛거리며 지나가는 게 참으로 기이한 광경이었다. 아마 도와주고 싶은 마음은 있을 것이다. 그러나 기사님의 귀기 어린 모습은 가까이서 보기엔 어마어마한 박력이라 그냥 지나가는 사람이 많아 보였다. 못 본 척하는 사람도 많고, 그런 점이 인간이다 싶었다. 기사님도 무리하지 말고 조금은 도움을 받아도 될 텐데. 기사니까 그런 건 옳지 않다고 생각하는 걸까. 근성론으로 부상을 치유할 수 있다면 아무도 고생하지 않거든요. 저렇게 무서워 보이는 아우라를 뿌리며 혼자 어떻게든 하려고 들다간 살 수 있는 것도 못 살리잖아. 고집을 부릴 때와 장소를 가리는 게 좋다고 봅니다! ……아, 나도 그런 구석이 있었지. 반성하자.

하지만! 오르투스의 길드원 메구 씨를 얕보지 마시라! 이쪽은 진짜 귀신, 오니의 살기를 느낀 적이 있거든! 쥬마는 정말 혈기 왕성해서 금방 살기를 뿌린단 말이야. 굉장히 성가셨는데 지금만큼은 고맙다. 거기에 익숙해진 나에게 기사님의 저 모습은 짜증 MAX 상태의 레키 정도의 박력이다. ……짜증 MAX인 레키도 무섭지만. 요컨대 가까이 가도 태연하다는 소리다. 좋아, 간다!

"더기요!"

"응……?"

하지만 발음이 꼬여버리는 점에서 언제나의 나다. 아니, 하지만 기사님이 내 존재를 알아차렸으니 잘 된 걸로 치자. 응.

"저기, 이걸……."

"응? 뭐니, 이건……?"

돌격한 것치고 말이 잘 나오지 않는 나. 이건 그거다. 낯가림이다. 힘내라, 전직 사축. 말을 쥐어짜라! 우선 갖고 있던 병을 기사님에게 내밀었다.

"다쳤으니까…… 그, 이걸로 나으니까, 써주세요!"

"뭐……? 설마 성수?! 아니, 그럴 리 없나……."

내가 설명하자 순간 놀란 듯 눈을 부릅뜨는 기사님. 하지만 바로 부정한 모양이다. 혹시 이 대륙에서 상처를 바로 치유하는 약은 상당히 고액이거나 입수하기 어려운 걸까? 잘 생각해보면 마대륙에서도 전문가나 일부 사람만 치유의 힘을 갖고 있었지.

……헉?! 그럼 설마 인간 어린이가 갖고 있으면 명백하게 수상한 거야?! 유통되는 물량 자체는 있다는 생각이 너무 얄팍했던 건지도. 어, 어쩌지. 하지만 이제 와서 물러날 수는 없다.

"마음이 아주 기쁘구나. 아가씨, 정말 고마워."

내심 동요하고 있었더니 뜻밖에도 기사님이 웃으면서 받아주었다. 조금 전까지 보인 박력은 숨고 전신에서 좋은 사람이라는 아우라가 묻어난다. 의외로 아이에게 친절한 사람이구나……. 아니, 그게 아니고! 효능을 알아차리면 의심할 텐데……!

"엇, 무슨…… 이, 이건?!"

그렇죠! 하지만 말릴 새도 없이 병에 든 물을 단숨에 비워버리는 배짱은 대체 뭔데?! 조금은 의심해야지! 만약 독이 들었다거나 하면 어떡하려고! 안 넣었지만! 애초에 그건 상처에 바르는 용으로 준 거였는데. 시즈쿠의 약이니까 마셔도 문제는 없지만…… 아무리 상대방이 어리다고 해도 나쁜 어른이 시켜서 독을 주러 왔을 가능성도 있는데! ……내가 너무 꼬인 걸까. 하지만 좀 더 위기감을 느끼는 게 좋다고 생각합니다!

"애, 애야. 이거 혹시 진짜 성수냐?! 단순한 진통약인줄……. 피도 멎고 통증도…… 사, 상처도 조금이지만 사라졌잖아?!"

아아아아, 늦었다! 그리고 조금뿐인데 참 대단한 효능이구나. 역시 시즈쿠야! 같은 소릴 하고 있을 때가 아니지. 좋아, 이렇게 된 거 뻔뻔해지자고! 나는 입을 열었다.

"아빠에게 받았어요. 만약 다치면 쓰라고. 그래서 정확히는 잘 몰라요……."

필살, '어린이라 아무것도 몰라요' 어게인! 거짓말도 아니지. 후후후, 나는 아무것도 모르는 어린아이……. 정신력이 푹푹 깎여나가는 건 분명 내 착각이다.

"아, 그, 그렇구나. 그래, 그렇겠지……. 미안하다. 흥분했어."

위기 회피! 잘했어, 나야! 얼버무리기에 성공한 모양이다. 어린이 나이스. 오늘만큼 어린이라 다행이라고 생각한 적이 없다. 그럼 나는 이만…… 하고 떠나려던 참이었는데.

"아앗, 기다려. 몰랐다고는 해도 이게 상당히 비싸다는 건 변하지 않지. 해독도 된 것 같은데, 보답도 하지 않고 돌려보낼 수는 없구나."

살며시 손을 잡혀서 붙들리고 말았다. 아니 독에도 당했어?! 칼에 발라놨던 건가……. 그래서 피가 멈추지 않았었나? 아하, 그렇구나. 그런 거라면 그렇게 생각하겠지! 반대로 나였어도 같은 소릴 했을 거다. 역시 시즈쿠표 약은 만능이다. 하지만 어쩌지?

"보답하게 해주렴. 집은 이 근처에 있니?"

히이익! 그렇지, 어린아이가 혼자 거리를 돌아다닐 리가 없지. 하지만 당황하지 말지어다. 지금이야말로 미리 정해두었던 설정을 살릴 때. 내 안의 배우여, 눈을 떠라! 나는 마음까지 어린이가 되어 시골에서 나와 아버지를 찾아가는 꼬마 숙녀 설정을 최대한으로 활용했다.

"그게, 지금은 가까이 없써요. 모험가에게 부탁해서 같이 아빠에게 가는 중이라……."

"흐음, 조금 사정이 있는 모양이구나. 미안하다. 전부 이야기하지 않아도 괜찮아. 모험가라……. 의뢰인에 대해선 수비의무가 있으니 말할 수 없겠지."

"저기, 약은 마음대로 써도 된다고 했으니까 그, 신경 안 쓰셔도 되는데……."

정말 보답 같은 건 괜찮다고 에둘러 찔러넣었지만 기사님은 그럴 수 없다며 양보하지 않았다. 성실한 사람이다. 아니, 정말로 보답 같은 걸 받으면 곤란할 뿐인데요. 솔직하게 말할 수 없어서 답답해!

"친척이 있는 장소도 꽤 먼 것 같고……. 으음, 곤란하군."

그 후에도 내 어린이 설정을 듣고 간신히 이해해준 듯한 기사님은, 그렇기 때문에 몹시 곤란하다는 듯 눈썹꼬리를 아래로 내렸다. 들어 보니 내가 준 약은 이 땅에서는 성수라고 불리며 일부 귀족이나 왕족조차 쉽게 입수할 수 없는 귀중한 물건이라고 한다. 아, 그 정도였습니까. 그랬습니까……. 쓰기 전에 리히토나 로니에게 상담할 걸 그랬다고 후회했지만, 이미 늦었다. 제 생각이 짧았습니다……!

"제대로 믿지도 않고 전부 마셔버린 내가 어리석었지…….

지금 수중에는 갚을 수 있는 게 없어. 어차피 전부 갚을 수도 없겠지만."

아, 의심도 안 하고 마신 건 확실히 어리석은 거 맞죠. 넵. 하지만 갚을 필요 없다니까요. 그건 마대륙으로 돌아가면 얼마든지 만들 수 있으니까……. 이것이 바로 가치관 차이다. 물론 시즈쿠가 열심히 힘을 내서 만든 약이니 지금은 그 가치도 추가되어 더 귀하기는 하지만.

"보답은 괜찮나요."

이대로는 끝이 안 난다. 그래서 나는 굳게 결의하고 확실하게 말했다.

"무슨 소리야. 그럴 수는 없잖아."

하지만 즉시 거절이 돌아왔다. 그렇죠. 이 사람 정말로 성실해 보이는걸. 하지만 어떻게든 빨리 방으로 돌아가고 싶은데. 라비 씨와 약속했는데 밖에 나와버렸으니까……! 호, 혼나겠다.

"그, 그럼 비밀로 해주세요……."

"비밀?"

교환 조건으로선 지금의 내게 가장 중요한 부분이다. 우리는 이 도시에 있는 동안 눈에 띄면 안 되기 때문이다.

"제가 그 약을 준 거 비밀로 해주세요. 그렇게 비싼 건 줄 몰랐는데……. 눈에 띄면 위험하다고 했어요."

"흠……. 확실히 이런 고가의 물건을 어린아이가 가지고 있다면 좋지 않은 녀석들이 노릴지도 모르지."

오, 제법 괜찮은 것 같은데? 그렇다면 보답은 그걸로 해달라고 말하려 했는데.

"하지만 그걸 말하지 않는 건 당연한 일이야. 당연히 네가 위험해지지 않도록 노력해야지. 보답이 안 돼."

강적이다! 그런 것보다 빨리 방에 돌아가고 싶은데! 나도 모르게 난감한 표정을 짓고 있었던 건지, 기사님이 쿡쿡 웃으며 내 머리에 손을 올렸다. 쓰다듬는 건가?

"아이는 순수해서 좋구나. 본래대로라면 이대로 동행자에게 같이 와 달라고 해서 보답하고 싶지만⋯⋯."

으악, 그건 안 되는데요! 눈에 띄는 건 정말로 큰일이다. 내심 심장이 벌렁벌렁했다.

"지금 나는 용의자를 쫓아야 해. 중요한 임무거든."

"용의자⋯⋯?"

왠지 불길한 예감이 들었다. 가슴이 쿵, 쿵, 시끄럽게 뛴다. 서, 설마?

"그래. 어린아이 세 명을 찾고 있어⋯⋯. 검은 머리카락의 소년과 긴 붉은 머리카락의 소년, 그리고 검은 머리카락의 너만 한 어린 여자아이인데⋯⋯. 그중에서도 여자아이는 특출나게 고운 얼굴을 지녔다고 들었지. 너도 깜짝 놀랄 만큼 예쁘게 생겨서 혹시나 했는데, 빨간 머리니까. 게다가 소년 두 명도 안 보이고."

세, 세이프! 아니, 살짝 아웃 아니야?! 머리카락 색을 바꿔놓길 잘했다! 게다가 이번만큼은 나 혼자라서 다행이다⋯⋯. 으아아. 이 사람, 설마 했는데 우릴 쫓는 사람이었다. 동쪽 왕성에서 파견된 기사님인 걸까? 흐억, 필사적으로 얼굴 근육이 뻣뻣해지는 걸 참았다.

"아, 그래. 이 김에 이걸 봐 두렴. 그 세 아이를 데려간 납치범이 있다고 해. 너도 어리니까 조심해야 한다?"

"어……?"

납치, 범……? 목구멍에서 쌕 바람 소리가 났다. 기사님은 가슴의 주머니에서 한 장의 종이를 꺼내더니 펼쳐서 보여주었다.

"라비라는 이름의 여성 모험가야. 만약 발견하면 다가가지 말고 우리에게 연락해줘."

그건 틀림없는 라비 씨의 초상화였다. 다른 사람이 그린 거라 대충 분위기만 전해지지만, 긴 머리카락을 포니테일로 묶은 것이나 기세등등한 눈이며 주근깨 등 특징을 잘 포착했기 때문에 라비 씨를 아는 사람이 보면 바로 알 수 있는 그림이었다. 이름까지 실렸잖아……! 왜? 라비 씨가 납치범이라니. 우리를 구해준 건데 그런 낙인이 찍힌 거야……? 아닌데. 라비 씨는 나쁜 사람이 아닌데! 하지만 이 말을 할 수는 없다. 어린아이의 발언은 증거가 되지 않으니까. 나, 리히토, 로니가 아무리 주장해도 너희는 속고 있는 거라며 타이르고 끝이다. 애초에 정체를 밝힐 수도 없고.

분하다. 분하지만 지금은 참아야 한다. 그리고 라비 씨가 누구에게도 들키지 않고 빨리 돌아와 주길 기도할 뿐. 두근두근 시끄럽게 뛰는 심장 소리를 억누르며 기사님을 향해 알겠다고 대답했다.

"그래, 그리고 역시 보답은 하고 싶거든. 만약 뭔가 곤란한 일이 있다면 언제든 기사단에 와. 동쪽 기사단, 라이가라고 이름을 꺼내면 어느 기사단에서도 바로 들어줄 거야. 만약 상대해주지 않는다고 해도 내가 반드시 달려가서 널 도와주겠다고 맹세하마. 지금은 이것밖에 못 해서 정말로 미안해."

그렇게 말하며 어떤 문장이 들어간 손수건을 내밀기에 무심코 받았다. 기사가 신분을 증명하기 위해 상시 여러 장 들고 다닌다고 한다. 붉은 선 세 줄이 수 놓인 건 단장의 증거라나. 멋지다. 하지만 단장님이셨나요. 오들오들……!

그 후 이름만이라도 가르쳐달라고 해서 잠시 고민한 뒤 솔직하게 말했다. 아마 흔한 이름일 테고, 라비 씨 말고는 이름까진 돌아다니지 않으니까. 이름을 밝힌 적도 없으니 당연하다.

"메구라. 좋은 이름이구나. 기억하마. 정말 고마워. 너는 내 생명의 은인이야."

라이가 씨는 마지막으로 당장 보답하지 못해서 정말 미안하다며 또 사과한 뒤에 떠나갔다. 나는 그 뒷모습을 복잡한 기분으로 바라보았다. 나를 도와주고 싶다면 우리를 추적하는 걸 멈췄으면 한다. 라비 씨를 잡으려고 하지 말았으면 한다. 라비 씨는 아주 좋은 사람이니까. 물론 그런 건 무리라는 건 안다.

라이가 씨는 우리에게 적이지만, 그 사람은 나쁘지 않다. 위에서 내려온 지시를 따라 움직이고 있을 뿐이니까. 게다가 어딜 봐도 착한 사람이었는걸. 다친 걸 치유해준 것도 후회하지 않는다. 사람을 구하는 것에 이유는 필요 없다.

『인간이란 속으로 무슨 생각을 하는지 알 수 없는 종족이란다.』

또 머릿속에 레오 할아버지의 말이 재생되었다. 그래. 그 사람도 인간이잖아. 일반시민이자 아직 어린 '나'이니까 친절하게 대했을 뿐, 입장이 바뀌면 태도도 바뀔지도 모른다. 하지만 라이가 씨는 믿을 수 있는 사람이라는 생각이 든다. 무른 걸까? 무른 거겠지. 안다. 하지만 믿고 싶은걸.

……아니, 지금은 그런 생각을 하고 있을 때가 아니다. 라비 씨, 빨리 돌아오세요……! 나는 그렇게 기도하며 서둘러 리히토와 로니의 방으로 향했다.

"이, 바보야! 위험한 짓 하지 마!"

"자모해써여!"

그리고 현재, 리히토의 방에서 지금 막 일어난 일을 솔직하게 이야기하자 역시나, 리히토에게 혼났다. 무지막지 혼났다. 아직 안색은 나쁘지만 이 반응으로 보아 상당히 회복한 모양이니 안심했다. 하지만 그, 저기, 반성하고 있으니까 뺨 그만 잡아당겨! 도움을 요청하며 로니에게 시선을 보냈다.

"이번엔, 메구가, 잘못했어."

"으으……."

로니에게도 혼났다. 리히토에게 혼나는 것보다 타격이 커……!

"……나 원. 무사해서 다행이야. 진짜 걱정 끼치고……."

"다행이야, 정말……."

뺨에서 손을 뗀 리히토가 진심으로 안심했다는 듯 그렇게 말했고, 로니도 눈썹을 팔자로 휘며 말했다. 아아, 둘 다 걱정했구나……. 그걸 알았기에 얼얼한 뺨과는 다른 이유로 눈물이 고이고 말았다.

"정말, 잘, 못해써…… 훌쩍."

혼자 마음대로 움직이기 전에 두 사람에게 상담할 걸 그랬다. 왜 나는 내 맘대로 움직였던 걸까. 독선적인 기질을 아직 고치지 못했다. 뼈저리게 반성했다.

"응. 알았으면 이제 됐어. 그러니까 울지 마."

리히토가 희미하게 웃으며 그렇게 말했고, 로니가 손수건을 꺼내 내 눈물을 닦아주었다.

우리는 서로를 보며 후후 웃은 뒤 리히토도 로니도 화내서 미안하다고 사과해주었다. 사과할 일도 아닌데, 둘 다 상냥하구나. 나는 정말로 행복한 사람임을 절절히 느꼈다.

"그나저나…… 지명수배서가 돌아다니다니. 상상했던 것보다 더 위험한 상황이었네."

침대 위에 책상다리로 앉은 리히토가 신음했다. 참고로 나는 지금 리히토의 다리 위에 안긴 채로 앉아 있습니다. 도망치지 못하게 하기 위해서라나. 누굴 탈옥범처럼……. 하지만 혼난 직후이니 얌전히 잡혀주었다. 반성하고 있습니다……!

"라비, 걱정이야."

로니는 창가의 의자에 앉아 창밖으로 힐긋힐긋 시선을 던졌다. 나도 걱정이다. 하지만 단단히 붙잡혀있기 때문에 창밖을 내다보지도 못한다. 네. 얌전히 있을 테니까 팔에서 힘을 빼시죠? 리히토.

"라비 씨는 유괴범이 아닌데……."

내가 그렇게 중얼거리자, 리히토가 '그건 어떤 의미에선 어쩔 수 없었을지도'라고 말했다.

"행방불명된 어린아이 셋을 어른 한 명이 데리고 다니니까. 라비에 대해 알던 누군가가 악의 없이 애 셋을 데리고 있었다고 수군거리면 왕성이 찾는 아이 셋과 일치해서 유괴범으로 찍히는 것도 무리는 아니었어. 젠장, 더 조심할걸……!"

그렇, 지. 우리는 최대한 남들 눈에 띄지 않도록 이동하고 있지만, 처음에는 머리카락 색도 바꾸지 않고 마을에 들렀고 길거리에서 마주친 사람도 제법 된다. 여기에 왕성에서 보낸 소식이 더해지면 소문과 소문이 결합하여 그렇게 되어도 이상하지 않다. 아주 속상하고, 부정하러 가고 싶은 마음은 굴뚝같지만 괜한 짓을 넘어 위험한 행동이라는 건 다들 알고 있다. 잠시 침묵이 흘렀다. 각각 말없이 고개를 숙일 수밖에 없었다. 속이 득득 긁히는 기분이지만, 지금은 라비 씨의 무사를 기도할 수밖에 없으니까.

그런 우리의 걱정을 뒤로 라비 씨는 저녁이 되어 해가 완전히 떨어지기 전에 아무렇지도 않은 얼굴로 돌아왔다. 안심했지만……, 기다리던 우리는 모두 입을 떡 벌렸다. 라비 씨?! 그, 그, 그 머리카락……!

"어……. 무슨 지명수배가 깔렸길래 잘랐어."

라비 씨의 머리는 포니테일이 사라지고 어깨에 닿지 않을 만큼 짧게 잘렸기 때문이다. 머리를 긁적이며 쑥스러운 듯 '이상해?'

하고 웃는 라비 씨는 전혀 개의치 않아 하는 것 같았다. 하지만, 하지만……!

"어, 으앗. 메구?"

무언가가 가슴에 북받쳐 올랐다. 무슨 말을 해야 한다고 생각하면서도 아무런 말도 할 수 없어서, 나도 모르게 라비 씨의 허리에 꽉 달라붙었다. 리히토와 로니도 엉거주춤 서서 멍하니 서있기만 했다.

"라비 씨는 하나도 안 나빠요!"

사과하는 것도 틀리다. 고맙다는 인사도 틀리다. 동정도 틀리고 화내는 건 더 틀리다. 무슨 말을 해야 할지 알 수 없어 그런 말밖에 하지 못했다. 여행을 떠나 보게 된 사람 중 머리카락이 짧은 여성도 있었으니, 여기서는 여성이 머리를 자른다는 행위에 무거운 의미가 없을 것 같지만……. 그래도 유괴범으로 불리고, 길고 고운 머리카락을 변장을 위해 잃는 건 왠지 속이 답답했다. 라비 씨 본인도 신경 쓰지 않을지도 모르지만. 그래도, 그렇다고 해도! 매달리는 팔에 자꾸만 힘이 들어갔다.

"어음, 미안. 그런 표정을 짓게 하고 싶지는 않았는데."

라비 씨는 지금 분명 난감해 하는 얼굴로 웃으며 내 머리를 쓰다듬고 있을 것이다. 왜 내가 위로받고 있는 거지. 이 상황에선 반대잖아. 라비 씨는 강하구나…….

"머리카락은 금방 자라니까 신경 쓰지 마. 봐, 마침 메구랑 똑같지 않아? 아, 내가 한참 더 짧은가."

나에게 건네는 말조차 이렇게나 다정하다. 나는 팔로 눈을 쓱

쓱 훔친 뒤 라비 씨를 바라보았다. 내가 할 수 있는 보은은 우선 무사히 집에 돌아가는 것이다. 그리고.

"라비 씨, 내가 무사히 마대륙에 돌아갈 수 있게 되면 같이 가자. 길드원들에게 부탁할 테니까요!"

라비 씨의 도움이 되고 싶다. 지명수배까지 받았으니 라비 씨는 앞으로 인간 대륙에서 얼굴을 가리며 몰래 살아야만 하게 될지도 모른다. 그런 건 싫다고! 우리를 위해 희생되다니, 절대 안 돼!

"……그래, 그거 매력적인 제안이네. 생각해둘게. 고마워."

라비 씨는 놀란 듯한 표정을 보였다. 눈동자가 살짝 젖은 것처럼 보이기도 했다. 분명 현실성이 없다고 생각하는 거려나. 어린아이의 제안이니 그리 진심으로 받아들이진 않을 법하다. 그래도 나는 진심이거든? 그래서 어떻게든 아빠를 비롯한 모두를 설득하기로 결의했다. 라비 씨를 절대 혼자 두지 않을 거야!

간신히 다들, 아니, 다소 흥분한 상태였던 내가 침착해지자 그대로 리히토와 로니의 방에서 라비 씨의 보고를 듣기로 했다. 혼자 폭주해서 죄송합니다. 정신이 유아라 그리 쉽게 선을 긋고 태세를 전환할 수 없다. 하지만 강제로 바꿔야만 했지! 리히토가 내가 저지른 일을 바로 보고해버리는 바람에 당연하게도 혼났다. 조용히 분노하는 라비 씨는 굉장히 무서웠습니다……! 으윽, 다시는 안 그럴게요!

"아무래도 동쪽 왕성에서 파견된 기사들은 곧장 이 도시로 향했던 모양이야. 빙 둘러 온 우리를 순식간에 따라잡는 것도 무리는 아니지."

여기는 큰 도시니까 들를 가능성이 크다고 판단했으리라는 게 라비 씨의 추측이었다. 그리고 생각했던 것보다 파견된 인원이 많다고 한다. 가는 곳마다 소문의 내용이 애매모호한 게 아니라 대략 같았던 것으로 보아 다양한 방향으로 몇 명씩 기사를 보낸 게 아니냐면서. 그래. 그렇다면 확실하게 정보가 퍼지겠지. 이 나라는 아주 넓은데 넘어오는 소문에 통일성이 있는 이유는 그 것밖에 없다는 게 라비 씨의 생각이다.

그 정보에 대한 감상은 '그렇게나?!'였다. 동쪽 왕성이 고작 어린아이를 찾기 위해 그렇게까지 전력을 기울이는 거냐. 전이 마법진을 사용하는 데 돈이나 노력이나 마력을 어마어마하게 소모했을 테니까 어떻게든 찾으려는 걸까, 그렇게까지 해가며 손에 넣고 싶어 할 만큼의 이용 가치가 우리에게 있는 걸까. 어쨌거나 나라의 진심을 느끼고 몸이 부르르 떨렸다.

"나쁜 소식은 더 있어. 아무래도 우리를 수색하기 위해 다른 왕성에서도 기사를 파견한 것 같아. 즉 동쪽의 독단행동이 아니었다는 거지."

인원이 유독 많은 건 그 때문이기도 했구나……. 그 말을 들은 리히토도 로니도 얼굴이 파랗게 질렸다. 분명 나도 비슷할 것이다. 그 정도로 충격적인 소식이었다. 그건 이 커다란 나라 자체가 우리의 적이라는 소리니까.

마력을 많이 지닌 귀한 어린아이를 손에 넣으려고 계획한 건 코르티가 국가의 의사. 범죄자나 빚 변제를 위해서라는 이유

외에 인신매매는 허락되지 않는다. 그럼에도 국가가 뒤에서는 저지르고 있을 가능성이 크다는 말이잖아. 게다가 애초에 우리는 갑자기 전이되었다. 이건 완전히 유괴고, 범죄다. 그런 범죄의 주범이 이 나라라는 소리잖아?

"그런 짓을 해도 되는 거야……?!"

무심코 흘러나온 말에 라비 씨가 팔짱을 끼고 신음했다.

"어쩌면 매매 목적이 아닐지도 몰라."

"매매가 목적이 아니라고……? 그렇다면 대체 뭘 위해 우리를 노리는 건데. 나라에서 이렇게까지 하다니……."

"그러니까 하는 말이야."

리히토의 반론에 라비 씨가 치고 들어가듯 말했다.

"오직 인신매매만을 위해 이렇게까지 하는 건 이상하잖아. 손해가 클 테지만, 그것만으로 어린아이 셋을 되찾기 위해 기사단을 움직일 것 같지 않아."

확실히 일리가 있다. 그 정도로 귀중한 존재라고 하면 그런 걸지도 모른다는 생각도 들지만……. 기사단을 여럿 움직여 우리를 붙잡았을 때 수지타산이 맞냐 하면 아닐 것 같고.

"분명 너희를 이용하려는 거겠지. 목적은 모르지만. 단순히 팔아치우는 게 아니라, 무언가를 시키려는 게 아닐까."

"무언가……?"

리히토가 눈썹을 찌푸리며 의문을 입에 담자, 가만히 있던 로니가 끼어들었다.

"마법을 쓰는, 무언가."

마법. 그래, 분명 그거다. 우리 세 사람의 공통점은 마력을 지녔다는 점이니까. 그것도 평범한 어린아이보다 많은 마력을 보유했다.

"그렇다면 나라의 목적은 우리 그 자체가 아니라…… 대량의 마력이 필요하다는 거네?"

"그렇게 생각하는 게 가장 정답에 가까운 느낌이야."

우리 사이에 잠시 침묵이 흘렀다. 마력이 적은 어린아이라도 여러 명을 데려오면 마력은 많이 모을 수 있고, 그렇다면 어린아이가 아니라 어른이어도 괜찮지 않은가 등 아직 의문에 싸인 부분이 있다. 하지만 여기서 생각해봤자 답은 나오지 않는다. 마력을 많이 지닌 어린아이여야만 하는 이유, 그 진정한 목적은 무엇일까. 불안만이 쌓인다. 태평하게 여행하며 여기까지 왔지만, 실제로는 생각했던 것보다 더 위험한 상황이었다. 하지만, 그렇지만.

"결국 최대한 서둘러 광산에 간다는 건 똑같지?"

그렇다. 목적은 역시 변하지 않는다. 지나가는 루트를 조심하거나 지금까지보다 더 주의를 기울일 필요는 있겠지만, 요컨대 한시라도 빨리 광산에 도착하면 된다. ……물론 그런다고 마대륙으로 갈 수 있을지는 모르지만 로니가 있으니까 조금은 숨겨줄지도 모른다. 이 인간 대륙에서 가장 안전한 장소가 광산이라는 건 변함이 없다.

"그렇, 지. 이곳의 기사들이 라비도 메구도 못 알아본 걸 보아 변장한 의미는 있었다고 증명된 셈이고."

"응, 변함없어. 아무것도."

리히토와 로니가 내 의견에 동의했다. 기운을 내기 위해 나는 활짝 웃었다. 해야만 하는 일이 분명하면 다소 마음이 편해진단 말이지!

"후후, 너희 든든하구나! 좋아, 그렇게 정해졌으면 식당이 붐비기 전에 저녁 먹고 일찍 자자! 그리고 이른 아침에 여기에서 나가는 거야. 걱정되는 건 리히토인데. 어때? 마력은 회복될 것 같아?"

"으음, 어떻게든. 최악의 경우 메구에게 약을 받아야 할지도 모르지만……."

"괜찮아! 매일 먹는 게 아니라면 몸에 부담도 적으니까!"

그래도 연속으로 먹는 건 그리 좋지 않으니까 만약 먹게 된다면 이번만이라고 약속했다. 지금부터 잘 먹고 푹 자면 자연적으로 회복될지도 모르고! 말하자면 보험이다.

그 후 우리는 앞으로의 방침과 뜻을 확인한 뒤 바로 저녁을 먹으러 아래층 식당으로 향했다.

2 추억의 레오 할아버지

1층으로 내려가자 이미 맛있는 냄새가 가득했다. 아니, 정확하겐 어딘가에서 맡은 적이 있는 냄새다. 무심코 코를 킁킁 움찔거렸다.

"아, 저녁 드실 건가요? 이쪽의 빈자리로!"

우리를 알아차린 여관의 여성이 손으로 가리키며 안내하고는 물을 가지러 안쪽으로 향했다. 우리는 식당 구석 자리에 앉아 가져다주는 물과 요리를 기다렸다. 그러자 잠시 후 조금 전의 여성이 물을 테이블에 내려놓으며 즐거워하는 목소리로 말했다.

"한 달에 두 번, 이 도시에서 가장 유명한 레스토랑에서 저녁을 들여오거든! 손님들 운이 좋네! 그날에 딱 맞추다니."

"레스토랑에서? 그거 기대되는걸."

"뭐가 나오는데?"

"흐흐흥, 그건 기대하시라!"

흐뭇해하며 웃은 여성은 그런 말을 남기고 주방 쪽으로 가버렸다. 어지간히 자신이 있는 모양이다. 하지만 자기들이 만드는 요리보다 그쪽을 더 추천하다니, 그래도 되나? 그만큼 유명한 레스토랑인 건가?

"아, 그거 말이지. 아마 점원들도 직원식으로 먹을 수 있을 테니까."

의문을 툭 흘리자 라비 씨가 쓴웃음을 지으며 그렇게 말했다.

아하. 유명 레스토랑의 음식을 먹을 수 있다면 좋아할 만도 하다. 근데 그렇게 훤히 보여도 괜찮은 걸까. 마음은 무척 공감하지만!

잠시 후 '기다리셨습니다'라는 발랄한 목소리와 함께 요리가 나왔다. 그 요리를 본 나는 무심코…… 말문을 잃었다. 메뉴 자체는 스테이크에 구운 야채, 건더기가 가득한 수프와 빵이라는 심플한 구성이었지만 나는 이 수프를 본 적이 있기 때문이다. 이 냄새가 너무나도 익숙하기 때문이다.

"메인은 이 스테이크지만……, 사실 가장 추천하는 건 이쪽의 수프야! 그 레스토랑의 얼굴이라고도 할 수 있는 간판 메뉴인데, 전통적인 맛을 대대로 전수하고 있대! 아주 맛있어!"

"오, 그거 기대되는데. 빨리 먹어봐야겠어."

입을 모아 '잘 먹겠습니다' 하고 인사한 뒤 나는 그 수프에 손을 뻗었다. 두근거리는 마음으로 입으로 가져갔다. 착각이 아니야. 이건……!

"이건 역시……!"

"응? 왜 그래? 메구."

리히토의 목소리에 바로는 반응하지 못했다. 왜냐하면 이건 틀림없는 레오 할아버지의 수프 맛이니까……! 어째서?!

"아, 아니야! 아주 맛있어!"

하지만 지금 여기에서 내색하면 안 된다. 두근두근 뛰는 심장 박동을 달래며 우선 간단히 그렇게 대답한 뒤, 나는 다시 수프를 음미했다. 반갑다. 얼마 전까지만 해도 당연하다는 듯이 먹었던 수프가 너무나도 반갑게 느껴졌다. 레오 할아버지가 만들고, 치오 언니가 이어받은 수프 맛이다. 인스턴트 버전으로는 먹고 있지만 갓 만들어낸 수프와는 역시 맛이 다르다. 하지만 왜? 왜 이걸 여기에서 먹을 수 있는 거지? ……그러고 보면 울라는 어딘가에서 들은 적이 있는 것 같은 느낌이 드는데. 대도시 울라. 으음, 어디더라. 으음, 으으음…… 아!

『나는 옛날에 인간 나라에 있을 때, 울라라는 대도시에서 가장 유명한 가게의 요리사로 일했단다.』

불현듯 레오 할아버지의 자상한 미소와 그 이야기가 떠올랐다. 그제야 끊어져 있던 실이 하나로 연결된 느낌에 나는 무심코 소리를 냈다.

"울라!"

"으억, 뭐야 메구! 갑자기 도시 이름을 외치고!"

"아앗, 미안…… 시, 실수!"

놀라서 불평하는 리히토, 눈이 휘둥그레져서 이쪽을 보는 로니와 라비 씨. 이거 나중에 설명해달라는 말을 들을지도 모르겠다. 우선 헤실헤실 웃어넘긴 뒤, 나는 다시 열심히 밥을 먹었다. 나도 참, 매번 늦게 깨닫는다니까. 하지만 지금이라도 알아차려서 다행이다.

여기는 레오 할아버지가 있던 도시다. 인간 대륙 출신이라고 들은 적이 있었잖아. 게다가 여러 번 들었던 그 이야기에 울라라는 지명이 나왔었다. 여관 사람이 말한 유명 레스토랑이라는 곳이 옛날에 레오 할아버지가 일했던 레스토랑인 거야. 가게에는 가지 않았지만, 설마 이런 곳에서 그 맛을 만나게 되다니 굉장한 우연이다.

그리워라……. 자상했던 레오 할아버지. 나는 살며시 눈을 내리뜨고 그 시절의 기억을 떠올렸다.

내가 오르투스에서 일하기 시작한 지 1년 정도 지나서, 레오 할아버지는 예정대로 길드 밖에서 은거 생활을 시작했다. 퇴직할 때 오르투스의 모두가 성대한 파티를 열었지. 레오 할아버지를 위한 파티인데 파티에 나오는 요리는 대부분 레오 할아버지가 만들었다. 레오 할아버지가 직접 만들고 싶다고 자원했기 때문이다. 뼛속까지 요리사였단 말이지, 레오 할아버지는.

맛있는 요리가 가득했지만, 송별회라서 다들 어딘가 쓸쓸해 보였다. 나도 시무룩해져서 기르 씨가 등을 토닥토닥 두드려줬다. 그런 와중에 레오 할아버지가 건배 선창을 외쳤다. 그때의 발언을 생생히 기억한다.

"내 인생의 각별한 보물은 두목을 만나 이 오르투스에서 일했던 것. 그리고 그 나날들이다. 모두에게는 짧은 시간이었을지 모르지만, 나에게는 무척 길고 충실한 나날이었지. 오늘까지 정말로 고맙다. 근처에 살 예정이니 산책하는 김에 또 들르도록 할게."

레오 할아버지가 정말로 만족스럽다는 듯 웃으며 말했기에 우리에게도 웃음이 전염되었다. 오늘은 실컷 즐기자는 아빠의 한마디를 듣고 그제야 떠들썩한 파티가 시작되었다.

저마다 틈을 봐서 레오 할아버지에게 말을 걸었다. 이 맛을 먹지 못하게 되는 건 섭섭하다거나, 가끔은 만들어 와 달라거나. 아쉬워하는 말이 많았다. 물론 나도 기르 씨와 함께 인사하러 갔다.

"레오 할아버지, 집에 놀러가도 대요?"

처음 인사하러 갔을 때 약속했으니까. 기억하고 있을까 궁금해하며 물어봤다. 아쉬워하는 말보다 이게 먼저 나오는 점이 나답다는 생각도 했지만.

"물론이지. 약속했잖니. 간단한 쿠키나 케이크를 만드는 법을 준비해두마."

"기억하고 이써써요?! 기뻐라!"

레오 할아버지는 당연하다는 듯 웃으며 머리를 쓰다듬어주었다. 요리 교실을 열어준다는 말에 나는 무척이나 행복해졌다. 그래서 레오 할아버지의 손을 잡고 고맙다고 거듭 인사했다.

"인사는 내가 해야지. 노후의 즐거움을 만들어준 메구에게 너무 고맙단다."

돌려주는 말도 다정함이 넘실거려서 나는 시종 싱글벙글 웃었다.

"치오리스도 섭섭해하지 않던가."

그때 기르 씨도 레오 할아버지에게 말을 걸었다. 그렇다. 치오 언니는 레오 할아버지의 뒤를 이어 오르투스의 요리반 리더가 된다. 책임도 늘어날 테니 조금 걱정이었다.

"치오리스는 묘하게 고지식한 구석이 있으니 말이야. 이미 충분할 정도로 실력을 지녔는데, 본인의 자신감만 부족하지. 하지만……."

레오 할아버지는 거기서 말을 끊고는 주방 쪽으로 고개를 돌리며 눈을 가늘게 접었다. 그곳에서 주방 내부의 모습은 보이지 않았지만, 레오 할아버지는 열심히 작업하는 치오 언니의 모습을 선명하게 떠올린 건지도 모른다.

"치오리스라면 괜찮아."

레오 할아버지가 그렇게 말한다면 정말로 괜찮을 것이라는 느낌이 들었다. 그 말에는 그런 설득력이 있었다.

놀러 갈 때는 연락하겠다는 말을 끝으로 우리는 그 자리에서 이동했다. 우리 말고도 레오 할아버지와 대화하고 싶은 사람이 많이 있었으니까. 기르 씨의 뒤를 따라가려던 때, 레오 할아버지가 잠깐 기다리라며 불러 세웠다. 까딱까딱 손짓하는 대로 다다닷 다가가자 레오 할아버지는 손을 입가에 가져가 비밀 이야기를 하듯 가르쳐주었다.

"사실 각별한 보물이 하나 더 있단다. 그 보물이란 건……."

그걸 듣고 나는 눈이 휘둥그레졌다.

"어째서 저에게 가르쳐주신 거에요?"

분명 비밀이었을 터. 그렇기에 나에게 몰래 가르쳐준 게 이상해서 무심코 그렇게 되물었다. 그러자 레오 할아버지는 느긋한 어조로 '어째서일까……'라고 한 뒤 이어서 이렇게 말했다.

"메구가 알았으면 좋겠더구나. 이유는 모르지만."

이상한 말을 한다고 생각했지만, 어린아이니까 말하기 쉬웠던 건지도 모른다. 이 송별회라는 특별한 공간이기 때문에 누군가가 들어주길 바랐던 것일 수도 있다. 그럴 때가 있지. 레오 할아버지가 '비밀이다?'라고 했기에 나도 입가에 검지를 대며 비밀을 지키겠다고 약속했다.

송별 파티가 끝나고 레오 할아버지가 나간 지 며칠 뒤. 나는 바로 레오 할아버지와 약속을 잡았다. 그날부터 일주일에 한 번 꼴로 레오 할아버지의 집에 놀러 갔지. 너무 자주 갔나? 하는 생각도 들었지만 레오 할아버지는 기쁘게 반겨주었고, 다들 다녀오라고 했기에 나도 빈번히 찾아갔다.

"나는 옛날에 인간 나라에 있을 때, 울라라는 대도시에서 가장 유명한 가게의 요리사로 일했단다. 그립구나. 벌써 60년쯤 전인가. 그때의 요리장은 무서운 사람이었지."

요리를 배우면서 매번 잡담을 나눴다. 레오 할아버지는 옛날 이야기나 인간 나라에서 있었던 이야기도 다양하게 가르쳐주었기 때문에, 원래 인간이었던 나는 무척 흥미진진하게 들었다.

"알겠니? 메구. 만약 인간을 만난다면 절대 그 힘이나 정체를 밝히면 안 돼. 아무리 친절한 사람이라고 해도 인간이란 속으로 무슨 생각을 하는지 알 수 없는 종족이란다. 약속해주렴."

그리고 오르투스의 길드원은 반드시 그런 건지, 레오 할아버지도 예외 없이 무척 걱정이 많았다. 애초에 인간을 만날 기회조차 거의 없는데. 뭐, 결국 만나는 걸 넘어서 아예 인간 대륙에 와 버렸지만, 이렇게 될 줄은 꿈도 꾸지 못했으니 말이야.

인간과는 사는 대륙이 다르고, 나 같이 희귀한 엘프 어린아이는 팔아치우려고 바로 잡아간다는 위험한 장소에 호기심만으로 굳이 가려는 마음을 먹은 적이 없었으니까. 후, 당시의 나에게 가르쳐주고 싶다. 세상에는 불가항력이라는 게 있다는 사실을! 하아. 그래서 그때 나는 장생 종족이고, 그런 기회가 절대 오지 않는다는 보장도 없다 정도로 생각하며 레오 할아버지의 충고를 귀담아 들으려고 했다. 그 점은 장하다. 역시 나다. 덕분에 지금도 제대로 떠올릴 수 있다.

레오 할아버지가 말하길 마에 속한 자, 즉 마력을 지닌 자는 좋게도 나쁘게도 솔직하다고 한다. 겉과 속의 차이가 별로 없다나. 친절하게 행동하는 사람은 정말로 친절하고, 나쁜 짓을 하는 사람은 숨기지도 않고 당당하게 저지른다. 그야 그중에는 배신자나 사기꾼도 있지만, 인간처럼 전환이 능숙하지 못한 게 마에 속한 자다. 따라서 무법자들은 무법자들끼리 모이기 쉽다나. 구 네모가 있는 지역은 그런 사람들이 잘 모이는 장소였다고 한다. 그리고 보면 구 네모 길드원들은 마라 씨가 수장이 된 뒤로 하나의 조직으로서 정리되고 있지만, 길드원 간의 싸움은 변함없이 일어난다는 이야기도 했었지. 전에 마라 씨에게 들었을 때, 그런 천성이니 막아도 소용없으므로 개인이 책임지게 하고 있다고 했다. 즉 솔직한 말썽꾸러기 집단이다. 마라 씨는 생각보다 강하구나……!

"친절하던 사람이 갑자기 배신하거나, 나쁜 사람인 줄 알았던 인물이 사실은 누구보다 많은 것을 생각하는 사람이기도 하지.

인간은 그런 복잡한 자들이란다. 메구는 순수하니까 금방 속아 버릴 거야."

레오 할아버지는 늘 이렇게 말하며 나를 걱정해주었다. 잘 속는 건 사실인 만큼 아무런 반박도 할 수 없었다. 그렇다. 자각이 있다. 이건 하세가와 메구일 때부터 타고난 기질 같으니까. 아무리 조심해도 어째서인지 속는다. 주로 아빠가 속이는 거였지만!

"하지만 나는 인간을 싫어할 수 없단다. 내가 인간이기 때문이라는 것도 있지만, 다양한 사람이 있기 때문에 통찰력이 뛰어나지. 그리고 집단으로 힘을 모아 무언가를 할 때 가장 힘을 발휘해. 단명하기에 다음 세대에 물려주고, 그를 통해 문명이 눈부시게 발전하는 것도 굉장한 힘이지. 오래 사는 자들은 현 상황에 만족한 자가 많으니까 변화를 추구하지 않는 편이고."

뭐, 우리나 아인은 혼자서도 강하니까. 오르투스는 팀워크가 좋지만, 모두가 힘을 모아 무언가를 만들어내는 건 거의 못 봤다. 종족 특성이라는 걸 생각하는 계기가 되었다. 인간은 최약체라고 하지만, 정말로 방심할 수 없는 종족임을 새삼 인식했다고 할까. 나는 지적받은 대로 단순하기 때문에 특히 조심해야 한다. 물론 나쁜 사람만 있는 건 아니라는 걸 먼저 이해하면서.

"다만 한가지, 마에 속한 자와 인간 사이에 공통점이 있다면 그건……."

레오 할아버지가 인간 이야기를 할 때는 매번 길어진다니까. 시작하면 멈추지 않는다. 무척 중요한 이야기고, 나도 제대로 들었거든? 하지만 나이 때문인지 놀러 갈 때마다 같은 이야기를 계속 듣게 된다는 게 고통스러운 지점이었다. 매번은 아니어도 꽤 여러 번 들은 느낌이 든다. 하지만 착한 아이인 나는 늘 끝까지 다 들었지! 후후후, 덕분에 토씨 하나 안 틀리고 말할 자신이 있다! 이렇게 회상하는 것도 쉽다.

"어이쿠, 그만 너무 길어졌구나. 재미없었지? 미안하구나, 메구."

"아니에요! 중요한 이야기자나요! 레오 할아버지가 걱정해주시는 거 아니까요!"

과거를 추억하며 기나긴 이야기를 해버리지만, 늘 타인을 배려하는 다정한 레오 할아버지를 아주 좋아했다. 그래서 똑같은 이야기를 몇 번씩 듣는다고 해도 나는 몇 번이고 끝까지 들었다.

왜냐하면 평범한 인간인 레오 할아버지와 이별할 날이 싫어도 다가오고 있다는 걸 아니까. 조금이라도 오래 레오 할아버지와 함께 하는 시간을 만들고 싶었다. 그리고 나의 그 행동은 정답이었다고, 나중에 곱씹게 되었다.

그건 날씨가 좋은 휴일이었다. 레오 할아버지와 약속했던 날, 예전에 만드는 법을 배운 폭신폭신 쉬폰 케이크를 내가 만들어 가져가기로 약속한 날이었다. 쉬폰 케이크는 정말로 어려워서 좀처럼 부풀어 오르지 않았지만, 레오 할아버지에게 배운 대로 했더니 정말로 잘 만들어져서 무척 감동했었다. 오븐이나 위험한 부분은 치오 언니가 도와줬지만, 거의 내 힘으로 만들어낸 케이크라 그걸 보여주기 위해, 그리고 같이 먹기 위해 레오 할아버지를 찾아갔다.

"안녕하세요! 메구임미다!"

내가 가는 날은 보통 레오 할아버지가 요리할 준비나 차를 타는 준비를 하고 있으니 마음대로 들어와도 괜찮다는 말은 들었다. 그래서 평소처럼 발랄하게 인사하며 레오 할아버지의 집 안으로 들어갔다.

"어라?"

하지만 이 날은 달랐다. 언제나 바로 돌아오는 다정한 목소리가 없다. 심지어 작은 소리 하나 나지 않았다. 나는 이상해하며 집 안을 돌아다녔다. 그래도 아무런 소리도 들리지 않는 게 불안해서 무심코 쇼에게 말을 걸었다.

"이 집에서 머 들려?"

『아니, 아무것도 안 들려.』

그건 즉, 살아있는 생물이 없다는 소리다. 쇼는 목소리의 정령이기 때문에 입 밖으로 낸 목소리가 아니어도 생물이라면 반드시 발산하는 무언가를 감지하고 목소리를 들을 수 있다. 그게 말이 아니어도 생물이 있는지 없는지는 바로 알 수 있다. 쇼는 대단하다.

하지만 그렇다면 더욱 이상하다. 레오 할아버지가 약속을 잊고 외출하는 일은 지금까지 없었으니까. 어쩌면 찻잎 같은 게 떨어져서 사러 간 건지도 모르지만⋯⋯. 그렇게 나는 마음속에 맴돌기 시작한 불길한 예감을 생각하지 않으려고 애썼다.

"레오 할아버지⋯⋯?"

끼익, 작은 소리를 내며 침실 문을 열었다. 침실이니까 들어가는 게 껄끄러웠지만, 그곳에 가야만 한다는 느낌이 들었기 때문이다. 침대에 시선을 주자 아직 누군가가 누워있는 게 보였다. 누군가. 누구인지 뻔한데도.

"레오, 할아버지……."

말을 걸어도 레오 할아버지는 일어나지 않았다. 미동도 하지 않는다. 온화한 얼굴이라, 아직 잠들어 있는 것 같았다.

『주, 주인님…….』

"응. ……모두에게 저내주고 올 수 이써?"

『아, 알았어!』

그게 어떤 것인지 나는 바로 알았다. 하지만 왠지 현실감이 없어서, 제대로 이해할 수 없어서……. 아마도 동요했던 거겠지. 무의식중에 이불 밖으로 나와 있던 손을 살며시 잡은 순간 나는 나도 모르게 손을 거두고 말았다. 예상했던 감촉이 아니었으니까. 그건, 레오 할아버지가 떠난 지 한참 시간이 흘렀단걸 의미했다.

머리로는 알고 있었다. 한눈에 바로 알아차렸다. 하지만 이상하게도, 레오 할아버지의 영혼이 이미 여기에는 없다는 실감이 들지 않았다. 내 눈앞에 있는데, 명백하게 멀리 떠났다는 걸 알 수 있는데, 이상해. 스스로는 묘하게 냉정하다고 생각했지만, 사실은 패닉 상태에 빠졌던 건지도 모른다. 내 감정을 알 수 없었다.

"메구!"

"메구! 레오가, 레오가 죽었다고……!"

그리 시간이 지나지 않아 기르 씨와 치오 언니가 내 곁으로 왔다. 나는 천천히 두 사람을 향해 고개를 돌렸다. 나중에 들었지만, 이때의 나는 표정이 없었다고 한다. 기르 씨가 바로 나를 안아 들었다.

"레오……?"

숨을 헐떡이던 치오 언니가 그렇게 부르면서 레오 할아버지에게 다가가 침대 옆에 무릎을 꿇었던가.

"레오, 거짓말이지? 인사도, 없이…… 이렇게, 갑자기……."

갑작스럽기는 하지만, 조만간 오리라는 건 다들 알고 있었다. 그래도 역시 쉽게 받아들일 수 없다. 특히 우리는 오래 사는 종족이고, 튼튼하니까. 어지간히 위험한 임무라도 받지 않는 이상 목숨을 잃는 일은 잘 없으니까. 그러니까 이럴 때 어떻게 대응해야 할지 알 수 없는 거다.

"가지 마, 가지 말라고……! 레오!!"

기르 씨가 나를 안고 침실에서 나갔기 때문에 그 모습을 보지는 못했지만, 등 뒤에서 들린 치오 언니의 비통한 울음에 가슴이 조여들었다. 우리가 나올 때 들어온 루드 선생님과 메어리라 씨가 치오 언니를 달래는 기척도 느꼈다.

"……용케, 견뎠구나."

"기르, 씨……."

그렇게 기르 씨가 머리를 쓰다듬어준 나였지만, 어째서인지 그때조차 눈물을 흘리지 못했다.

레오 할아버지의 장례식은 그날 밤에 치러졌다. 이 세계의 장례문화는 지역에 따라 다른 모양이지만, 이 나라에서는 화장이 일반적이라고 아빠에게 들었다. 일본과 차이가 별로 없어서 어딘가 안도했다. 눈에 띄지 않는 수수한 옷을 입고 고인에게 꽃을 바치며 작별 인사를 한다는 간단한 절차가 있는 정도로, 장례에 관한 특정한 방식은 없다고 했다.

"우리에게는 짧은 시간이었지만, 레오폴트는 그 인생의 반 이상을 오르투스의 요리사로서 일하며 공헌해주었다. 그 사실에 감사의 기도를 바치자."

그래서 오르투스에서는 아빠가 장례를 지휘했다. 아빠가 그렇게 말하자 다들 눈을 감고 레오 할아버지에게 기도를 바쳤다. 나도 열심히 기도했지만, 어째서일까. 여기까지 왔는데도 아직 현실감이 없었다.

"……그럼, 작별이다!"

하지만 아빠의 그 한마디에 레오 할아버지의 관이 타오르는 불꽃에 휘감겼을 때, 내 안에서 무언가가 터져나왔다. 무서웠다. 저 안에는 레오 할아버지가 있는데, 저런 불 속에 들어가면 뜨거우니까. 뜨거우니까…….

"시, 싫어……, 싫어! 레오 할아버지! 레오 할아버지이이이!!"

"메, 메구……!"

갑자기 엉엉 울면서 레오 할아버지를 부르는 나. 그걸 보고 놀란 기르 씨가 내가 불 앞으로 가지 못하도록 서둘러 안아 들었다. 그래도 손을 뻗으며 싫다고 우는 나를 보며 다들 참고 있던 눈물을 흘리기 시작했다.

스스로도 뭐 하는 거냐는 생각은 했다. 하지만 울고 소리치며 레오 할아버지를 부르는 걸 도저히 멈출 수 없었다. 그만둘 수 없었다.

그렇게 울다 지쳐 어느새 잠들어버린 내가 다음에 눈을 떴을 때는 모든 게 끝난 뒤였다.

레오 할아버지가 돌아가신 뒤 가장 영향을 받은 건…… 치오 언니였다. 오르투스의 주방 리더를 이어받은 치오리스 씨다. 그 후로 어느 정도 세월이 지나긴 했는데, 치오 언니는 때때로 주방에서 혼자 고뇌했다. 그걸 알게 된 건 오르투스에서 여느 때와 같은 하루를 보내던 때였다.

"아아, 실패야! 도저히 그 맛을 낼 수 없어!"

오랜만에 낮잠을 잔 후 별생각 없이 식당 앞을 지나갈 때 그런 외침이 들려서 나도 모르게 고개를 돌렸다. 주방에서 머리를 부여잡고 무언가 끙끙 앓는 치오 언니의 모습이 보였다. 나는 무슨 일인지 의아해서 말을 걸러 갔다.

"치오 언니?"

"아, 메구. 이거 부끄러운 모습을 보여줬네."

치오 언니는 혀를 빼꼼 내밀며 민망한 듯 웃었다. 늘 활발하고 밝은 사람이라 확실히 이런 모습은 드물다. 그래도 누구나 고민은 있기 마련이니 부끄러워하지 않아도 괜찮은데. 뭐, 상대방이 어린아이라면 그런 생각도 들려나?

"낮잠은 다 잤어?"

"네! 아까 막 일어나셨어요. 게다가 요즘은 일이 없는 날에만 낮잠 자거든요."

"후후, 그렇구나. 체력이 붙었네. 좋은 일이야!"

그렇게 말하며 치오 언니의 쓰다듬을 감사히 받은 후, 나는 무슨 고민이냐고 물어봤다. 그러자 조금 난처한 듯 눈썹을 팔자로 만든 치오 언니는 레오 할아버지가 자주 만들던 토마토 수프가 원하는 맛이 되지 않는다고 가르쳐주었다.

"분량 같은 것도 똑같을 텐데, 도저히 그 깊은 맛이 안 나와."

잠깐 맛을 보지 않겠냐며 내민 수프를 먹었는데…… 죄, 죄송합니다! 저는 레오 할아버지의 수프와 무슨 차이인지 모르겠습니다! 솔직하게 사과하자 치오 언니는 밝게 웃었다.

"아하하, 그건 그거대로 괜찮아! 다른 사람에게도 메구와 같은 말을 들었거든. 아마 내가 수긍하지 못하는 것뿐이야."

그러니까 신경 쓰지 말라며 웃은 치오 언니는 조금 쓸쓸해 보였다.

"아마 아직 레오가 없다는 걸 받아들이지 못하는 거겠지……. 완전히 어리광쟁이라니까."

한숨을 쉬며 아득한 저편을 바라보던 치오 언니는 레오 할아버지를 떠올리고 있었던 것 같다. 그때는 이미 레오 할아버지가 타계한 뒤로 벌써 8년 정도 지난 시기지만, 나도 당시 일은 아직 가슴에 남아있다. 가장 신세 졌을 치오 언니가 털어내지 못하는 것도 어쩔 수 없다.

"하아. 그만 떠올리고 말았네. 아직 이렇게 응어리가 남았다니, 너무 꼴불견이야."

그렇게 말하며 쓴웃음을 지은 치오 언니는 이어서 '인간에게 반한 것 자체가 문제였지만'이라며 웃었다. 어린이인 나는 이때야 비로소 알았다. 치오 언니가 레오 할아버지에게 계속 마음을 주고 있었다는 걸. 자신보다 훨씬 빠른 속도로 성장하며 점점 자신을 두고 가는 모습을 보는 건 무척 괴로웠다고 이야기하는 걸 듣자 가슴이 꽉 조여들었다.

"처음 만났을 때는 나와 겉보기 나이도 비슷하고 건방졌는데. 두고 가고 말이야. 아아, 진짜! 메구는 인간을 사랑하면 안 된다?"

쑥스러움을 숨기려는 건지 치오 언니는 내 머리를 꾹꾹 쓰다듬었다. 제법 힘이 강했지만, 나는 얌전히 그걸 받아들였다.

"결국 끝까지 마음은 전하지 못했지만…… 후회는 안 해! 만약 고백했다면 사람 좋은 레오는 분명 아주 곤란해했을 테니까."

그 말을 듣고 퍼뜩 깨달았다. 어, 하지만 레오 할아버지는. 레오 할아버지도…….

『사실 각별한 보물이 하나 더 있단다. 그 또 다른 보물은…… 치오리스야. 이상하다고 생각할지도 모르지만, 나에게 치오리스는 누구보다 소중하고 특별한 사람이거든. 그녀가 앞으로도 오르투스에서 열심히 해줄 테니 나도 안심하고 은퇴할 수 있지.』

서로, 마음이 있었구나…….

두고 가버리는 레오 할아버지도, 뒤에 남아버린 치오 언니도 둘 다 무척 고민했겠지. 마음을 전해야 할지 수도 없이 생각하지 않았을까. 지금 여기서 내가 말해버리는 건 쉽지만…… 그건 왠지 아닌 느낌이 들었다. 언젠가는 치오 언니에게 말해야 한다고 생각하지만, 아마 그건 지금이 아니다. 조금 더 시간이 필요한 느낌이다. 더 일찍 알고 싶었다고 후회할지도 모르니까. 간신히 재기했는데 괜히 더 괴로워질지도 모르니까.

"자, 나는 조금만 더 연구할게. 들어줘서 고마워, 메구."

그렇게 말했을 때, 치오 언니는 평소와 같이 밝은 미소를 짓고 있어 제법 기운을 되찾은 것처럼 보여 안심했다. 조금만 더 상처가 아무는 걸 기다린 뒤에 밝히기로 결심했다. 지금은 한 걸음을 내디딘 치오 언니의 마음을 지키는 게 중요하다. 그러니 내 머리카락이 엉망으로 헝클어지는 것 정도는 사소한 일이다.

"치오 언니. 저는 치오 언니의 수프 좋아해요. 레오 할아버지의 수프도 치오 언니의 수프도 똑같이 좋아요. 그러니까 그, 치오 언니는 치오 언니의 맛을 지켜나가면 대지 아늘까……."

달리 내가 할 수 있는 말이 뭐가 있을까 고민하다가 꺼낸 말이었지만……. 조금 건방졌을지도 모른다는 생각에 말끝을 흐리자, 눈이 휘둥그레진 치오 언니가 피식 웃으며 이렇게 말했던가.

"그래, 그러고 보면 레오에게도 같은 말을 들었지."

가볍게 기지개를 켠 뒤 작업으로 돌아간 치오 언니는 어딘가 개운해진 표정을 짓고 있었던 것 같다.

그리우면서도 슬픈 기억을 떠올리며 나는 저녁을 계속 먹었다.

그래, 그랬지. 치오 언니에게 알려주기 위해서도 반드시 돌아가야 한다. 어쩌면 인간 대륙에 온 건 의외로 나쁜 일이 아니었을지도. 아니, 나쁜 사건이긴 한데……. 이런 일이라도 없었다면 몰랐을 일도 많으니까. 으음, 이 수프를 어떻게든 치오 언니에게도 먹여주고 싶은데. 그리고 이번에야말로 레오 할아버지의 마음을 전해야지. ……좋아. 물어보자. 그렇게 결심한 나는 식사 도중이지만 일단 자리에서 일어나 조금 전 여성에게 다가갔다.

"어? 메구?"

세 사람이 어리둥절한 눈으로 나를 쳐다봤지만, 딱히 막지 않았으니 나중에 설명해야지. 주방 방면은 세 사람에게도 보이는 위치에 있으니까! 그대로 지켜봐 주시라.

"시, 실네함미다……."

긴장해서 그런가, 평소보다 더 처참하게 꼬였다. 차, 창피해! 그래도 조금 전 여성이 바로 알아차리고 달려와주었다.

"어머, 무슨 일이니?"

"저, 저기. 오늘 먹은 수프, 수가 정해져 있꺼나 한가요?"

레스토랑에서 특별히 들여왔다고 했으니 수량 한정일지도 모른다. 그래서 확인하자 수프는 대량으로 만들어달라고 했으니 한 번뿐이라면 한 그릇 더 달라고 해도 괜찮다고 가르쳐주었다. 다행이다!

"저기, 먹게 해주고 시픈 사람이 있어서…… 도, 돈은 낼 테니까, 한 그릇만 나눠주실 수 업쓸까요?"

"으음, 글쎄. 일단 가게에 온 손님에게만 제공하기로 계약한 거라서…….."

으, 그렇겠지. 아무에게나 다 제공하면 장사가 안되니까…….
억지를 부린다는 자각은 있으니 그냥 포기하자. 하지만 반사적
으로 시무룩해졌다. 훌쩍.

"자, 자자잠깐 기다려!"

"흐어?"

터덜터덜 자리로 돌아가려고 뒤를 돌자 당황한 듯 나를 붙잡
는 언니. 어째서인지 얼굴이 빨개졌는데 뭐지? 우선 시키는 대
로 잠시 그 자리에서 기다렸더니.

"꼬마 아가씨. 이번만 특별하다? 제대로 돈을 낸다면 괜찮다
는 허락을 받았어. 하지만 딱 한 그릇뿐인데 괜찮을까?"

"지, 진짜요?! 기뻐요! 감사합니다!"

그렇구나, 따로 물어보러 가 준 거였어! 친절해라! 기뻐서 나
도 모르게 팔을 번쩍 들어 만세 했다.

"으윽, 귀여워……! 그럼 잠깐 기다려줘. 가지고 돌아갈 수 있
도록 뚜껑 달린 용기에 담아올 테니까!"

그렇게 말하고 주방 안쪽으로 사라지는 언니를 흐뭇한 얼굴로
배웅했다. 그러는 사이에 주머니에서 꺼낸 것처럼 위장하며 수
납 팔찌에서 지갑을 꺼내 돈을 준비했다. 은색 동전 다섯 개. 인
간 대륙에서 쓸 수 있는 돈이다. 후우, 전에 라비 씨가 쓰는 걸
보지 않았다면 깜빡하고 마대륙의 돈을 꺼낼 뻔했어! 위험해라.

돈의 가치는 마대륙도 인간 대륙도 같지만, 물가나 돈의 종류
가 전혀 다르단 말이지. 그래서 나는 이 대륙에서는 무일푼……

일 것 같지? 그렇지만! 유능하기 짝이 없는 내 고양이 지갑은 마법이 걸려 있어 마력을 주입하면 인간 대륙의 돈과 환전할 수 있단 말씀! 마왕성에 있는 환전소와 마법으로 연결해놨기 때문에, 등록된 마도구라면 그걸 통해 환전해서 인출할 수 있는 구조라는 듯했다. 그 성능이 얼마나 황당한지는 말할 필요도 없으리라. 사실 고양이 지갑을 받을 때 기르 씨도 기가 막힌다는 반응이었지. 그런 성능을 언제 쓰냐면서. 하지만 이 지갑은 마왕님에게 받은 물건이니까. 인간 대륙과 왕성하게 무역하는 마왕국에서는 꽤 사용할 기회가 많다고 했다. 그래서 편리하다고 주장했는데. 그래도 마왕국에서 장사하는 사람만 사용하지 않냐고 마른 웃음을 지었지. 하지만 이렇게 상당히 도움이 되고 있으니 인생은 예측불허다. 마왕님, 굿잡. 그때는 황당해서 죄송합니다.

"자, 기다렸지?"

"감사함니다! 돈은 이거면 될까요?"

"세 닢이면 돼. 후후, 고마워."

돈을 건네고 수프를 받았다. 그릇이 따뜻해서 두 손으로 받아 자리로 날랐다. 그 후 방에 가져다 두겠다는 식으로 연기하며 방에 돌아간 뒤 수납 팔찌에 넣었다. 그 자리에서 넣을 수는 없었으니까. 이로써 치오 언니에게 따끈따끈한 수프를 먹여줄 수 있다. 치오 언니가 기뻐하는 얼굴을 상상하니 무심코 웃음이 나왔다. 오르투스에 꼭 돌아가야 할 목적이 하나 더 늘어나자 기합도 재충전한 느낌이 든다. 에헤헤.

"나 원, 갑자기 뭘 하나 했더니……."

자리로 돌아가자 라비 씨가 황당하다는 듯한 눈으로 쳐다보았다. 그렇겠죠. 죄송합니다. 생각이 나면 바로 행동에 옮기는 것이 내 나쁜 버릇이다. 으아, 고치고 싶기는 한데 좀처럼 고쳐지지 않는 습관! 반성하면서 간단하게 설명하자 세 사람은 이해했다는 듯 고개를 끄덕였다.

"그렇구나. 추억의 맛이라. 듣고 보니 메구가 먹여준 수프와 같은 맛이네."

라비 씨는 어딘가 슬픈 표정으로 그렇게 중얼거렸다. 소중한 동료가 죽었다는 이야기를 했으니 추모해주는 건지도 모른다.

"그런 거라면 이해 못할 건 없지. 놀라긴 했지만, 빨리 가져다주고 싶네."

리히토는 그렇게 말하며 씩 웃었다. 그 밝은 얼굴에 마음이 가벼워졌다.

"분명 금방, 줄 수 있어. 소중히, 가지고 돌아가."

로니는 다정하게 눈을 휘며 머리를 쓰다듬어주었다. 어휴, 다들 착하다니까. 레오 할아버지를 떠올리고 조금 기분이 가라앉았지만, 덕분에 회복했다.

"좋아, 메구도 다 먹었으니까 오늘은 바로 자자!"

라비 씨의 말에 '네' 하고 대답한 뒤 우리는 자리에서 일어났다. 다 함께 계단을 올라갈 때 맨 뒤에서 따라가던 나는 잠깐 딴길로 새서 가게 사람에게 다가갔다.

"아주 맛있었어요! 잘 먹었습니다!"

내가 웃으면서 인사하자 여러모로 신세 진 언니가 조금 눈을 크게 뜨더니 미소를 돌려주었다.

"후후. 그 레스토랑의 셰프에게도 전해줄게."

아, 맞다. 오늘의 메뉴는 이 여관에서 만든 게 아니었지. 조금 실례되는 말을 해 버린 걸까. 하지만 언니는 신경 쓰지 않는 것 같으니까 세이프라고 생각하자. 사실은 그 레스토랑에도 가 보고 싶었다. 레오 할아버지를 아는 사람이 있을지도 모르니까. 하지만 시간을 계산하면 벌써 100년 가까이 예전 일이니 이미 레오 할아버지를 아는 사람은 없겠지. 인간 대륙의 평균 수명은 모르지만, 마대륙에 있는 인간보다 오래 살 것 같지는 않으니……. 슬픈 일이지만. 그것도 어쩔 수 없다.

그나저나 그렇게 옛날부터 있던 오래된 레스토랑이라는 거구나. 크읍, 역시 한 번 보기만이라도 하고 싶다! 물론 무리니까 그런 억지를 부리진 않지만! 돌아갔을 때 아직 그 가게가 있었다고 이야기하는 걸로 참아야지. 수프도 입수했으니 배부른 소리는 않겠습니다. 그런 생각을 하며 2층으로 올라가 방 앞에서 리히토와 로니에게 잘 자라고 인사한 뒤 라비 씨와 함께 방으로 들어갔다. 그리고 잘 준비가 끝나자 바로 침대에 누웠다.

오늘은 많은 일이 있었다. 다친 기사님을 몰래 치료해주기도 했고, 나라에서 우릴 쫓고 있다는 무시무시한 정보도 알았다. 그 때문에 라비 씨가 머리카락을 자른다는 충격적인 일도 있었고, 레오 할아버지의 추억을 떠올리기도 했다. 변함없이 불안한 요소가 더 많긴 하지만 희망을 잃지는 않았다. 나는 아직 열심히 할 수 있을 것 같다. 집에 돌아갈 때까지 힘낼 수 있다. 어떻게든 된다. 그렇게 타이르며 눈을 감자 부드럽게 이불을 고쳐 덮어주는 포근한 감각을 느꼈다. 조금 지난 뒤 부스럭거리는 소리가 들리고 방의 조명이 꺼진 걸 알았다. 라비 씨도 침대에 누웠나 보다. 내일은 또 리히토의 전이 마법으로 울라에서 나가 서둘러 이곳을 떠날 필요가 있다. 지금 몸을 푹 쉬어줘야지. 좀처럼 잠이 올 것 같지 않지만, 자야겠다고 마음을 먹고 눈을 질끈 감았다. 안녕히 주무세요!

3 리히토의 출신

"좋아, 어떻게든 될 것 같아. 하지만 밖에 나가면 아마 못 움직일 거야."

"괜찮아. 내가, 업을 테니까."

"미안해. 부탁한다, 로니."

다음 날, 이른 아침부터 바로 여관에서 나온 우리는 남쪽에 있는 문 주변에 왔다. 사람이 많은 만큼 전이할 수 있는 거리도 짧기 때문이다. 확실하게 도시 밖으로 나가기 위해서는 조금이라도 문에 가까이 가고 싶다나. 도망칠 때도 멀리 있는 게 낫고.

리히토의 마력은 한 번이라면 전이할 수 있을 정도로는 회복되었다고 한다. 그건 다행이지만, 분명 그 뒤엔 휘청거릴 테지. 그래서 회복약을 먹을 수 있게 이미 리히토에게 넘겨주었다. 다만 약을 먹는다고 해도 바로 움직일 수 있게 되는 건 아니다. 마신 순간부터 마력이 회복되기 시작하나, 어디까지나 자연스럽게 회복되는 힘을 촉진해주는 약이므로 몸에 부담이 간다. 바로 그 자리에서 떠나는 게 우선이므로 몸의 부담을 줄이기 위해서도 그동안은 로니가 업고 가기로 했다. 라비 씨가 업고 가도 괜찮지만, 유일하게 싸울 수 있는 라비 씨는 손을 비워두는 게 나으니까. 그래서 나도 계속 로니에게 업혀 온 거고. 아니, 이젠 내 발로 이동할 거거든? 제대로 따라갈 수 있도록 힘내야지!

"마침 저곳에 마차를 대놓는 오두막이 있어. 저 뒤라면 사람들의 눈에 띄지 않을 테니까 저기서 전이하자."

라비 씨가 작은 목소리로 지시를 내렸다. 아무리 이른 아침이라고 해도 사람이 전혀 없는 건 아니니까! 우리는 자연스러움을 가장하며 오두막으로 향했다. 살금살금 걸으면 오히려 눈에 띈다고 한다. 그도 그런가.

"좋아, 리히토. 부탁할게."

"알았어. 다들 날 붙잡아."

오두막 뒤에 도착하고 곧바로 라비 씨가 리히토에게 신호를 보냈다. 각자 리히토를 붙잡자 리히토는 작은 목소리로 '전이' 하고 중얼거렸다. 방대한 마력이 엮이며 몸에 달라붙는다. 세 번째쯤 되니 상당히 익숙해졌다. 서서히 시야가 일그러진다. 그나저나 매번 이렇게 마력을 방출하는데도 안 들키는 게 신기하다. 우리에게는 눈치채지 못하는 게 부자연스러운 마력 방출이어도 인간은 눈치채지 못한다나. 라비 씨는 마력이 없으니 몸에 달라붙는 듯한 감각도 전혀 못 느낀다고 했다. 하세가와 메구였을 때는 나도 눈치채지 못했으려나. 멍하니 그런 생각을 했다.

슬슬 풍경이 바뀔 때가 되었다 했던 그때, 조금 떨어진 위치에 얼핏 인영이 보인 느낌이 들었다. 그 순간 긴장으로 전신에 힘이 들어갔다. 드, 들켰다! 당황했지만 이제 와선 어떻게 할 수 없다. 오두막이 완전히 보이지 않게 되기 직전 나는 그곳에 온 사람과…… 눈까지 마주쳤다.

"앗……!"

다음 순간 그곳은 포장된 길이었다. 리히토의 전이는 사람이 없는 장소를 고르기만 할 뿐, 세세한 장소 지정은 못 하는 모양이니까. 즉 눈에 띄는 길이어도 사람이 없다면 그곳으로 전이된다. 무슨 말을 하고 싶냐면 지금 우리를 숨겨줄 만한 게 아무것도 없다는 소리다. 숨을 수 있는 장소가 어디에도 없는, 탁 트인 가도. 이른 아침이라 우연히 사람이 없었던 거겠지. 불안해!

"리히토, 괜찮아?"

"으응, 방금 약 먹어서 마력이 회복되는 건 느껴지지만······ 안 되겠어. 로니······."

"응, 업혀."

매번 착지에 실패하다보니, 라비 씨가 나를 안아줬기 때문에 충격은 없었다. 신세 많이 집니다. 그리고 발치에는 리히토가 힘없이 앉아있고, 그 바로 옆에 로니가 등을 보이며 쪼그렸다. 힘들어 보이는 와중에 미안하지만 나는 아까 본 것을 바로 보고해야 한다.

"전이할 때 누군가랑 눈이 마주쳤어! 잠깐이라 확실하지는 안치만······, 아마 어제 만난 기사님 같아!"

어디까지나 아마도! 어디서 본 것 같다고 생각한 것뿐이라 확신은 없지만. 그래도 내가 본 적이 있는 기사는 라이가 씨밖에 없다. 어차피 사라지는 순간을 기사가 보았으니 서둘러 이곳을 떠나야 한다는 건 변함없다.

"! 그거 큰일인데······. 빨리 여기서 이동해야겠다. 로니, 달릴 수 있어?"

"맡겨줘."

그렇게 라비 씨는 나를, 로니는 리히토를 업고 달렸다. 지금은 나를 들고 뛰는 게 빠르다고 판단한 거겠지. 씁쓸하지만 현명한 선택이다. 하지만…… 앞쪽을 봐도 숨을 수 있을 법한 장소가 없다. 여기는 시야가 너무 탁 트여서 아무리 멀리 도망친다고 해도 도망치는 우리의 모습이 보인다면 순식간에 따라잡힌다. 이건 예상 밖이다. 바로 숲 같은 곳에 숨을 수 있을 줄 알았는데. 지도에는 그런 세세한 부분까진 적혀 있지 않아서 몰랐다고. 기사들은 말을 타고 쫓아올 테니 어떻게든 해야 해!

그렇게 생각한 나는 라비 씨의 등에서 수납 팔찌의 창을 켰다. 뭔가, 뭔가 도움이 될 법한 마도구는…… 앗, 있다!

"자, 잠깐만 멈처, 아야."

흔들리는 등에서 소리치는 바람에 혀를 깨물고 말았다. 아파! 하지만 내 목소리는 들린 건지 둘 다 멈춰주었다.

"이, 이거, 뿌리면 잠시 **수텔수** 기능이 발동하는데여…… 그니까, 쪼차오는 사람에게 안 보이게 대요."

평소보다 더 처참한 발음이라 눈물이 고이는 건 넘어가 주시라. 하지만 어떻게든 전달은 된 건지 라비 씨가 감탄한 듯 입을 열었다.

"마대륙은 그런 것까지 있구나……."

"라비, 아마, 일반적인 건, 아니야."

"그래, 아주 비싸겠지……."

눈빛이 아득해진 두 사람이 대화했다. 부, 부정은 못 하는데!

"이건 스푸레이 타입이고 마니는 업쓰니까 금방 다 쓸 거야.

하지만 지금이 피료할 때인 것 같아서…….”

“……써도 괜찮겠어?”

“피료할 때 쓰는 게 제일이에요!”

애초에 이런 기회라도 없으면 쓰지 않는다. 돼지 목의 진주 목걸이라니까. 오히려 지금 쓰지 않으면 언제 쓰는데? 라는 느낌이니 팍팍 씁시다!

“그래? 고마워.”

“아니야! 라비 씨도 늘 도아줘서 고마워!”

정말로 미안하다는 듯 말하기에 내 쪽에서도 신세 지고 있다는 점을 어필! 그 후엔 모처럼 업혀 있으니 그 자세 그대로 라비 씨와 내 머리 위에 스프레이를 뿌렸다. 이어서 로니와 리히토에게도 칙칙. 좋아, 이걸로 오케이!

“……딱히 달라진 것처럼 안 보이는데.”

라비 씨는 신기하다는 듯 자신의 몸을 이리저리 보고 있다. 그 후엔 로니와 리히토도 관찰하면서 고개를 갸웃거렸다. 아, 그렇구나. 라비 씨는 평범한 인간이라 안 보이는 거야!

“제대로 마력의 막이 보이니까 괜차나!”

“오, 마력을 지닌 사람에겐 보이는 거구나.”

“응, 나에게도 막이 보여. 이상한 느낌이네, 이거…….”

리히토와 로니에게는 보이는 모양이다. 좋아, 스프레이 잘 뿌려졌네!

“조만간 서로도 안 보이게 돼! 자기 자신은 보이지만…… 그러니까 이걸로!”

그렇게 꺼낸 것은…… 바로바로 투명실거미의 실! 루드 선생님에게 받았도다! 지금은 그냥 하얀 실이지만, 마력을 주입하면 보이지 않게 된다. 이 실을 우리 네 명의 팔에 묶었다. 쉽게 끊어지지 않지만 묶은 사람이 끊어지라고 생각하면 바로 끊어지니까 안전하기도 하다. 정말 대단하다니까.

"이러면 안 보여도 놓치지 아나. 그리고 소리는 안 사라지니까 조용히 해야 해!"

"뭐든 다 있네. 아, 진짜 너희 안 보이기 시작했다. 그럼 내가 선두에서 걸을 테니까 실을 따라 따라와야 한다?"

그리고 무슨 일이 있을 때는 실을 잡아당기기로 정한 우리는 걷기 시작했다. 달리지 않아도 되니까 나도 등에서 내려서 걸었다! 리히토는 아직 힘이 없는 상태라 로니에게 업혀 있지만. 어차피 조용히 해야 하니 지금 몸을 쉬어두는 게 좋다. 하지만 조금이라도 빨리 쉴 수 있을 법한 장소에 데려가주고 싶다.

그 상태로 잠시 걷기 시작했을 때다. 뒤에서 말이 달려오는 소리가 들렸다. 무심코 돌아보자…… 아앗, 역시 기사다. 심지어 세 명 정도! 앞서 달리는 건 그때 다친 걸 치유해준 기사 라이가 씨. 표정이 아주 무서운데……. 역시 우리를 쫓는 건가……?

"라이가 씨! 어디에도 안 보이는데요? 정말로 밖으로 도망친 겁니까?"

"나는 메구가 사라지는 걸 봤어! 아마도 누군가가 어떠한 마법을 쓰게 한 거겠지. 마력을 지닌 아이들이라는 보고를 받았으니까. 위에도 보고해야 해. 문 근처에 있었으니 밖으로 도망쳤다고 생각하는 게 타당하다. 보이지 않는다고 방심하지 마! 젠장……."

그런 외침을 들으며 우리는 기사들이 눈앞을 달려가는 걸 지켜보았다. 다, 다행이다. 스프레이 뿌려놓길 잘했어! 아직 심장이 두근거린다. 사실 지금 이 순간까지 어느 정도의 효과일지 걱정이었는데, 이것으로 증명된 셈이다. 아니, 케이 씨에게 받은 거니까 틀림없다고는 생각했지만! 그래도 오늘 처음 쓰는 거였으니까. 그동안은 쓸 기회가 없었으니.

철저히 침묵을 지키며 기사들을 보내고 완전히 모습이 보이지 않게 되었을 때 우리는 누가 먼저랄 것 없이 안도의 한숨을 흘렸다. 다들 긴장했던 모양이다. 그나저나…….

"역시 봤어……. 게다가 이름도 불렀으니 들킨 거야."

라이가 씨는 무척 분한 듯했다. 분명 내가 자신이 찾고 있던 아이 중 한 명이라는 걸 알았기 때문이겠지. 죄, 죄책감이. 마침내 저쪽에 이름을 들키고 말았고, 머리카락 색을 바꿨다는 것도 보고되었겠지. 앞으로는 한층 조심해야겠다……. 만약을 위해 머리카락을 적갈색에서 진갈색으로 바꿔놓자. 한눈에 봤을 때 바로 알아채지 못한다는 건 역시 중요하니까.

"너무 신경 쓰지 마, 메구. 덕분에 이렇게 대책을 세울 수 있었으니까."

"그래. 메구가 기사를 알아채지 못했다면 쫓기는 줄도 모르고 평범하게 도망쳤을 거야."

"응, 확실하게, 잡혔어. 메구, 장해."

그, 그런가? 오히려 알아채서 다행이라는 걸까. 저, 정말이지.

다들 칭찬을 너무 잘해! 심지어 리히토는 아직 몸이 힘들 텐데도 나를 배려해주고 있으니…… 좋아, 우울해지지 말자. 나는 내가 할 수 있는 일을 했어! 그러면 됐다.

가슴을 쓸어내리며 차분하게 달랜 뒤, 우리는 다시 걷기 시작했다. 물론 기사들이 향한 곳과는 다른 방향으로. 가도를 따라 곧장 달려가서 다행이지. 우리는 이 너머에 있을 숲에 들어갈 생각이니까. 하지만 우리를 발견하지 못하면 숲까지 수색 범위가 넓어질지도 모르니 방심은 금물이다. 무리하지 않으면서도, 최대한 서둘러 가야 한다. 아직 서로의 모습이 보이지 않는 상태이므로 실을 따라 걸어갔다. 다리를 움직이며 나는 살짝 뒤를 돌아보았다.

안녕히, 울라. 레오 힐아버지의 추억의 도시니까 천천히 둘러보고 싶었지만…… 아니, 잠깐이라도 들러서 다행이라고 생각하자. 다음에 들르는 건 광산 앞 마을이다. 그때까지는 어디에도 들르지 않고 며칠간 계속 걷게 될 테니까 힘내야지!

체감으로는 30분 정도일까. 그만큼 걷고 나서야 간신히 우리는 숲에 들어올 수 있었다. 기사단에게 쫓기는 몸이니 사람이 다니는 길은 최대한 피하고 싶다. 으음, 길이 포장되어있지 않아서 걷기 힘들어 보인다.

"로니, 고마워. 이제 내 발로 걸을게."

"그래? 무리는, 하지 마."

숲 입구에서 그런 감상을 느끼고 있을 때 리히토와 로니의 대화가 귀에 들어왔다. 리히토는 많이 회복된 듯했다. 벌써 직접 걷기 시작하는 모양이었다. 회복력 대단해라.

"오, 리히토. 이제 괜찮아?"

그때 날아온 라비 씨의 목소리. 아직 모습이 보이지 않아 말을 걸어 서로를 확인했다.

"어, 로니에게도 미안하고 마력은 충분히 회복했으니까! 메구의 약 대단한데."

"내가 만든 건 아니지만…… 천만에!"

내가 루드 선생님에게 받은 약이다. 허브티에 희석해서 먹은 것도 아니니 좀 쓰다. 리히토는 태연했던 모양이지만 나는 역시 나바바 맛이 아니면 먹기 힘들다. 몸이 어린이니까 어쩔 수 없지. 그래, 몸이 어린이라서 그런 거지 내 문제는 아니다! 이거 중요하거든.

"그럼 괜찮겠네. 모처럼 천연 수행장이니까 활용해야지!"

네? 라비 씨, 지금 뭐라고? 수행이라고 말한 것 같은 느낌이 드는데……. 리히토도 당황한 듯한 목소리를 냈다. 분명 지금 표정이 뻣뻣하게 굳어 꿈틀거릴 게 틀림없다.

"걷기 힘든 산길은 수행에 딱 맞잖아. 그냥 걷기만 하는 건 아깝지! 서로 위치를 확인하면서, 속도를 내어 이동할게. 일부러 험한 길을 고를 거니까."

라비 씨는 이어서 밝은 어조로 '그렇게 해야 다른 사람과 만날 확률도 줄잖아?'라고 말했다. 그, 그렇게 말하면 힘낼 수밖에 없잖아. 수행을 부탁한 건 이쪽이니, 거절할 이유도 없다. 아,

루드 선생님의 실도 끊어졌다. 이거 진짜배기 수행이다······!

"아, 메구는 너무 힘들면 미리 말해. 내가 업을 테니까. 너희는 근성을 보여주고!"

"가차 없어······!"

"할 수밖에, 없지."

자비가 없는 라비 씨의 말에 각오를 굳힌 듯한 리히토와 로니. 나, 나도 최대한 노력할게!

그나저나 스텔스 스프레이의 지속력 굉장한데?! 그 후로 꽤 오랫동안 숲속을 걸었는데도 여전히 서로의 모습이 보이지 않는다. 어, 이거 언제까지 효과가 이어지는 거야? 조금 불안해졌다. 모습을 확인하지 못한다는 것만으로도 어마어마한 정신적 부하가 실리는 느낌인걸. 말을 걸거나 강에 물이 튀기는 걸 확인하거나 풀이 움직이는 걸 보며 장소를 확인할 수밖에 없으니까. 그렇지 않으면 자칫 미아가 된다. 그러면 큰일이기 때문에 다들 필사적이다. 평범하게 수행하는 것보다 훨씬 집중력이 단련되는 게 아닐까.

"하아, 후우······ 앗!"

딴생각을 했기 때문인지, 벌써 몸이 한계였던 건지. 나는 발이 미끄러지고 말았다. 강을 건너기 위해 바위 위를 점프하며 이동하던 도중이었기에 멋지게 강으로 풍덩. 조심했는데! 아아!

강 속으로 꼬르륵 가라앉는다. 가까스로 바닥에 발이 닿지만, 흐름이 제법 빨라서 제대로 일어날 수 없어······! 그리고 나는 수영을 못 한다. 핀치! 어떻게든 산소를 찾아 물 위로 얼굴을 내밀긴 했지만, 물살이 출렁거려서 순식간에 가라앉았다. 숨을 쉬려고 해도 입 안으로 물이 들어와 제대로 숨을 쉴 수 없다. 이거, 큰일이야……, 숨 막혀. 누가, 살려줘…….

기르, 씨──.

"메구!"

몸이 쑥 잡아당겨졌다. 오랜만의 공기다. 빨리 산소를 마시고 싶지만, 물을 마셨기 때문에 기침이 나왔다. 괴, 괴로워!

"메구! 괜찮아?!"

기슭으로 데리고 나가 등을 문질러주는 손. 목소리로 보아 리히토다. 자, 잠깐만. 지금 기침 때문에 대답할 상황이 아니거든. 콜록콜록.

"괘, 괜차, 나……."

가까스로 목소리를 쥐어짜 대답하자 난데없이 와락 끌어안겼다. 힘이 강해서 조금 숨 막히는데? 어? 어? 뭔데?

"다, 행이야……!"

"리히토……?"

힘없는 목소리였지만 귓가에서 들렸기에 알아들을 수 있었다. 나를 껴안은 팔이 떨고 있네? 아니, 전신이 떨리는데? 괜찮아?! 리히토도 강에 들어가서 젖었나……. 하지만 옷은 안 젖은 것 같은데. 아, 내가 젖어서 추운 건가. 떨어지는 게 낫지 않아? 아니면 어디 다치기라도 했나? 어쩌지. 당황하고 있었더니 이쪽으로 달려오는 발소리가 들렸다.

"리히토! 메구는 무사해?!"

"어, 어어⋯⋯."

라비 씨다. 그 목소리에 반응해 리히토가 내 몸을 놓았다. 따뜻했던 게 떨어지자 조금 아쉽다.

"다행이다⋯⋯. 메구가 발버둥 치지 않았다면 어디에 있는지 알 수 없었을 거야⋯⋯! 리히토는 어디 안 다쳤고?"

"나는, 괜찮아⋯⋯."

그렇구나. 물보라를 따라 나를 발견한 거구나. 수영은 못 해도 버둥거리길 잘했다. 그걸 리히토가 손으로 휘저어 건진 거다. 위, 위험해라. 그대로 쓸려갈 뻔했네⋯⋯! 리히토도 다치지 않은 것 같아 안심했다. 하지만 역시 상태가 이상하다. 왜 그러지?

"메구, 괜찮아?"

로니도 근처에 있는 모양이다. 모두에게 걱정 끼쳤구나⋯⋯. 죄송합니다.

"더 신경 쓸 걸 그랬네⋯⋯."

면목 없어 하는 라비 씨의 목소리가 가까이서 들렸다. 나는 콜록콜록 기침하며 고개를 붕붕 내저었다. 젖은 머리카락에서 날아간 물방울이 누군가에게 맞았다면 미안.

"콜록, 아니야. 리히토 덕분에 살았는걸. 고마워⋯⋯. 콜록."

"아니, 이건 내 부주의야. 전원 강을 다 건널 때까지 바로 손이 닿을 수 있는 거리에 있어야 했어. 메구, 정말 미안해. 리히토 제법이잖아. 살았어."

라비 씨는 짐에서 꺼낸 듯한 수건을 들고 더듬더듬 나를 찾아

닦아주면서 사과했다. 으, 으윽, 죄책감이.

"아니…… 내가 더 빨리 힘들다고 말해야 했어. 처음에 라비 씨도 미리 말하라고 했는데……."

"아니, 이건 유일한 어른인 내 잘못이 제일 커. 감독 부족이었으니까. 정말 미안. 여기서부터는 업고 갈게."

내 말은 받아들여지지 않았다. 완고하게 자신의 잘못이라 주장하는 라비 씨. 왠지 너무 많은 걸 짊어지고 있는 게 아닌지 불안해졌다. 혼자서 세 명의 어린아이를 안전한 장소로 데려가야만 한다는 중압감. 여기에 더해 수행까지 부탁했으니까. 아무리 생각해도 내가 잘못한 건데.

하지만 어른으로서 책임감을 느끼는 건 이해한다. 그렇다면 이 이상 라비 씨의 마음의 부담을 늘리는 일은 자중해야지. 반성하자. 그래서 지금은 순순히 업히기로 했습니다. 푹 젖었으니 우선 옷을 갈아입고. 잘 가렴, 애니가 물려준 옷. 다음에 갈아입을 때는 자동으로 세탁될 테고 당분간은 남들 눈에 띄지 않을 테니까 내 옷을 입어도 괜찮겠지. 그래도 수수한 걸 골랐다. 젖은 머리카락은 내버려 두면 마를 테고. 수건으로 꼼꼼하게 털었으니까.

"자, 슬슬 갈까. 다들 있지?"

옷을 다 갈아입고 말을 걸자 라비 씨가 모두에게 확인했다. 로니는 바로 대답했지만…… 리히토의 목소리가 들리지 않는다.

"리히토?"

조금 전에도 상태가 이상했으니 걱정이 되어 주변을 손으로 더듬었다. 아, 무언가에 닿았다. 앗, 손 잡혔어!

"미안, 괜찮아. 가자."

내 손을 꽉 붙잡은 리히토의 손은 아직 약하게 떨리고 있었지만 목소리는 또렷했다. 그대로 손을 잡고 끌어서 라비 씨에게 넘겨줬기 때문에 더는 리히토의 상태를 알 수 없다. 표정을 볼 수 있다면 좋겠는데……. 스텔스 스프레이야. 너 정말 오래 가고 좋은 상품이구나. 하지만 슬슬 효과가 끝나도 괜찮단다!

"메구, 꽉 잡아."

"네! 잘 부탁드립니다."

내가 라비 씨의 등에 업히자 다시 숲을 걷기 시작했다. '자, 달린다?'라니 라비 씨?! 수행은 계속 하는 거구나?! 리히토가 조금 마음에 걸리지만…… 몸을 움직이는 게 더 머리를 비울 수 있으려나? 나는 나대로 혀를 깨물지 않도록 조심하며 라비 씨의 어깨에 찰싹 달라붙었다.

한 시간 정도 지났을까. 정신력도 많이 소모되었으니 슬슬 휴식하자고 라비 씨가 선언했다. 일찍부터 일어나기도 했고, 많은 일이 있어 배도 고플 테니 조금 일찍 점심을 먹자는 주장이었다. 마력 회복약을 먹었으니 리히토도 한 번 제대로 쉬어야지. 애초에 용케 수행에 참가했구나……. 라비 씨의 '할 수 있지?'라는 압박도 있었겠지만 대단한 근성이다. 라비 씨는 리히토나 로니에게는 스파르타식이다. 조금이지만, 어려서 다행이라고 생각한 나였다.

"이 근방이면 되겠지. 서로 희미하게 보이기 시작했고. 어휴, 계속 안 보이면 식사할 때 어떡하나 했네."

짐을 내려놓으며 밝게 웃는 라비 씨의 말에 퍼뜩 놀랐다. 확실히 계속 이대로라면 식사 준비에도 고생했을지도. 스프레이를 받았을 때 케이 씨에게 더 자세한 효능을 물어볼 걸 그랬다. 앞으로 조심하겠습니다.

자, 지금 우리는 울라에서 나와 남쪽이 아니라 남서쪽으로 향하는 중이다. 라비 씨가 휴식할 수 있도록 주변의 수풀을 자르며 이 숲에 대해 조금 설명해주었다. 도시에서 조사한 정보라고 한다. 나는 아무 생각 없이 숲을 걸었지만, 라비 씨는 제대로 조사해주었구나. 역시 프로 모험가는 달라……! 나도 언젠가 오르투스에서 의뢰 같은 걸 받을지도 모르니까 이런 건 본받아야지.

그 정보에 의하면 이 숲은 사람이 거의 지나다니지 않는다고 한다. 대형짐승의 영역이라 사냥꾼 정도만 온다나. 즉 사람과는 거의 마주치지 않을 테지만, 기사단에게 쫓기고 있으니 100%라고는 할 수 없고 대형짐승이 나올지도 모른다는 상황. 오오, 역시 방심할 수 없구나. 게다가 대형짐승이라……. 그건 그거대로 무섭지만, 마법도 사용하는 흉포한 마물에 비하면 그나마 낫다고 할 수 있을지도? 아니, 야생동물을 우습게 보면 안 된다. 조금이라도 마음 편하게 쉴 수 있도록 해야겠습니다! 나는 바로 수납 팔찌에서 꺼낸 간이 결계를 주변에 설치했다. 라비 씨는 그렇게까지 하지 않아도 된다고 했지만 유비무환! 게다가 음식 냄새를 맡고 이리로 올지도 모르잖아? 나는 조심성 있는 어린이…….

"몸은 좀 어때? 마력을 회복하기 위해 체력을 썼을 텐데…….
수행도 했고."

"어…… 좀 지치긴 했지만, 마력이 바닥났을 때의 고통에 비
하면 훨씬 나아. 고마워."

간이 결계를 설치하고 안심한 나는 다음으로 리히토에게 갔
다. 확실히 마력 고갈은 힘들지……. 그래도 생각했던 것보다
괜찮아 보여 안심했다. 역시 한창 성장기의 남자아이다. 체력이
좋구나. 부러워. 게다가 아까 떨었던 건 착각인지 의심이 들 만
큼 지금은 평소의 리히토로 보인다. 안도했지만 마음 한구석에
넣어두자. 걱정 끼치지 않으려고 연기하는 건지도 모르니까!

"로니도 고마워."

"로니, 고생했어. 자, 물 마셔!"

"응, 천만에. 메구도, 고마워."

여느 때나 태연자약한 로니도 드물게 땀이 난 상태였다. 몸이
작은 나라면 모를까 꽤 키가 큰 리히토를 업고 가는 건 역시 힘
들었을지도. 리히토를 내려준 뒤에도 수행했으니까. 로니도 체
력이 대단하다. 힘도 세고. 존경스러워! 아직 미성년인데. 따라
서 지금은 가장 체력 소모가 덜한 제가 열심히 움직입니다! 라비
씨에게도 물을 준 뒤 나도 우선 한 잔. 적당히 시원해서 맛있어!
오르투스의 맛있는 물입니다. 후우.

"자, 점심 먹자."

"아, 내가 준비할 테니까 다들 쉬어!"

움직이려는 라비 씨를 제지했다. 지쳤을 테니까 든든하게 먹

이고 싶다! 게다가 점심에는 그걸 꺼내려고 몰래 생각해놨다. 내가 무언가 의욕이 넘치니까 다들 잠시 지켜보기로 한 모양이었다. 그래그래, 잠깐 거기서 기다려줘. 나는 바로 수납 팔찌에서 간이 부엌을 꺼냈다. 어안이 벙벙해져서 입을 떡 벌린 세 사람은 쳐다보지 않는 것도 잊지 않았다. 적응해주세요. 아직 뭐가 많이 있으니까!

뻔뻔해진 나는 수납 팔찌에서 추가로 필요한 것을 휙휙 꺼냈다. 다들 나를 마치 구경거리 마냥 보고 있지만, 뭐 됐고. 우선은 커다란 냄비를 버너 위에 꺼내고 불을 붙였다. 냄비 안에는…… 카레가 가득 들어있습니다! 그렇다. 점심 메뉴는 카레다. 마치 캠핑하러 온 것 같다며 혼자 신이 난 건 절대 아니다. 안이 차 있기 때문에 당연히 혼자 냄비를 들지 못한다. 그래서 꺼내고 싶은 장소에 꺼낼 수 있는 이 수납 팔찌의 기능에 정말 큰 도움을 받고 있습니다. 하지만 뜨거운 냄비는 위험하다는 치오 언니의 조언에 따라 식힌 뒤에 넣어두었다. 물론 그게 푹 재운 카레의 맛을 즐길 수 있어서 더 좋다. 우후후.

밥은 갓 지은 것을 취사기 비슷한 도구에 담아 통째로 테이블에 올려놨다. 취사기 비슷한 도구가 뭐냐고? 말 그대로다. 취사기 기능이 딸린 귀여운 꽃무늬 밥통이다. 이쪽은 만져도 겉부분은 뜨겁지 않으니까 괜찮다. 갓 지은 상태에서 넣어두었으니 바로 따끈따끈한 밥을 먹을 수 있답니다. 너무 편리하다.

"그릇에 밥을 퍼 주세요!"

그 외에도 그릇과 컵, 숟가락 등을 테이블에 꺼낸 뒤, 카레를 저으며 이야기하자 삼인삼색의 반응이 돌아왔다.

"메구, 이 갈색의 질퍽질퍽한 액체는 뭐야⋯⋯? 먹는 거야?"

"하지만, 맛있는 냄새가, 나⋯⋯."

내가 꺼낸 카레에 라비 씨는 음식이 맞는지 의혹의 시선을 보냈다. 로니도 처음 본다는 반응이지만 냄새로 맛있어 보인다고 판단한 모양이다. 오르투스에서는 익숙한 메뉴지만, 가끔 외부에서 온 손님 중 카레를 처음 본 사람은 이 두 사람 같은 반응을 보인단 말이지. 보아하니 역시 카레는 이 세계에선 먹지 않는 메뉴라는 걸 실감했다.

"어, 이거 설마⋯⋯."

하지만 리히토는 달랐다. 리히토는 카레를 아는 듯한 반응을 보였기 때문이다.

"이건 카레라고 해. 밥에 뿌려서 먹는 거야! 맛있어!"

"카레⋯⋯."

리히토는 멍하니 중얼거렸다. 두 사람과는 다른 반응이다. 밥은 라비 씨나 로니도 나름 먹어본 적은 있는 건지 놀라지 않았다. 먹을 기회가 흔하진 않다지만. 그래도 카레를 밥 위에 뿌리자 굉장히 놀라더라. 역시 이게 일반적인 반응이구나.

사실⋯⋯ 이번에 카레를 꺼낸 건 리히토의 반응을 떠보기 위해서였다. 그래서 간이 결계도 설치해 냄새 대책까지 세웠다. 처음 만났을 때부터 느꼈던 의문. 이 세계에 사는 사람과는 명백하게 이목구비가 다르다고 생각했다. 자꾸 일본인이 보였다. 자연스럽게 리히토에 대해 확인하기 위해서는 어떤 방법이 좋을지 계속 고민했다. 직접 물어보는 건 아니면서, 반응을 보아 판단할 수 있을 법한 것. 그게 카레였다.

아니, 그래도 카레 냄비를 갖고 있는 건 정말 우연이다. 언제였더라, 저녁으로 카레가 나왔는데, 그날의 나는 먹지 못했다. 속상한 마음에 발을 동동 굴렀더니 이를 동정한 치오 언니가 언제든 먹을 수 있도록 남은 카레를 통째로 줬다. 그날 내가 카레를 먹었다면, 치오 언니가 과보호를 발동하지 않았다면 지금 여기에는 없었을 음식. 뭐, 결국은 지금 이 순간까지 안 먹고 있었지만. 이번에 활약했으니 전부 오케이다.

"리히토, 알아?"

"……어. 아주 좋아하던 음식이야. 정말 그립네."

리히토에게 그렇게 묻자, 리히토는 왠지 울 것 같은 얼굴로 대답했다. 아아, 역시. 역시 그런 거구나? 인간 대륙에는 존재하지 않는 카레를, 계속 인간 대륙에서 살았을 리히토가 안다. 그야 어쩌면 인간 대륙에도 어디 먼 나라에서는 만들고 있을지도 모르지만…… 똑같은 맛은 아니지 않을까. 왜냐하면.

"응, 이 맛이야. 너무, 맛있어……."

이 카레는 소위 일본 가정의 맛이니까. 본고장의 커리가 아니라, 일본에서 개조한 일본인 입맛의 카레에 가깝다. 당연하다. 일본인인 아빠가 연구해서 만들고 퍼트린 메뉴니까. 그러니 이 카레는 지금 이 세계에선 오르투스 부근에만 존재할 것이다. 어지간한 기적이 없는 한.

"나랑 만나기 전에 먹은 적이 있었던 거야?"

"……어, 그래. 집에서 자주 만들어줬어."

틀림없다. 리히토는 이세계인이다. 전생(轉生)이라면 나처럼 외모도 바뀔 테니까.

"그렇구나……. 이제 돌아가지 못한다고 했었는데…… 성장한 지금도 그렇게 생각해?"

라비 씨가 위로하듯 리히토에게 말했다. 그러자 리히토는 고개를 숙이더니 '못 가'라고 짧게 대답했다. 그리고는 얼굴을 들어 올렸다.

"하지만 이 카레를 먹을 수 있는 곳에는 가고 싶어."

그렇게 말하며 얼굴을 일그러트리고 웃었다. 웃는 얼굴인데도 우는 것처럼 보여서……. 나는 그 마음을 뼈저리게 이해하고 말았다. 언제부터? 언제부터 이 세계에 있었어? 카레를 먹었다는 기억이 있다는 건 어느 정도 자란 뒤겠지. 리히토는 아직 미성년자니까 외로웠을 게 틀림없다. 괴롭지는 않았어? 아니, 가족과 헤어진 시점에서 당연히 괴롭겠지……. 어떤 경위로 오게 된 걸까. 당장에라도 이런저런 이야기를 하고 싶었지만, 라비 씨나 로니도 있으니 어디까지 물어봐도 괜찮을지 알 수 없다. 아직 아무 말도 하지 못한다.

"그럼 리히토도 오르투수에 같이 가자. 이 카레 거기서 먹을 수 있어!"

그래서 이 정도밖에 말하지 못했다. 하지만 기뻐하며 웃는 리히토를 보고 마음이 조금 가벼워졌다. 꼭 리히토를 아빠와 만나게 해 줘야지. 아마 리히토를 가장 이해할 수 있는 사람은 완전히 똑같은 상황으로 이 세계에 온 아빠다. 어쩌면 우리가 아는 일본과는 다를지도 모른다. 이세계가 있을 정도니까 지구와 닮은 평행세계가 있어도 이상하지 않으니까. 그 점은 나중에 이야기를 나눠보고 확인한다거나 추측할 수밖에 없지만. 그래도 마음을 이해할 수 있는 상대가 있냐 없냐는 분명 다를 것이다. 리히토의 마음이 조금이라도 가벼워지도록. 쓸쓸함을 조금이라도 메울 수 있도록.

리히토도 가족의 일원으로 받아들이고 싶고, 가족으로 생각해주면 좋겠다고 진심으로 생각한다.

"……맛있어."

"그래. 한 그릇 더 먹고 싶어."

"마니 있으니까 마니 먹어!"

리히토가 어째서 이 세계에 오게 되었는지는 모른다. 아빠도 사고를 당한 게 계기였을 뿐, 이유까지는 모른다고 했다. 단순한 사고? 그런 것치고는 또 일본에서? 이 우연은 뭘까. 나는 영혼이 아빠와 마왕님과 이어져 있어서 불려온 것이라는 이유가 있으니까 이해가 간다. 세상 모든 일에는 이유가 존재할 터이다. 그러니 분명 아빠나 리히토가 여기에 온 것도 무언가 이유가 있을지도 모른다.

지금까지 한 번도 생각한 적이 없는 영역이지만, 여기에 온 뒤로 신경이 쓰였다. 아빠여야만 했던 이유, 리히토여야만 했던 이유가 있거나 하는 걸까. 누구든 상관없었던 걸까. 단순히 불행한 우연인 걸까. 나는 카레를 먹으며 홀로 끙끙 생각에 잠겼다.

식사를 마친 우리는 바로 뒷정리를 마친 뒤 일어났다. 너무 오래 쉴 수 없다는 게 힘들지만, 명색이 도망 중이니까. 그 점은 똑바로 자각해야 한다. 대신 밤에도 일찍 쉴 거지만. 앞으로 한참은 더 가야 하니 쓰러지지 않기 위해서라도 잘 시간은 충분히 확보할 예정이다.

"그나저나 카레였던가? 그렇게 맛있는 줄은 몰랐어."

앞서 걸어가던 라비 씨가 만족스러운 듯 배를 문질렀다. 마음에 들어 해서 다행이다!

"더 매운 것도 있어. 근데 내가 매운 건 잘 못 먹어서……."

"그래? 언젠가 그 매운 카레도 먹어보고 싶네."

이번에 먹은 카레는 순한 맛이었다. 기르 씨는 당연하다는 듯이 매운맛을 먹었지. 한 입 먹어본 적이 있지만 눈물이 그렁그렁하게 고일 정도였다.

『그러니까 무리하지 말라고 했잖아.』

헥헥거리면서 몸부림치는 나를 보며 다급히 우유를 가져다주었던가. ……아, 기르 씨는 떠올리면 안 된다. 울어버릴 것 같으니까. 내가 바보 짓한 에피소드를 떠올린 거였는데 기르 씨가 옆에 있었다는 것만으로도 만나고 싶어서 눈물이 나오니 큰일이다.

"나도, 매운 거, 먹어보고 싶어."

"어, 응, 로니도 매운 거 잘 먹지!"

살았다! 로니가 대화에 끼어든 덕분에 눈물이 나오기 전에 멈췄다. 세이프!

"나는 아까 먹은 게 딱 좋아."

"리히토는 어린이 입맛이니까."

"그게 뭐 어때서!"

아하, 리히토는 내 동지였구나. 의외다. 마음속 메모장에 적어야지.

화기애애한 분위기가 흐른다. 밥을 먹고 체력도 조금 회복해서 심리상태도 안정되었기 때문일까. 앞으로도 여행은 계속되니 체력적으로도 정신적으로도 피로가 쌓일 것이다. 그러니 이렇게 숨을 돌리는 시간은 중요하다. 자, 기력을 되찾았으니 다시 출발!

4 가족

아빠, 기르 씨, 길드의 여러분. 잘 지내시나요? 저, 저는……
잘 못 지내고 있습니다! 앗, 아니지. 그래도 우는 소리는 안 할
거야!

"흐ㅇㅇㅇㅇ읍……."

"자, 메구! 앞으로 조금이야! 힘내!"

"네에에에……!"

하지만 신음은 지릅니다. 용서해주세요……!

울라에서 나온 지 2주 정도가 지났나. 그날부터 저는 열심히
수행하는 나날을 보내고 있습니다. 강을 건너고, 나무를 타고,
절벽을 기어오르는 나날. 강을 건너는 것 말고는 딱히 필요하지
않은 일이었지만, 체력 키우기와 몸을 움직이는 법을 익히는 수
행이다. 참고로 그날 이후 강에 빠지거나 위험한 일을 겪거나
하진 않았습니다. 라비 씨가 한층 신경 써서 봐주게 되었거든.
번거롭게 해서 미안하다고 생각하는 반면, 도움을 받는 것도 사
실이기에 솔직하게 고마워하며 수행에 힘쓰고 있다.

첫날에는 전혀 따라가지 못했던 수행도 지금은 어느 정도 소
화할 수 있게 되었다. 엣헴. 이 몸은 제법 하이 스펙이었던 건지
비교적 금방 터득한다. 하세가와 메구일 때와는 천지 차이! 뭐,
터득만 할 뿐 굼벵이인 건 변함이 없다. 나는 정말 몸을 쓰는 일
엔 적성이 안 맞는구나……. 알고 있었지만! 그래도 무의미하지

않다는 건 안다. 평범한 어린아이보다 엉망이던 내 신체 능력이 일반 어린이 정도가 되었으니 기뻐해야겠지. 여기에 자연 마법을 쓸 수 있다면 더 편하게 다양한 일을 할 수 있을 테지만……. 지금 그렇게 없는 걸 찾아봤자 의미는 없다. 오르투스에 돌아가면 이것저것 도전해보고 길드원들에게 칭찬받아야지. 게다가 지금은 마법을 쓰지 못하니까 내 몸만을 단련할 수 있는 상황이다. 마법을 쓸 수 있다면 바로 태만해졌을 것이다. 지금도 좌절해버릴 때가 있지만 그때마다 마석 속에서 정령들이 응원하는 게 들린다. 덕분에 힘들어도 포기하지 않고 계속할 수 있다. 지켜봐 줘, 다들. 주인 힘낼게!

"끙, 차……! 오, 올라왔다!"

그런 정령들의 응원을 들으며 마침내 절벽 등반에 성공했습니다! 만세! 높고 무서워서 처음에는 1미터 정도 올라가면 리타이어했는데, 드디어 해냈어! 뭐, 뭐어. 지금 내가 오를 수 있을만한 5미터 정도의 높이의 중간지점을 목표로 잡은 것뿐이지만. 실제로 절벽 꼭대기는 아직 한참 위에 있다. 리히토나 로니는 당연히 그 위까지 올라갔다. 하지만! 나에게는 충분한 목표였다고!

"제법이잖아! 오늘은 혼자서 해냈네. 잘했어, 메구."

그리고 라비 씨의 당근과 채찍 작전이 훌륭하다. 엄할 때는 정말 눈물이 찔끔 나올 만큼 엄하지만, 성공했을 때의 이 따스한 칭찬이면 전부 눈 녹듯 사라진다. 에헤헤. 더 칭찬해주세요.

"하아아, 손이 새빨개!"

"후후, 열심히 했다는 증거야. 메구는 약이 있으니 쉽게 치유할 수 있지만……."

"남겨둘 거예요!"

"그래? 그래도 너무 아파서 못 견딜 때는 써야 한다?"

내 손바닥은 물집이 가득 잡혔다. 군데군데 터진 곳도 있어서 솔직히 너무 아프다. 하지만 이런 통증은 오랜만이다. 길드원들은 나에게 찰과상만 생겨도 바로 치유하는걸. 아무리 그래도 너무 과보호가 아닐까. 통증을 느끼고, 견디고, 이렇게 목표를 달성하는 기쁨을 맛보면서 지금의 나는 성취감으로 가득하다. 이런 체험은 소중하다는 걸 새삼 깨닫는 나날이다. 물론 길드원들을 아주 좋아하는 건 맞다. 다만 지나치게 싸고돈다는 게 문제점일 뿐이다.

라비 씨처럼 때로는 엄하게, 의젓하게 지도해주는 건 왠지 그, 간지럽다. 아무튼 신선하다. 그래서 나에게는 엄마 같은 존재라고 느낀다. ……엄마라고 하기에는 너무 젊고, 나는 엄마가 어떤 존재인지 잘 모르지만!

"그럼 슬슬 내려갈까. 점심 먹자."

"네!"

라비 씨는 그렇게 말한 뒤 한발 먼저 절벽 아래로 내려갔다. 훌쩍훌쩍 가벼운 몸놀림으로 안정감 있게 내려가는 건 역시 멋있다. 나? 나도 내려가는 건 올라갈 때보다 빠르거든? 라비 씨처럼 내려가는 건 무리지만. 우둘투둘한 바위의 돌출부를 발과 손으로 짚으면서 튼튼해 보이는 덩굴을 잡거나 살짝 점프하며 내려갑니다! 역시 몸이 가볍다는 느낌이다. 운동능력이 뛰어난 부모님께 감사하다. 이건 유전이다. 하세가와 메구? 처참한 운동신경은 엄마에게 물려받았다더라……. 힝, 모처럼 지금 몸이 유전적으로 뛰어나도 제대로 사용하지 못해서 대단히 면목이 없습니다!

이런 나날을 보냈기 때문인지 나는 상당한 말괄량이가 되었다는 느낌이다. 지금까지 너무 얌전했었지! 이런 훈련은 마대륙에 돌아간 뒤에도 매일 조금씩 계속하고 싶다. 누구에게 부탁하는 게 좋을까……. 기르 씨나 사우라 씨, 슈리에 씨도 과보호하니까. 그 점은 다들 별로 차이가 없을지도. 쥬마도 순간 떠올랐지만, 그는 한도라는 걸 모르니까 고민이다. 나는 아직 죽고 싶지 않아!

"역시 아빠인가……."

지금은 다른 사람들과 비슷하게 과보호하지만, 하세가와 메구를 키웠던 아빠라면 설득할 수 있을 것 같은 느낌이 든다. 점심을 먹으며 그런 생각을 하고 있었더니 혼잣말이 툭 흘러나오고 말았다. 그 한마디를 들은 리히토가 파고들었다.

"뭐가? 아빠에게 뭐 있어?"

"아, 그게. 돌아간 뒤에도 훈련하고 싶으니까, 누구에게 부탁할까 하고……."

내가 그렇게 대답하자 리히토는 '아, 그렇지' 하고 이해했다는 얼굴로 팔짱을 꼈다.

"길드원들은 과보호한다고 했었지? 확실히 친아버지라면 엄격하게 할 수 있겠네."

엄밀하게 말하자면 친아버지라고는 말할 수 없을 듯한 느낌도 들지만, 그 부분은 사정이 너무 복잡하니까 넘어가자. 영혼으로 따지면 친아버지 맞으니까. 일단 그 포지션에 있는 건 마왕님이지만……, 그 사람은 과보호 군단 중에서도 톱클래스에 들어가니까 썩 의지할 수 없다. 죄송합니다, 아버지.

"나도…… 아버지가 엄했거든. 하지만 나를 생각해서 엄하게 대했다는 걸 지금은 알아."

리히토는 이어서 자신의 이야기를 하기 시작했다. 리히토의 아버지……. 분명 일본에 계시겠지? 어쩌면 지금이 물어볼 기회인가? 그렇게 생각해서 조금 파고들어 보았다.

"리히토의 아빠는……?"

하지만 혹시나 하는 생각도 들어서, 무난하게 물어보았다. 어떤 사정이 있는지 모르고, 물어봐도 괜찮은 건지도 의문이지만…….

"……아마도 이젠 못 만나."

"아마도?"

"어. 나는 이제 고향에는 돌아가지 못할 테니까…….."

리히토가 너무 슬퍼 보이는 얼굴이었기에 나도 모르게 와락 끌어안았다. 키 차이가 있으니 배에 매달렸다.

"으억, 메구? 괜찮아. 한참 전부터 알고 있던 거니까……."

"시간은 상관없어. 리히토가 슬퍼 보였는걸!"

이렇게나 슬프고 힘든 건 시간이 지나도 완전히 치유되지 않는다. 그야 시간이 해결해주는 일도 있겠지만, 이런 건 아무리 시간이 지나도 불현듯 떠올랐을 때 가슴을 후벼 판다. 나도 하세가와 메구는 죽었다는 걸 떠올리면 아직도 힘드니까.

"힘든 건 힘든 거야. 리히토, 가족을 만나고 싶지?"

"그, 건…… 그렇지만……."

"힘든 걸 이제 괜찮다고 하면서 마음을 속이는 건 괴로워."

아직 힘들면서 이제 괜찮다고, 이제 아무렇지도 않다고 하는 건 진짜 해결이 되지 않는다. 스스로를 타일러 강한 체하는 것뿐이다. 나도 아직 자주 저지른다. 그럼 어떻게 해야 하냐고? 그건 말이지, '지금'에 행복을 느끼는 것이다. '지금' 안심할 수 있는 장소가 있으면 된다. 나는 그걸 실감했다.

"나에게 리히토는 이미 가족 같은 거야. 해결은 못 할 지도 모르지만…… 슬픔도 아픔도 나누고 싶어. 무슨 이야기든 들을게."

"아니……, 하지만……."

리히토는 한층 더 눈썹꼬리를 내렸다. 음, 이런 어린아이에게 그런 말을 들어도 난감하다는 걸까? 밀도 높은 나날을 보내고 있다고는 해도 아직 오래 알고 지낸 사이도 아니니까. 나는 다른 사람을 쉽게 홀랑홀랑 믿어버리지만 리히토도 그렇다는 보장은 없지. 아니, 보통은 그렇게 쉽게 남을 믿지 않을 것이다. 이래 봬도 내가 너무 쉽다는 자각은 있다.

하지만 마음을 열어도 괜찮지 않을까. 믿어봐도 괜찮지 않을까. 조금이라도 그렇게 생각해준다면 좋겠다. 일본에 돌아갈 수 있든 없든 여기서 가족을 만들길 바란다. 가능하다면 오르투스의 모두와 만나서 모두를 가족이라고 여겨줬으면 한다. 이러니저러니 해도 진짜 가족이 있는 나니까 설득력이 부족할지도 모르지만, 그래도 분명 마음이 가벼워질 테니까.

"마대륙에 가면 내 가족을 만나줘. 리히토에게 소개하고 싶은
사람이 있어."

"……응, 그래. 고마워, 메구. 너는 정말 다른 사람들 생각뿐
이구나……. 나 왠지 꼴불견이야."

그렇게 말하며 쓴웃음을 짓는 리히토는 손을 뻗어 내 머리를
쓱쓱 쓰다듬었다.

"조금만 기다려줘. 언젠가…… 말할 테니까."

"……응. 언제든지 드를게."

"풉, 발음 봐."

"거기선 못 뜨른 척해야지!"

제법 괜찮게 발음하고 있었는데 마지막 순간에 삐끗하고 말았
다. 리히토가 웃는 바람에 또 발음이 헛나왔고. 민망해라……!
하지만 뭐. 덕분에 리히토의 마음이 조금 풀렸다면 조금 정도는
놀림거리가 되어줘야지.

점심을 먹고 다 함께 정리하는 동안 라비 씨는 여느 때와 같
이 높은 나무에 올라가 주변 상황을 살폈다. 간이 결계를 매번
쓸 수는 없으니까. 카레를 먹었을 때 조금 혼났다. 낭비하면 안
된다면서. 확실히 앞으로를 생각하면 절약해야 했다. 나는 앞뒤
생각 없이 행동하는 일이 많아서 정말, 반성한다. 또 똑같은 짓
을 반복하곤 하지만. 골치 아픈 어린이다.

그래서 라비 씨가 출발하기 전이나 휴식 전에 이렇게 주변을
경계해주고 있는데……, 이번에는 몹시 서두르며 나무에서 내려
왔다. 뭐, 뭐지?!

"추격자가 왔어."

"어?!"

소리 죽여 말하는 라비 씨의 말에 셋 다 놀랐다. 무심코 외쳐 버린 뒤에 허둥지둥 손으로 입을 눌렀지만, 라비 씨는 피식 웃고는 괜찮다고 말했다.

"그렇게 가까이 있는 건 아니니까. 저 멀리 연기가 피어오르는 게 보였거든."

즉 불을 썼다는 소리구나. 우리는 그런 흔적을 남기지 않도록 환기구가 딸린 간이 부엌을 사용하니 연기가 날 걱정은 없지만, 보통은 그렇겠지. 특히 밤이라면 아주 눈에 띈다. 마도구님 만만세다.

"당분간은 이동에 집중하는 게 좋아 보여. 여태까지는 수행을 위해 시간을 할애했지만…… 조금이라도 빨리 광산으로 향하자."

확실히 수행을 뺀다면 그만큼 남은 체력을 이동에 쓸 수 있다. 목적을 놓치면 안 된다. 무사히 광산에 도착할 것. 이게 가장 중요한 거니까!

"광산……."

"? 로니?"

라비 씨의 말에 로니가 한마디 중얼거렸다. 어딘가 먼 곳을 바라보며 멍한 느낌이라 걱정이 되어 말을 걸었다.

"아무것도, 아니야. 가자."

내 목소리에 퍼뜩 정신을 차린 듯한 로니는 온화하게 웃은 뒤 걷기 시작했다. 무슨 일이지. 광산은 로니의 집이기도 하니까 그리워졌나? 꼭 도착하겠다는 결의를 다시 다지던 거였을지도. 으음, 하지만 그런 느낌은 아니었던 것 같은데……?

"메구. 가자!"

"앗, 네!"

궁금했지만 멍하니 있을 때가 아니다. 라비 씨의 부름에 나는 후다닥 모두의 뒤를 쫓아갔다.

끊임없이 앞으로만 걸어가는 길은 뭐라고 해야 할까……, 아주 피곤하다. 운동량을 따진다면 수행하는 게 더 피곤할 텐데, 그 이상으로 지치는 듯한 느낌이 든다. 그건 아마 말없이 계속 걸어가기 때문일지도 모른다. 묵묵히 추격자에게서 도망치며 목적지로 향한다는 건 이렇게나 힘든 일이구나 실감했다. 지금까지는 수행 덕분에 느끼지 못했었다.

"마침 적당한 높이의 나무가 있네……. 잠시 살펴보고 올 테니까 기다려."

이렇게 이따금 라비 씨가 나무에 올라가 주변을 살피기 위해 멈춘다. 휙휙 올라가는 모습은 몇 번을 봐도 대단하다. 나는 성인이 되어도 마법 없이 꼭대기까지 올라갈 자신이 없다.

"하아, 계속 걷는 건 힘들구나."

라비 씨를 기다리는 동안 리히토가 나무에 기대어 그런 푸념을 흘렸다. 로니도 고개를 끄덕끄덕 움직였다.

"역시? 나도 그래! 수행하는 게 마음이 더 편하다고 할까……."

"그냥 걷기만 하면, 괜한 생각을, 하게 되니까……. 아마, 그래서 지치는 거야. 정신적으로."

아, 그건 그럴지도. 심지어 부정적인 방향으로 흘러가곤 한단 말이지. 어쩐지 두 사람의 표정도 어두워 보인다. 이러면 안 돼!

"하지만 제대로 앞으로 가고 있어! 그만큼 광산에 가까워지고 있는걸!"

"! 그래. 비슷한 풍경만 계속 보니까 가고 있는지 아닌지 알 수 없는 것뿐이지. 조금만 더 가면 광산이야. 힘내자!"

주먹을 움켜쥐고 모두에게 응원을! 하지만 아마 스스로를 다독이기 위한 말이기도 하다. 그건 그거대로 괜찮다. 알아차린 리히토도 긍정적인 발언을 해주었으니까. 의식적으로 감정을 끌어올리지 않으면 한없이 가라앉게 된다.

"로니는 먼저 가족을 만나겠네. 기대대지?"

광산은 로니의 골인 지점이기도 하다. 가장 먼저 집에 돌아갈 수 있다. 부럽지만 거기까지 가면 나도 골에 가까워진다. 불안 요소는 남아있지만. 분명 로니에게도 기쁜 일일 거라고 생각하며 말을 걸었는데.

"어, 어…… 응. 그렇, 지."

로니의 대답은 통 시원치 않았다. 기쁘지 않은 걸까? 아니면 아직 불안한 점이라도 있는 걸까. 무심코 리히토와 얼굴을 마주보았다.

"로니의 가족 구성에 대해 물어봐도 돼?"

떠보는 걸까. 리히토가 곁눈질로 로니를 힐끗 보며 물었다.

"아버지랑, 어머니, 인데……?"

흐음, 로니는 3인 가족이구나. 부모님이 모두 계신다는 사실에 조금 안도했다. 부모가 없다는 이야기도 많이 들었으니까. 200년 전의 전쟁 때 죽었다는 이야기도 들어봤고, 그런 게 아니어도 위험한 일을 하는 사람이 많으니까 죽었을 가능성이 의외로 크다. 나는 정말로 평화로운 환경에서 살았으니 그리 실감은 없지만. 세계 전체로 보면 의외로 부모가 없는 어린아이가 꽤 있다고 한다.

"그, 사이는 양호하고?"

이어서 리히토가 조심스럽게 물었다. 그제야 로니도 무슨 말을 하고 싶은지 알아차린 모양이다. 눈을 살짝 크게 떴다가 쓴웃음을 지었다.

"나쁘지는, 않아. 대화도 하고, 같이 식사도, 하고."

로니의 말에서 아무런 사정이 없는 건 아니라는 인상을 받았다. 그 인상이 맞는 건지 로니가 말을 이었다.

"나는. 드워프 중에선, 특이하니까……."

그렇게 말한 로니가 시선을 내렸다. 특이하다고? 솔직히 그냥 평범한 사람 아닌가? 의아해서 고개를 갸웃거렸다. 아마 특이한 사람에 둘러싸여 살았기 때문에 이해가 안 가는 거겠지. 오르투스 길드원은 개성이 너무 넘쳐나니까!

"저기, 로니. 이 세계에는 다양한 종족이 있잖아."

그러니 말하겠다. 로니는 분명 동료 드워프에게 특이하다는 말을 들은 걸 테니까. 그리고 그 부분을 조금 고민하는 것처럼 보이니까. 솔직히 말해 내가 본 로니는 평범한 드워프와 다른 걸 모르겠다. 드워프의 특성에 대해 자세히 아는 건 아니지만,

대화에 서툰 건 드워프 그 자체 같은데. 하지만 아마 무언가가 있는 거겠지. 그런 게 아니라면 이런 말은 안 할 테니까. 궁금하지만 너무 자세히 파고들진 않도록 하자.

"인간, 드워프, 엘프. 그 외에도 다양한 종족이 있잖아. 마대륙에 가면 그걸 잘 알 수 있지?"

"으, 응."

로니의 얼굴을 아래쪽에서 불쑥 들여다보며 힘차게 말하자, 로니는 조금 뒤로 물러나며 눈을 동그랗게 떴다. 아차, 너무 들이댔나. 침착하자.

"드워프니까 이런 성격이 평범한 거라든가, 엘프니까 이런 게 당연하다거나…… 그런 것도 꽤 있다고 봐."

엘프는 외관상 선이 가늘고 섬세해 보인다. 그건 남성이어도 마찬가지다. 따라서 마법이 없다면 아무것도 못 하는 연약한 종족으로 생각하곤 한다. 슈리에 씨는 대치한 상대에게 그런 도발을 자주 듣곤 한다나. 그 상대도 참 목숨 아까운 줄 모른다니까. 확실히 나는 그 말대로 마법이 없으면 아무것도 못 하는 연약한 엘프지만, 슈리에 씨는 물리력도 강한 엘프다. 엘프의 마을에도 제법 실력이 좋은 사람이 여럿 있다고 하니 당연히 연약하다고 낙인을 찍는 건 오해다. 그리고 그건 드워프에도 해당하지 않을까?

내가 그런 이야기를 하는 사이에 라비 씨가 나무 위에서 스르륵 내려왔다. 그대로 흥미진진하다는 듯 내 이야기에 귀를 기울였다. 왠지 부끄럽다.

"그래서 말이야. 그런 종족의 이미지는 '사람'이라는 커다란 분류에서 보면 별것 아닌 게 대부분이지 안을까?"

예를 들어 수다쟁이 드워프가 있다거나, 말썽꾸러기 엘프가 있다고 치자. 이 세계의 일반적인 견해에서 보면 각자 종족상 특이하다고 볼 수 있는 성격이다. 드워프는 말수가 적은 사람이 많고, 엘프는 느긋한 평화주의자가 많으니까. 하지만 많을 뿐, 전부는 아니다. 그리고 그건 '사람'으로 분류하면 딱히 특이한 것도 아니다. 수다쟁이인 사람이 어쩌다 보니 드워프였고, 말썽꾸러기인 사람이 어쩌다 보니 엘프였던 것뿐. 그렇게 말할 수 있지 않을까.

"전부 개성이라고 봐. 그런 '사람'인 거야. 그러니까 신경 쓰지 마! 나는 나답게, 로니는 로니답게 있으면 돼!"

그래, 개성이다. 로니의 어떤 점이 드워프로서 특이하다는 말을 듣는 건지는 모르지만, 친절하고 힘세고 늘 모두를 염려해주는 로니를 나는 아주 좋아하니까!

"내 인생이니까, 내가 하고 싶은 대로 살고 싶어."

그게 상당히 어렵다는 건 안다. 다양한 제약으로 인해 원하는 대로 살 수 없는 고통을 알고 있으니까. 하고 싶은 일을 할 수 있다는 게 얼마나 행복한 일인지 잘 안다. 하지만 그렇기에 이렇게 말하고 싶다. 할 수 있는가, 없는가는 별개로 치고, 이번 생에서는 그런 꿈을 갖고 싶다!

"나, 답게……. 응. 그거, 나도, 마음에 들어."

머릿속에 꽃밭을 차려놓은 듯한 발언이라는 자각은 있다. 하지만 로니는 그렇게 말하며 기쁘다는 듯 웃었으니 잘 된 걸로 치자. 조금은 시름을 덜었다면 그걸로 충분히 기쁘니까.

"하아, 메구. 너란 아이는 정말로 눈부시구나. 올곧고, 긍정적이고. 왠지 부러워."

라비 씨는 그렇게 말하며 눈을 가늘게 휘었다. 발언만 들으면 삶이 얼마나 고된지 모르는 어린이의 발언이지. 아, 지금은 어린이니까 괜찮은 건가.

그대로 나무에 기대어 땅바닥에 주저앉은 라비 씨. 주변에 수상한 것도 보이지 않았으니 잠시 쉬자며 웃었다. 왠지 피곤이 묻어나오는 미소다. 그야 그렇겠지. 누구보다 신경을 날카롭게 세웠으니 지치지 않을 리가 없다.

"라비와 리히토는, 가족, 있어?"

다들 그 자리에 앉아 잠시 쉬고 있을 때, 이번에는 로니가 두 사람에게 질문을 던졌다. 오오, 나도 묻고 싶었던 질문이다.

"음……, 로니가 말했는데 내가 말하지 않을 수도 없겠지. 가족이라……. 아마도, 있어."

리히토는 그렇게 말하며 애매모호하게 웃었다. 아마도라. 그렇겠지. 사정을 알아차렸기 때문에 그 이상 말할 수가 없다는 것도 이해한다.

"하지만 오래전에 헤어졌어. 이젠 못 만나. 아, 딱히 신경 쓰지 않아도 돼. 내 안에서는 정리가 되었으니까."

들은 순간 면목 없어 하는 로니를 보며 황급히 부연 설명을 하는 리히토. 나에게 이야기했을 때와 같은 반응이다. 뭐, 너무 신경 쓰면 리히토도 곤란하겠지. 그것도 이해한다.

"그래서 지금 가족이라고 부를 수 있는 건 라비 정도인가."

그래, 그렇구나. 리히토에게도 이 세계에서 생긴 가족이 있다. 라비 씨가 있어서 정말로 다행이다.

"으음, 나도 그래. 나는 고아니까. 하지만 동료가 많아서 외롭지는 않았어. 벌써 꽤 오랫동안 못 만났지만."

라비 씨는 서글픈 듯 시선을 내리며 그렇게 말했다. 그렇다면 라비 씨에게도 리히토는 지금 유일한 가족인 거구나? 하지만 라비 씨는 리히토에게 이 여행이 끝나면 혼자 살라고 했다. 왜 헤어지려고 하는 거지? 가족이라면 계속 같이 있어도 될 텐데. 아니면 뭔가 사정이 있나? 지금도 그 마음은 변하지 않은 걸까. 왠지 가슴이 답답하다. 하지만 남의 사정에 너무 끼어드는 것도 좋지 않다. 당분간은 상황을 살피자. 헤어질 때 마음이 바뀔지도 모르고⋯⋯. 으음. 하지만 둘 다 마대륙에 와 줬으면 하는데. 오르투스의 모두에게 소개해주고 싶으니까!

"내 일은 됐고! 메구는? 결국 귀한 집 아가씨 비슷한 거잖아? 어쨌든 엄마 아빠에게 잔뜩 사랑받으면서 자랐겠지. 그렇지 않으면 이렇게 착한 아이로 자라지 않았을 테니까."

앗, 이번엔 제 차례입니까. 순서대로 가면 그렇겠지. 아니, 정말로 아가씨가 아닌데⋯⋯. 비슷하다는 건 부정할 수 없다. 과보호하는 보호자들이 있다는 점에서! 어디 보자, 어디까지 말할까. 너무 자세히 이야기하는 건 복잡해서 혼란스러울 것 같으니.

"그게, 엄마는 업써. 나를 나은 뒤에 돌아가셨대. 그래서 기억은 안 나고."

"어? 그랬어? 나는 영락없이…… 미안해."

아, 이번에는 내가 신경 쓰이게 만든 모양이다. 리히토와 로니도 의외라는 듯 눈썹이 팔자가 되었다. 나는 다급히 손을 내저으며 괜찮다고 어필했다.

"하지만 보호자는 마니 있어! 다들 친절하고, 조금 과보호하지만 늘 나를 생각해주는데……."

오르투스의 모두는 나를 보면 반드시 말을 건다. 그중엔 이름을 모르는 사람도 있지만. 아마 오르투스에 온 사람들은 대부분 나를 아는 거겠지. 희귀한 엘프 어린이이자 마왕의 딸이라서 여러모로 유명하니 당연하다면 당연한데. 길드 내부만이 아니라 거리로 나가도 다들 나를 알아 보고 웃으며 말을 건넨다. 지역 전체에서 키워주고 있는 셈이다. 그래서 모르는 사람이 있으면 다 함께 경계하고, 필요하다면 오르투스에 연락을 넣어 바로 누군가가 나에게 달려올 만큼 나는 모두에게 보호받으며 지냈다.

"분명 걱정하고 있겠지……. 나는 무사하다고 빨리 전해주고 싶어."

로니의 부모님도 분명 걱정할 것이다. 여기저기 찾아다닐지도 모른다. 사이가 나쁜 건 아니라고 했으니까. 찾는다……. 어, 찾는다?

"아, 아빠랑 다른 사람들, 분명 날 찾을 거야!"

"어? 어어, 그렇겠지. 그렇게 예뻐한다면 당연히 찾고 있지 않을까?"

내가 갑자기 큰 소리를 내자 세 사람이 깜짝 놀라 내 입을 다급히 틀어막았다. 도망 생활 중이었죠. 죄, 죄송합니다. 그래도 리히토가 작은 목소리로 내 말에 대답해주는 점에서 역시 친절하다.

그래, 다들 나를 찾고 있을 거다. 머리로는 알고 있었다. 하지만 잘 생각해보라고? 그 사람들이잖아? 아마 진심으로 찾고 있을 게 틀림없다. 내가 마대륙에 없다는 것 정도는 금방 알아내지 않았을까. 인간 대륙에 있다는 것도. ……응, 그렇지. 그 정도는 어렵지 않을 거야. 특급 길드의 길드원들이니까.

그렇다면, 어쩌면 인간 대륙으로 건너와서 찾는 중인지도 모른다. 그렇다면 이렇게 몰래 숨어서 이동하면 나를 찾아내기 아주 어렵지 않을까? 마법도 거의 쓰지 못할 텐데……. 아니지, 그 사람들이라면 어느 정도는 자유롭게 쓸 수 있겠지만. 그래도 마도구 말고는 마법도 안 쓰니까 내 흔적이 거의 남지 않았을 것이다. 어쨌거나 찾기 어렵다는 건 확실하다.

"왜 당황하나 했는데, 그런 거였구나. 일리 있네."

세 사람에게 그 생각을 전하자 라비 씨가 턱에 손을 짚고 생각에 잠겼다. 하지만 그것도 몇 초. 라비 씨는 바로 생긋 웃으며 괜찮다고 입을 열었다.

"그렇다고 해도 이 자리에 머무르는 것보다는 광산에 머무르는 게 안전하잖아? 왕성 녀석들에게 잡히면 숨겨버릴지도 모르고, 역시 도망친 게 정답이라고 봐. 게다가 광산에 가면 그곳에 있는 드워프들이 그 보호자와 만났는지 확인할 수 있고!"

"아, 그렇구나……."

도망친 것에 의미는 있었다는 건가. 게다가 우리의 정보는 현재 여러 도시에 돌아다닌다. 그걸 들으면 바로 나라는 걸 알아차릴 것이다. 그러면 자연스럽게 내가 왕성에는 없다는 것도 알 테고……. 그럼 어디에 갔는지 추리할지도 모른다.

"로니. 광산에는 마소가 있지? 마법 쓸 수 있어?"

"으, 응. 쓸 수 있어. 하지만 마대륙만큼, 마력이 잘, 변환되지 않지만."

"로니는 마대륙에도 간 적이 있어?"

내 질문에 로니는 고개를 끄덕였다. 그의 말로는, 드워프라면 누구든 몇 번은 오간다고 했다. 사흘에 한 번 두 대륙을 이어주는 전이 마법진을 발동시키니 그때 가고 싶은 드워프는 자유롭게 가도 된다고 한다. 종족의 특권이다.

"딱히, 볼일이 있는 건, 아니니까, 다들 많이 오가지는, 않지만. 나도, 최근에는 계속, 인간 대륙에, 있었고……."

그렇구나. 하지만 간 적은 몇 번 있다는 거지. 그렇다면 더 믿을 수 있는 정보다. 좋아, 광산에 도착하면 먼저 길드원들이 왔는지 물어보자. 그래서 인간 대륙에 있다고 한다면 불꽃놀이 마법을 쏘아 올린다. 그러면 내가 그곳에 있다는 걸 알릴 수 있으니까. 상당히 눈에 띌 테니 왕성 사람들에게도 들킬지도 모른다. 그래도 우리 길드원들이 인간을 상대로 질 리는 없지. 누가 찾으러 왔을지는 몰라도 오르투스의 길드원이라면 누구든 빨리 와 줄 것이다. 그러니 믿고 기다리기로 했다.

반대로 아직 인간 대륙에 오지 않았다고 하면 드워프 족장님에게 부탁해서 전이 마법진을 사용하게 해달라고 교섭해야지. 불안하지만 할 수밖에! 좋아. 할 일이 정해졌다. 마음도 안정되었다.

"왜 계속 인간 대륙에 있었는데? 너희는 마대륙 쪽이 마법도 잘 쓸 수 있으니 편하지 않아?"

내가 앞으로 어떻게 할지 머리를 다 굴렸을 때, 리히토가 로니에게 그런 질문을 하는 게 들렸다. 아, 그러게. 이쪽으로 넘어온 직후는 정말로 몸이 나른해서 힘들었으니, 분명 종족 특성상으로도 마대륙 쪽에 있는 게 훨씬 몸이 편할 거다. 익숙해지면 어떻게든 되지만 어디든 갈 수 있다면 마대륙에 있는 게 낫지 않나.

"……아버지가, 마대륙에, 있으니까."

그러자 로니에게서 뜻밖의 대답이 돌아왔다. 이 대답에는 리히토도 라비 씨도 서로 눈을 쳐다봤다. 어어. 혹시 사춘기 아들이 있는 가족 같은 상황이라거나 그런 건가? 로니는 지금 아버지와 만나는 게 거북하다거나 그런 느낌인 건지도 모른다. 그래서 아버지가 있는 마대륙이 아니라 인간 대륙에 계속 머물렀던 거지.

"하지만."

우리 세 사람이 아무런 말도 하지 못하자 로니는 이어서 입을 열었다.

"광산에 돌아가면, 바로, 만나려고. 그, 전이 마법진도, 써야 하고……."

아무리 대륙이 다르다고 해도 같은 광산에 살고 있으니 아들이 사라졌다는 건 아버지에게도 전달되었을 터. 그건 즉 걱정을 끼쳤다는 소리이며……, 그걸 로니도 자각하고 있구나. 응, 그게 좋겠어. 전이 마법진 건도 물론이지만, 이러니저러니 해도 가족이니까. 분명 걱정하고 있을 테니까. 뭐, 실제로 어떤지는 모르지만? 그래도 사이가 나쁜 건 아니라고 했으니 분명 그럴 것이다. 그렇다면 가끔은 만나야지. 좀처럼 집에 돌아오지 않는 아들이 조금 걱정을 끼쳤으니까 어쩔 수 없이 돌아간다는 이야기. 세계가 달라져도 이런 부분은 같구나. 그런 시시껄렁한 생각을 했다.

그 김에 고민하는 것도 같이 이야기할 수 있다면 좋겠다는 생각도 들지만……, 그건 아마 괜한 참견이 될 테니까 말하지 말자. 자기보다 한참 어린아이에게 그런 말을 듣고 싶진 않을 테니까. 설득력도 없고.

"이야기가 좀 길어졌네. 슬슬 출발하자."

대화가 일단락되자 라비 씨가 일어나 말했다. 우리도 그 자리에서 일어나 각자 기지개를 켰다. 또 묵묵히 걸어가는 고난의 시간이 시작된다.

하지만 이렇게 가족에 대해 서로 대화한 덕분에 어딘가 마음이 정리된 것 같았다. 쉬기 전보다 훨씬 여유가 생겼다. 좋아, 힘내서 걷자! 나는 그렇게 기합을 재주입하며 라비 씨의 등을 따라갔다.

5 광산 교섭

【유진】

"그러니까! 지금 당장은 무리라고 했잖아!"

"조건을 받아들일 수 없다면 허락할 수 없다."

"제대로 찾겠다고! 그러니까 먼저 보내달란 말이다!"

"안 된다. 지금 당장 여기에 데려와."

나는 현재 머리가 꽉 막힌 드워프 족장과 언쟁 중이다. 진짜 돌대가리잖아! 지금 당장 인간 대륙으로 넘어가 메구를 찾아야 하는데!

"다른 조건은 없는가? 로드리고여. 그대의 마음은 이해하나, 그렇다면 더욱 딸을 찾으러 가고 싶은 우리의 마음도 이해할 수 있지 않나?"

"빨리 찾으러 가고 싶다면 내 아들을 찾아서 데려와. 그게 조건이다. 몇 번이나 끈질기군. 이쪽은 바쁘다고. 다음엔 데려왔을 때 말을 걸도록."

드워프족의 족장, 로드리고는 쌀쌀맞게 말한 뒤 광산 안으로 들어가 버렸다. 우리가 쫓아가려고 하자 입구를 지키는 체격 좋은 드워프 두 명이 곡괭이를 들이밀며 방해했다. ······이 녀석들을 쓰러트리는 건 간단하지만, 그랬다간 다시는 들여보내 주지 않을 테니까 참아야지.

"유진, 태워 버릴까?"

"미친놈이. 아슈, 멈춰."

나보다 끓는점이 낮구나, 아슈. 심정은 이해하고 솔직히 대찬성하고 싶지만 아무리 그래도 안 된다. 나는 아슈의 목에 팔을 감고 일단 물러났다.

메어리라, 오웬, 와이엇 세 명이 놀랄 정도로 신속하게 일해 준 덕분에 아슈는 내가 여기에 도착하는 것과 거의 동시에 왔다. 그 세 사람, 하면 잘하잖아. 정확하게는 메어리라가. 어지간히 빨리 끝내고 싶었던 모양이다. 어차피 오웬이 치근덕거렸기 때문이겠지. 그 녀석들도 이제 좀 그만 삽질했으면 좋겠는데.

그나저나…… 아아, 글렀네. 지금의 우리는 자꾸 머리에 피가 오른다. 냉정해지려고 노력은 하고 있지만. 그러나 짜증이 난 건 우리만이 아니라는 걸 알았다. 그 완고한 영감이야 늘 무뚝뚝하고 퉁명스럽지만, 이번에는 특히 그 주위의 마력이 거칠어져 있음을 느꼈다. 이상해서 물어보니 아무래도 그 영감에게도 사정이 있는 것 같았다. 얼마 전 영감의 외동아들이 어딘가에 가 버린 채 돌아오지 않게 되었다나. 드워프치고는 특이하게도 너무 온순하다는 그 아들은 일이 없는 날이면 자주 숲속에 가서 동물이나 식물과 교감한다고 했다. 광산에 틀어박혀 돌을 노려보거나 대장장이 일을 하는 게 삶의 보람인 드워프가 보기엔 확실히 특이한 녀석일지도 모르지. 아무튼, 어차피 또 숲에서 놀고 있을 거라고 생각했으나 며칠이 지나도 돌아오지 않아 마음이 조급해졌다는 건가. 하아, 그렇다면 이쪽의 심정도 헤아

려줄 수 있을 텐데 보다시피 일절 귀를 기울이지 않으니 곤란하다. 부글거리는 속을 억누를 수 없어 머리를 거칠게 벅벅 긁었다. 그때 내 그림자에서 그림자새가 스윽 나타났다.

"어, 아슈. 도우미가 도착한 모양이야."

"음? 그림자독수리인가?"

"그래. 기르와 한 명 더, 든든한 동료가 올 거야."

"흐음, 만나는 게 기대되는군."

생각했던 것보다 꽤 빨리 도착했군. 기르도 서두르고 있는 모양이다. 우리만 있다간 짜증만 쌓이고 답이 안 보이는 상황이었으니 다행이다. 기분을 전환하기 위해서도 아슈와 함께 기르 일행을 맞으러 갔다.

"여, 기르, 아돌. 일찍 왔네."

"단숨에 날아왔다."

"그럴 것 같더라. 아무튼 다행이야. 그 꼴통 영감탱이가 조금도 의견을 굽히지 않거든."

산뜻한 얼굴로 마물형에서 인간형으로 모습을 바꾼 기르가 짧게 대답했다. 하지만 등에 타고 있던 아돌은 안색이 살짝 어두워 피로가 축적된 것처럼 보였다.

"아돌은 괜찮아?"

"네, 어떻게든. 저도 접수대에만 있으면 안 되겠다고 지금 반성하는 중입니다."

몸이 상당히 둔해졌다며 쓴웃음을 짓는 아돌은 동안도 어우러

져 마치 소년 같았다. 이런 얼굴로 두뇌 회전이 아주 날카로우니, 사람은 겉보기로 판단할 수 없다. 특히 아인은.

뭐, 아돌은 사무업무가 많으니 어쩔 수 없지. 이걸 계기로 또 육체 단련에 관심을 기울여주면 좋겠다. 원래 실력은 좋은 녀석이다. 바로 원상복구 할 수 있겠지.

"마왕님, 처음 뵙겠습니다. 아돌포리옌이라고 합니다. 잘 부탁드립니다. 이번에 크론 씨는 같이 안 오셨습니까?"

"그래, 잘 부탁한다. 크론은…… 그…….."

"어차피 지금은 너무 바빠서 둘 다 마왕성을 떠났다간 진짜로 업무가 정지되는 거겠지. 돌아갔을 때 한탄 정도는 얌전히 들어줘라."

"사흘 정도 내리 이어지겠지……. 크론의 잔소리는…….."

그건 과장 아니냐고 하려다가 크론이라면 그럴 법해서 입을 다물었다. 그 녀석은 한다. 어쩌면 더 오랫동안, 생각날 때마다 쿡쿡 찔러대겠지. 우와, 불쌍해라. 힘내라, 아슈.

"두목, 상황 확인을."

"아, 그래. 아돌도 들어줘."

도착하자마자 시작하려니 미안하지만, 시간이 아깝다. 나는 우선 여기에 온 직후 대화한 꼴통 영감과의 교섭에 대해 이야기했다.

"내 딸이 전이 마법진으로 인간 대륙에 소환당했으니 지금 당장 수색하러 가고 싶다, 전이 마법진을 쓰게 해달라고 요청했어. 포장해봤자 의미 없으니까."

그러자 드워프 족장을 불러오더니, 그가 대가를 요구했다. 그 점은 지난번에도 경험한 적이 있으니 예상했었다. 이번에는 돈이나 물건으로 어떻게 할 수 없나 했는데, 상대방이 먼저 조건을 제시했다. 그게 문제였다.

"행방불명된 아들을 찾아오라고요……."

"그래. 그것도 눈앞으로 데려오라는 거야."

상당히 어려운 조건을 제시했다. 하지만 사람 찾기라면 우리의 특기 분야이기도 하다. 마침 메구를 찾는 중이기도 하니. 그래서 동시에 진행할 테니까 넘어가게 해달라고 부탁했는데……!

"그 꼴통 영감탱이……!"

떠올렸더니 또 화가 끓어올랐다. 벽창호 같으니!

"눈앞에 데려올 때까지 전이 마법진은 쓸 수 없다고 고집을 부리더군. 역시 숯덩어리로……."

"아, 알겠습니다! 알았으니 살기를 거둬주세요! 마왕님께선 특히 농담으로 끝나지 않으니까요."

어이쿠, 위험해라. 나와 아슈는 서로의 어깨를 가볍게 쳐서 살기를 집어넣었다. 미안하다, 아돌. 자칫 마대륙 전역에 영향을 줄 뻔했네. 나는 그렇다 쳐도 아슈는 좀 더 조심하라고.

"그나저나 그 드워프 아들은 혹시……."

"기르 씨도 그렇게 생각하세요?"

기르와 아돌도 알아차린 모양이다. 그렇다. 아들은 아직 미성년자인 어린아이다. 심지어 제법 마력을 보유했다.

"메구와 마찬가지로 강제전이당한 거 아닌가……?"

"틀림없이 그럴 테지. 이쪽이 인간 대륙에 더 가까우니, 메구가 소환되었는데 드워프 아들이 소환되지 않을 리가 없어."

기르의 말에 동의를 표했다. 아슈도 고개를 끄덕였다.

"그걸 확인했습니까?"

"그야 확인하려고 했지. ……하지만 그 꼴통 영감이."

"아, 알겠습니다. 무슨 말을 해도 데려오라고 고집을 부렸다는 거죠? 진정하십시오."

아돌은 다소 초조하게 나를 가로막은 뒤 잠시 생각에 잠긴 듯 턱을 매만졌다. 몇 초 후, 기르와 아슈를 향해 말을 건넸다.

"마대륙 내에 아들이 없다는 확실한 정보를 얻기 위한 조사에는 어느 정도 시간이 걸립니까?"

"음, 아무리 서둘러도 한 달은 걸릴 테지……."

"그래……. 나도 그렇게 봐."

아돌은 '한 달'이라고 작게 읊조린 뒤 뭐라고 중얼거리기 시작했다. 아마도 머릿속으로 계산하고 있는 모양이다. 나도 20일 정도 들여 직접 메구를 수색했지만, 결국 모조리 다 조사하지는 못했으니까. 중간에 전이 마법진에 대한 보고를 받아 거기서 멈췄을 뿐이다. 다만 이번에는 드워프 족장의 아들을 찾아야만 한다. 처음부터 다시 수색해야 하니, 아슈나 기르의 힘을 비롯한 길드 녀석들의 힘을 동원해도 그 정도 걸리리라는 건 대충 예상할 수 있었다.

"그럼 두 분께서 반씩 담당하면 단순 계산으로 시간은 절반이 걸릴 겁니다. 여기에 제가 보조 마법을 계속 걸 테니…… 열흘.

열흘 내로 마대륙 전역의 수색을 끝냅시다."

"제법 세게 나왔군?"

"……할 수밖에 없지."

놀라서 눈이 동그래진 아슈와 익숙한 건지 각오하는 기르. 무심코 웃음이 터졌다.

"……유진이여, 자네 밑에 있는 자들은 사람을 험하게 부려 먹는 취미가 있나?"

"음, 뭐. 하지만 험하게 부리긴 해도 불가능한 말은 하지 않아. 그렇지? 아돌."

내가 확인하기 위해 아돌에게 시선을 보내자, 아돌은 무척이나 상큼한 미소를 지으며 '네'라고 대답했다. ……왠지 오르투스가 블랙 기업 같다는 생각이 들었지만 아니다. 유독 일 중독인 녀석들이라 억지로라도 제대로 쉬게 하고 있으니까!

"그리고 두목에게는 죄송하지만, 제 마력 회복을 부탁드려도 되겠습니까? 마왕님과 기르 씨는 아마 괜찮으실 테지만……. 저는 하루도 못 버티니까요."

오. 나에게도 제대로 일을 분배하는군. 기다리기만 하는 것도 짜증이 쌓여서 위에 구멍이 뚫릴 지경이었으니 다행이다. 그러니까 그렇게 미안해하는 표정 짓지 말라고, 아돌.

"아니, 나도 그림자독수리도 지치기는 할 터이다만……."

"너희는 끝나면 회복약이라도 먹어. 아돌은 내가 회복할게."

보조 마법은 한 번 걸면 계속 지속되는 것과, 계속 걸어야만 하는 것이 있다. 이번에 쓰는 건 후자일 것이다. 중간에 회복약을 꾸준히 먹는다는 방법도 있지만, 계속해서 먹는 건 몸에 부담이 가니 오르투스에서도 금지해두었다. 당연히 기각이다. 내가 마력을 조금씩 공급해주는 게 효율도 좋고 몸에도 안전하다. 게다가 어차피 나는 한가하니까. 멍하니 기다리기만 하는 것뿐이라면 진짜로 스트레스와 심심함에 돌아버려서 광산 일부를 불바다로 만들어버릴지도 모른다.

"그럼 바로 시작합시다. 행방불명된 드워프 어린아이의 특징과 수색 범위를 두 분께서 공유해주세요. 5초 내로."

"이 길드의 길드원은 다들 정말로 가혹하구나!"

아슈의 외침이 산에 메아리쳤다. 포기해. 아돌도 옛날에는 이렇지 않았지만, 완전히 사우라에게 물들…… 단련되었거든. 참으로 든든하다.

이렇게 우리는 한 말은 지킨다는 듯이 열흘 만에 마대륙 전역을 모조리 조사했다. 기르는 잡담 한번 없이 여느 때처럼 완벽하게 수행했다. 아슈는 불평이 많았지만, 시킨 일을 전부 완벽하게 해내는 걸 보면 어쨌거나 마왕이 맞긴 하다는 생각이 든다. 다만 때때로 원한에 찬 눈으로 이쪽을 바라보는 이유는 뭐냐. 그때마다 아돌이 노려봐서 자세를 고쳤지만. ……아돌이 좀 크론 같지. 그래서 아슈도 반사적으로 긴장해버리는 듯했다. 철저하게 조교된 모양이다. 음, 그 뭐냐. 힘내라.

"고, 고생하셨습니다, 여러분……. 감사, 합니다. 무모한 지시에, 따라주셔서……."

아돌이 숨을 헐떡이면서도 고지식하게 우리에게 머리를 숙였다. 괜찮은 거냐. 당황하며 아돌의 몸을 부축해주자 힘없이 웃으면서 '죄송합니다'라고 대답했다. 하아. 무리시켰구나.

"아니, 이건 자네에게 가장 부담이 간 것 아닌가? 인사를 해야 할 쪽은 이쪽이다."

"그래, 아돌. 괜찮나? 조금 쉬어."

열흘간의 조사는 무사히 성과를 보고 끝낼 수 있었다. 이것도 다 아슈의 말대로 아돌 덕분이라고 해도 과언이 아니다. 효율 좋게 마력을 사용할 수 있도록 보조 마법을 사용하면서, 아슈와 기르에게 적절한 지시를 내린 그 수완은 역시 범상치 않다. 그 탓인지 아돌은 녹초가 되어버려 다리가 조금 휘청거렸다. 부축해주지 않으면 당장에라도 쓰러질 기세다. 내가 중간중간 마력을 회복해주었다고 해도 정신적인 피로까지 없애주지는 못했으니까.

"아뇨, 그럴 수는 없습니다. 지금 당장 드워프 족장과 교섭하러 가죠."

"아니, 그건 안 돼. 지금은 조금 쉬어야지, 아돌."

이렇게 될 때까지 시킬 생각은 없었다만……. 아니, 아돌에게는 가혹한 일정이라는 건 알고 있었다. 하지만 나는 막지 않았다. 오르투스의 두목으로서 쉬게 해야 했음에도 그렇게 하지 않은 건 한시라도 빨리 일을 진행하고 싶었기 때문이다. 상사로서는 최악이군……. 하지만 이 이상 무리시킬 수는 없다. 그렇게 생각하며 조금 강한 어조로 훈계했으나.

"무리 정도는 하게 해 주세요! 이러는 사이에…… 메구 씨에게 무슨 일이 생겨도 괜찮은 겁니까?! 그렇지 않아도 이미 한 달이나 되는 시간이 지나버렸는데……!"

들어본 적 없는 아들의 성난 목소리에 말을 삼켰다. 그건, 그렇지만…….

"?!"

"? 왜 그래? 기르."

침묵이 흐른 그때, 별안간 기르가 무언가를 감지한 듯 주변을 살피기 시작했다. 그 얼굴은 일그러졌고 가슴께를 꾹 누르고 있다. 저 기르가 이런 반응을 보이다니…… 무슨 일이지?!

"왠지, 이름을 불린 듯한…… 아니. 가슴이 좀 술렁거린 것뿐이다. ……아무 일도 아니야."

잠깐만, 그러지 말라고. 이상한 플래그가 선 것 같잖아. 이거 진짜로 서두를 필요가 있겠는데. 불렸다고? 메구는 아니겠지? 육감 같은 거라면 웃어넘길 수 없다.

"보세요. 불길한 예감도 드는 것 같으니 더욱 지금은 서둘러야 할 때입니다. 저는 괜찮습니다. 인간 대륙으로 건너가면 쉽겠습니다. 자, 가죠."

가만히 아들과 시선을 마주했다. 그 붉은 기가 도는 검은 눈동자는 빛을 잃지 않았고, 반드시 의견을 굽히지 않겠다는 강한 의지가 느껴졌다. 하아……. 아마 말해봤자 안 들을 거다. 애초에 말싸움으로 이길 수 있을 것 같지 않다. 무슨 말을 해도 움직이려고 하겠지. 그렇다면 괜한 체력과 시간을 소모하지 않는 게 낫다. 그렇게 결론을 내리고 가볍게 한숨을 쉰 나는 어쩔 수 없이 아돌을 어깨에 들쳐 메고 광산 입구로 향했다.

"무슨, 두목?!"

"알았다고. 네 의견을 존중하마. 그러니까 얌전히 있어."

아돌은 자기 발로 걸을 수 있다며 항의했지만 무시했다. 이 정도는 하게 해달란 말이다, 요 녀석아. 등 뒤에서 아슈와 기르가 쓴웃음을 지으며 따라오는 기척을 느꼈다.

"족장은 오지 않는다. 대화의 여지는 없다."

"아들을 데려올 때까지는 안 만난다. 없으면 돌아가."

광산 입구에 도착하자 지난번과는 다른 드워프 두 명이 우리의 모습을 확인하자마자 그렇게 말했다. 아직 아무 말도 안 했는데……! 짜증이 치민 건 나만이 아닐 터이다. 오히려 아돌 말고는 다들 살기등등했다.

하지만 한편으로 아돌은 냉정하게 '내려주세요'라고 나에게 말을 건넸다. 그 조용한 목소리 덕분에 조금 머리가 식은 나는 아돌을 땅바닥에 살며시 내려놓았다. 아돌은 그대로 몇 걸음 앞으로 나아가 두 드워프를 향해 말을 던졌다.

"아드님의 단서를 잡았다고 해도 안 됩니까?"

"단서? ……무슨 단서지?"

아돌의 말에 왼쪽에 선 드워프보다 상급자로 추정되는 드워프가 되물었다.

"족장님에게 직접 말씀드리겠습니다."

"안 돼. 여기서 말해라."

하지만 아돌은 대답하지 않았다. 당연히 드워프는 그렇게 말하겠지. 여기까지는 아돌도 예상한 범주일 것이다. 그보다 이 녀석들, 늘 생각하는 거지만 왜 이렇게 거만한 거야! 아니, 말하는 방식이 특징적인 것뿐이지 거들먹거리는 건 아니다. 이게 드워프라는 건 알지만. 하아, 역시 지금의 나는 초조하구나. 냉정해질 수 없다. 그건 아슈도 기르도 그럴 것이다. 채 억누르지 못하고 흘러나간 살기로 봐도 알 수 있다. 그 점에서 아돌은 대단하다. 나는 금방 욱해서 문제다. 이상하네. 이래 봬도 실적 좋은 영업사원이었는데. 인내심도 강한 편이었는데. 아마도 그거다. 감정적인 아슈와 영혼의 절반이 섞였기 때문이다. 틀림없다.

"저런, 이쪽이야말로 안 됩니다. 족장님께 직접 말씀드리겠습니다. 그게 안 된다면 저도 할 말은 없습니다."

"그럼 돌아가. 지금 당장."

아돌도 양보하지 않으니 대화는 교착 상태다. 이봐, 괜찮은 거냐? 걱정은 되지만 끼어들지 않았다. 아돌이 여유로운 태도를 무너트리지 않기 때문이다.

"괜찮은 겁니까? 광산에서 나올 마음이 없는 당신들이 어떻게 아드님을 찾으려고요? 사실은 알고 있죠? 바깥 세계를 모르는 자신들만으로 아드님을 찾는 건 불가능하다는 것을. 그러니 이렇게 저희를 써서 찾으려고 하는 거죠."

"그, 그런 건……!"

흠, 그렇군. 요컨대 이 드워프들도 누군가에게 부탁하는 방법밖에는 없다는 건가. 그걸 찌르는 작전이란 말이지. 오케이. 나는 팔짱을 끼고 흐름을 지켜보았다.

"지금 제 이야기를 듣지 않는다면 아마 아드님은 찾지 못할 겁니다. 안타깝네요……. 모처럼 단서를 발견했는데."

"기, 기다려! ……족장에게 물어보고 오겠다!"

역시 화술이 뛰어난 아돌이다. 그리고 순진한 드워프이기 때문에 그 말을 믿고 서둘러 족장에게 달려갔다. 그렇다. 이 녀석들은 완고하지만 수긍하기만 한다면 고분고분해지고 아주 협력적으로 나온다. 머리에 피가 올라서 버럭버럭 소리치기만 해서는 진전이 없다. 아니, 이건 아돌이기 때문에 해낸 거겠지. 아돌의 목소리나 태도에 흠이라곤 없으니까.

그렇게 잠시 기다린 뒤 안쪽에서 족장 로드리고가 나왔다. 그 얼굴은 변함없이 퉁명스러웠지만, 어딘가 기대하는 눈빛이기도 했다. 역시 아들이 사라진 건 부모로서 괴로웠던 거겠지. 얼굴에 드러나진 않지만. 표정이 너무 무뚝뚝하단 말이야. 드워프 중에서도 특히 이 녀석은. 그렇게 로드리고는 험상궂은 얼굴로 아돌 앞에 오더니 바로 단서가 뭐냐고 질문하기 시작했다. 참성급하구나. 남 말할 처지가 아니지만.

"네, 단서 말이죠. 아드님은 인간 대륙에 있다는 겁니다."

"고, 고작……?! 그런 건 단서라고 할 수 없다! 속였군?"

로드리고는 격양하여 마법을 사용하려는 자세를 취했다. 우리도 반사적으로 대비했지만 아돌은 일절 동요하지 않았다. 로드리고를 빤히 응시하며 단호하게 말을 이어갔다.

"속인 건 당신 아닙니까? 아드님이 인간 대륙에 있다는 걸 알고 계셨죠?"

"!"

그렇다. 로드리고는 아들이 인간 대륙에 있다는 걸 이미 알고 있었다. 그 사실은 틀림없다. 이 꼴통 영감은 우리가 마대륙에 있는 이상 아들을 찾을 수 없다는 걸 알면서 일부러 터무니없는 조건을 내세운 것이다. 그렇게 아마도…… 우리를 시험했다. 그것이 마대륙을 조사하는 동안 우리가 내린 결론이었다.

"저희는 마대륙 전역을 조사했습니다. 이 인원과 오르투스의 길드원이 진심을 발휘해서, 구석구석까지. 아드님이 인간 대륙에 있다는 건 거의 확정된 사항이지만, 그 사실을 확신하기 위해 꼼꼼하게. 당신도 저희가 그렇게 조사하는 걸 바라고 계셨죠? 원하시는 대로 결과를 말씀드리겠습니다. 마대륙에는 드워프 어린아이를 보았다는 정보를 획득할 수 없었습니다. ……최근은커녕 수십 년 단위로요."

아들이 인간 대륙에 있다는 걸 우리가 파악할 수 있을지 없을지, 그 정보가 틀림없다는 확신을 얻을 수 있을지 없을지. 로드리고는 그걸 간파하려고 한 것이리라. 시험당한 건 불쾌하지만 아들을 위하는 마음에서 선택한 수단이었겠지. 그렇게 생각하니 화를 낼 수도 없다. 만약 나에게 메구가 어디 있는지 조사할 힘이 없어 누군가에게 부탁해야만 한다면 똑같은 짓을 했을 테니까. 심지어 믿을 수 있는 동료들이라면 모를까 그리 자주 얼굴을 본 것도 아닌 타인. 메구의 안전을 위해서도 상대의 됨됨이를 시험하는 건 당연하다.

"광산 부근에서도 보았다는 사람은 없었습니다. 오르투스의 자연 마법사가 정령에게도 확인했습니다. 이상하네요? 아드님은 때때로 숲에 놀러 가는 독특한 드워프라고 하셨잖습니까. 그런데 정령조차 아무도 보지 못했다니……. 로드리고 씨, 아드님은 원래 인간 대륙의 광산에 있었던 것 아닙니까?"

다만 부탁하는 방법이 너무 엉망이다. 아주 조금만이라도 원만한 방식을 택할 수는 없었던 거냐. 뭐, 로드리고도 사실은 솔직하게 부탁하고 싶었겠지. 하지만 드워프라는 종족인 정말 완고해서 말이야. 다른 동료가 있는 앞에서 그렇게 간단하게 전이 마법진을 사용하게 해줄 수는 없다거나 하는 이유겠지.

"그 녀석과는…… 최근 얼굴도 보지 못했지. 반항기였을 거야. 노골적으로 나를 피하더군. 나 원, 그 탓에 눈치채는 게 늦어졌지 뭔가."

로드리고는 혀를 차면서 그렇게 토해냈다. 뭐, 뭐라고? 반항기가 와서 부모를 피한다? 안 돼. 메구로 상상했더니 눈앞이 캄캄해졌다. 보아하니 아슈도 비틀거리고 있다. 마찬가지로 상상한 모양이다. 그 마음 너무도 공감한다. 메구에게 '아빠 싫어!' 같은 말을 듣는 날에는 나라 하나를 날려버릴 것 같다. 아슈 역시 말할 것도 없고. 무시무시한 반항기. 마대륙의 미래는 말 그대로 메구에게 달렸다

"뭔가 생각하는 바가 있겠지. 남자아이니 걱정은 안 했다. 하지만 아무 말도 없이 사라져선 그대로…… 뒷맛이 나쁘지 않나.

그 멍청한 놈이……!"

말하는 건 거칠지만, 요컨대 이야기를 들어줄 걸 그랬다고 후회하는 거지? 솔직하지 못하기는. 고개를 떨군 로드리고를 향해 아돌이 다시 말을 걸었다.

"소중한 아드님을 찾기 위해, 저희가 믿을 수 있는 사람인지 확인한 거죠? 저희는 싸움을 걸려고 온 게 아닙니다. 아드님을 걱정하는 마음은 뼈저리게 이해합니다. 저희도 바로 그런 상황이니까요."

하아. 더 깊이 고찰했다면 알 수 있었을 이야기였다. 하지만 나와 아슈만으로는 눈치채지 못했다. 아돌이 이리저리 머리를 굴려서 힌트를 얻어냈으니 도달한 결론이다. 나도 아직 미숙하구나. 딸이 행방불명되었다는 것만으로도 어디까지 머리가 고장 나는지 깨달았다. 스스로는 냉정하다 생각했지만…… 뭐든지 객관적으로 볼 수 있는 아돌이 있어서 정말로 다행이다.

"부디, 함께 수색하게 해주세요. 저희는 특급 길드 오르투스의 길드원입니다. 두목도 있고 주요 전력인 기르 씨도 있습니다. 마왕님도 있습니다. ……못 찾을 리가 없습니다."

아돌의 진지한 눈빛을 가만히 마주 바라보는 로드리고.

"그러기 위해서는 인간 대륙으로 건너갈 필요가 있습니다. ……부디 협력해주시겠습니까?"

족장은 팔짱을 끼고 신음을 흘렸다. 오, 조금만 더 하면 되나?

"게다가 저희가 찾는 아이와 당신의 아드님은 같이 있을 가능성이 큽니다. 그리고…… 위험한 상황이죠."

"위험하다고?!"

"무, 무슨 소리냐."

그 말에는 로드리고만이 아니라 우리도 놀라서 소리쳤다. 메구가 위험……?!

"일부러 마력을 많이 보유한 어린아이를 모은 거잖아요? 그런 전이 마법진으로 강제 소환된 겁니다. 그 시점에서 소환한 아이들을 어떻게 대할지…… 낙관하는 게 더 어렵지 않습니까?"

그런 뜻인가. 알고 있었다. 알고는 있었지만…… 그래, 변명이지. 생각하지 않으려고 했다. ……무서워서. 인정하고 싶지 않아서. 메구가 심한 대우를 받는다는 건 상상조차 하고 싶지 않아서. 그건 처음부터 머릿속에 있지 않았나.

경악하는 우리를 앞에 두고 족장은 마침내 입을 열었다.

"……알았다. 마법진을 쓰도록. 단! 돌아올 때는 건강한 모습의 아들이 없다면 열어주지 않을 거다!"

"그, 그래! 알았어. 맡기라고!"

마침내 로드리고에서 허락이 떨어졌다. 질척한 감정에 삼켜지기 직전에 퍼뜩 정신을 차린 나는 바로 대답했다. 심기일전해야지. 마음에 여유가 없으면 또 실패한다. 지금부터는 절대로 실수해선 안 된다.

그나저나 잘했다, 아돌! 정말로 든든한 남자야! 그렇게 말하며 아돌의 머리를 마구 쓰다듬었다. 아돌은 하지 말라고 말하면서도 조금 기뻐 보이기도 했다. 뭐 어때. 조금쯤은 칭찬하게 해달라고. 아슈도 기르도 고맙다고 인사하잖냐.

"뭘 놀고 있냐. 빨리 가자고."

로드리고의 한마디에 우리는 다시 광산 입구로 향했다. 족장의 아들, 그리고 메구. 두 사람 모두 무사히, 어디도 다치지 않았기를 기도하며 족장 뒤를 따라 광산 내부로 발을 들여놓았다. 아돌을 어깨에 들쳐 메고서! 그러니까, 불평하지 말라고. 너에게는 휴식이 필요하단 말이다!

Welcome to the Special Guild

6 불안한 밤

【메구】

휴식한 뒤, 우리는 오로지 앞으로만 나아갔다. 기분전환을 했기 때문인지 휴식 전만큼 힘들지도 않았다. 역시 목표가 분명하면 다르구나. 원래도 분명하긴 했지만, 새삼 강하게 다짐했다고 해야 할까. 빨리 모두의 곁으로 돌아가겠다고 생각하자 힘이 나는 느낌이었다.

하지만 지치지 않는 건 아니다. 날이 저물수록 피로가 축적되니 걸음도 늦어진다. 시간을 살피던 라비 씨가 오늘은 여기까지 하자고 의견을 냈다.

"그럼 메구, 부탁할 수 있을까?"

"응!"

조금 트인 장소를 발견해서 오늘은 여기에서 자기로 했다. 수납 팔찌에서 텐트를 꺼내 설치했다. 다들 완전히 이 텐트에 익숙해진 건지 주저 없이 안으로 들어갔다. 전원 들어간 걸 확인한 뒤 나는 평소처럼 스텔스 기능을 켰다.

"매번 고마워."

"아니야, 이게 있으니까 안심하고 쉴 수 있자나."

라비 씨가 수시로 주변을 경계해주고 있지만, 언제 추적자가 가까이 올지 알 수 없으니 스텔스는 필수다. 설마 이렇게 숲속

깊은 곳까지는 오지 않을 것 같지만……. 막연히 불길한 예감도 드니까. 셀프로 플래그를 세우면 어떡하냐는 느낌이긴 하지만 어쩔 수 없잖아. 정말로 불길한 예감이 드는걸. 그래도 그건 다른 사람들에게는 말하지 않았다. 불안하게 만들 수는 없으니까.

"목적지와 많이 가까워졌네. 광산과 가까워지면 사람도 늘어나니 경계를 강화할 필요가 있어."

"어? 그래?"

광산 주변도 딱히 사람은 없을 줄 알았는데. 내 맘대로 상상한 거지만. 그러자 라비 씨가 바로 '당연하지'라며 쓴웃음을 지었다.

"드워프도 생활이 있으니까. 코앞에야 아무것도 없겠지만, 필요한 걸 사러 나오거나 하는 데 마을이 너무 멀리 있으면 곤란하잖아."

그 말에 깨달음을 얻었다. 확실히 그렇네요! 게다가 광산에 산다면 식량 자급자족에도 한계가 있을 게 뻔하다. 참고로 우리가 마지막으로 통과해야 하는 곳이 그 마을인 모양이다. 더불어 라비 씨의 말로는, 광산이 가까워질수록 숲의 나무도 줄어든다고 했다. 관리의 손길이 닿는다는 소리다. 그것도 당연하지. 달리 말하면 몸을 숨길 수 있는 장소도 줄어든다는 뜻인가. 그래, 경계를 강화해야겠구나.

"잠깐 그 부분도 포함해서 먼저 이야기해두기로 할까."

라비 씨는 한 번 모두를 테이블 주변으로 모았다. 각자 의자에 앉자 라비 씨가 입을 열어 지금 막 나에게 이야기한 걸 리히토와 로니에게도 전달했다.

"그래서 내일부터는 한층 신경 쓰면서 가게 될 거야. 가능하다면 밤중에 이동하고 싶은데…… 체력적으로 힘들지? 밤의 숲은 그렇지 않아도 위험이 많고."

윽, 그건 내가 문제다. 틀림없다. 어둠에 익숙하지 않은 건 나뿐이니까.

이런 부분에서도 발목을 잡다니 너무 면목이 없다. 시무룩하게 고개를 숙였다. 그러자 머리 위에 손이 톡 올라왔다.

"신경, 쓰지 마. 안전이, 제일 중요해."

로니의 손이었던 모양이다. 이어서 리히토도 '맞아'라며 말을 이어받았다.

"나도 피곤하니까! 가능하면 어둠 속을 이동하고 싶지 않았으니 그게 나아."

"로니, 리히토……."

두 사람의 배려가 찡하게 와닿는다. 그래, 할 수 없는 걸 한탄해봤자 소용없다. 그만큼 해가 있을 때 열심히 하면 되지! 일찍 일어나기든 뭐든 하겠어!

"그런 이유로. 앞으로는 한층 정신적으로 피곤할 테니 밤에는 푹 쉬라는 말을 하고 싶었어. 메구, 신경 쓰지 마. 이렇게 밤에 안심하고 잘 수 있는 것도 메구 덕분이라는 건 알지?"

그, 그렇구나. 이 텐트가 없었다면 모닥불을 지피거나 딱딱한 장소에서 자며 교대로 불침번을 서는 등 훨씬 더 고생이었겠지. 텐트도 내가 자력으로 마련한 건 아니지만……, 내가 없었다면 이 셋이서 가혹한 여행을 하게 되었을지도 모른다. 응, 긍정적으로 받아들이자. 나는 그제야 미소를 지었다.

각자 목욕한 뒤 모두 모여 식사했다. 그것만으로도 충분히 휴식한 느낌이 든다. 당연히 피로는 쌓였지만 자고 나면 개운해지겠지! 자기 전에 라비 씨가 테이블에 지도를 펼치고 다 함께 지금 있는 장소와 목적지, 그리고 루트를 확인했다.

"숲속이니까…… 그리 정확하지는 않겠지만, 우리가 지금 있는 곳은 대강 이쯤이야."

"뭐야, 광산까지 정말 얼마 안 남았잖아!"

"얼마 안 남았다고 해도 아직 꽤 멀거든? 지도로 보면 가까워 보일지도 모르지만."

"나도 그런 것쯤은 알아!"

두 사람의 대화를 듣고 나와 로니는 쿡쿡 웃었다. 정말로 이 두 사람은 사이가 좋다니까. 하지만 리히토의 주장도 이해한다. 여태까지는 산이 가로막고 있어 목표 지점이 전혀 보이지 않았다. 하지만 지금은 가로막는 게 거의 없으니 가깝다고 느낀다. 이야, 그나저나 상당히 오래 걸었구나. 그도 그런가. 우리가 전이된 지 이래저래 한 달 반 정도는 지났으니까. 센 건 아니니 정확하진 않지만.

한 달 반이라, 나 같은 장생 종족이 보면 정말 눈 깜짝할 사이이긴 하지만…… 역시 길게 느껴진다. 그리고 아직 여행은 끝나지 않았으니 모두와 만날 수 있는 건 빨라도 앞으로 두 달 뒤 정도가 아닐까. 그렇다면 모두와 서너 달 정도 떨어져 있게 되는 셈이다. 윽, 역시 길어! 하지만 제대로 앞으로 가고 있다. 괜찮다. 또 만날 수 있으니까. 스스로를 다독이며 주먹을 움켜쥔 그때였다.

"……! ……!"

밖에서 무언가 부딪히는 소리와 사람의 목소리가 들린 것 같았다. 그건 아무래도 나 혼자만이 아니라 다른 사람들의 귀에도 들린 모양이다. 우리는 딱딱한 표정으로 서로의 얼굴을 보았다.

"……방금, 들었어?"

라비 씨가 낮은 목소리로 그렇게 말하자 우리도 무의식중에 말없이 고개를 끄덕였다. 밖에 누가 있는 거야……! 우리 사이에 단숨에 긴장이 퍼졌다. 으음, 분명 이 텐트에는 밖의 상황을 볼 수 있는 창문 같은 게 있었던 것 같은데. 밖에서는 보이지 않으나 안에서는 보이는 신기한 구조의 창문이다. 어차피 지금은 텐트 전체에 스텔스가 걸린 상태라 안 보이겠지만. 으윽, 내 불길한 예감은 역시 적중해버린 걸까.

"라비 씨, 이쪽."

한탄만 하고 있을 수도 없으니 그 창문으로 라비 씨를 안내했다. 입구 근처에 있는 작고 둥근 액자. 그게 바깥 상황을 볼 수 있는 창문이다. 액자에 박힌 마석에 손을 올리자 마력에 반응해서 바깥 풍경을 비춰주었다. 갑자기 밖의 모습이 보이게 되자 라비 씨만이 아니라 리히토와 로니도 놀랐지만, 다들 소리는 내지 않았다. 모습은 보이지 않아도 소리는 들리기 때문이다. 휴, 다행이다. 다들 그걸 기억하고 있었구나. 먼저 설명해 둘 걸 그랬다. 미안하다니까. 반성하고 있으니 원망하는 눈으로 쳐다보지 마! 그런 시선을 알아채지 못한 척하고 있자 밖에서 목소리가 들렸다.

"벌써 어두워졌군. 오늘 밤은 여기서 야영이다!"

히익, 여기서 야영?! 확실히 넓이가 있으니 딱 좋은 장소지만, 하필 핀포인트로 여기에 올 것까진 없잖아! 그보다 이 목소리……너무 익숙한데?

"라이가 씨, 정말로 이런 숲속에 있는 겁니까?"

끄악! 역시?! 라이가 씨라면 그 라이가 씨다! 인연이 너무 넘쳐나는 거 아니야? 설마 동쪽 왕성의 기사단과 마주치다니! 심지어 단장님이라고. 불길한 예감이 과하게 맞아버렸다. 자중해줘.

"……셋이라. 소수 인원으로 광범위하게 뒤지는 거구나."

창문을 엿보며 라비 씨가 벌레 씹은 듯한 얼굴로 말했다. 그렇군요. 무시무시하게 유능합니다, 동쪽 왕성 기사단……!

"그래. 마력 반응이 나왔으니까. 적어도 마력을 지닌 생물이 이 근방에 있다는 건 틀림없어."

"하지만 그 마도구는 범위가 너무 넓단 말이죠……. 성능도 별로 안 좋고요."

"바보 같은 녀석. 마도구를 쓰게 해주신 것만으로도 감사히 여겨야지. 없다면 단서조차 잡지 못했을 거라고."

윽, 설마 했던 마도구! 그, 그렇겠지. 국가니까. 소유하고 있어도 이상하지 않다. 하지만 대화 내용으로 보아 그 마도구로 알 수 있는 건 대략적인 정보뿐인 모양이다. 마력을 지닌 생물을 찾을 수 있다는 건 경이롭지만, 범위가 넓다니 모습만 안 보이면 괜찮으려나?

"가까워지기만 한다면 이 빛도 강해진다고 하니까. 여전히 희미하게 빛나는 상태이니 아직 따라잡지 못한 모양이다."

라이가 씨의 발언에 놀란 우리는 또다시 서로의 얼굴을 쳐다봤다. 이렇게 가까이 있는데 마도구가 반응하지 않는다고? 그건 그 마도구가 망가졌거나, 아니면.

"스텔스 기능이…… 마력도 어느 정도 지워주나……?"

작은 목소리로 그 가능성을 중얼거리자 모두가 말없이 머리를 마구 쓰다듬었다. 앗, 잠깐, 머리카락이! 하지만 그 효능은 나도 몰랐다. 정말 나 굿잡이었구나. 뒤늦게 등골이 얼어붙는 느낌이 들었다. 절약해야 한다면서 스텔스 기능을 꺼두지 않길 잘했다. 위험할 뻔했어!

결국 기사단 세 명은 이곳에서 하룻밤을 보내는 모양이다. 우리는 살그머니 그 자리에 주저앉아 작은 목소리로 긴급 작전 회의를 열었다.

"날이 밝으면 바로 출발할 예정이었는데……. 기사단이 완전히 떠날 때까지 못 움직이겠어."

라비 씨의 말에 모두 고개를 끄덕였다. 텐트 안에 있으니 밖으로 목소리가 덜 새어나가긴 해도, 완전히 들리지 않는 건 아니니까 최대한 목소리는 죽이고 있다. 간이 텐트에 방음 기능까지 달려있지는 않거든. 이미 간이의 영역을 넘어선 기능이 이것저것 있지만, 그 부분은 건드리지 말고 넘어가자.

"저쪽의 움직임도 살필 수 있으니 어떤 의미로는 운이 좋은 거 아니야?"

소곤소곤 그렇게 말한 사람은 리히토다. 확실히 여태까지는 무작정 도망치기만 했으나, 이쪽에서 상대의 움직임을 알 수 있다는 건 큰 수확일지도 모른다. 라비 씨도 조용히 고개를 끄덕였다. 그래서 오늘 밤은 이 자리에서 대화를 엿듣기로 한 모양이다. 우리는 푹 자라는 말을 들었다. 어? 그럼 라비 씨는 못 쉬잖아.

"나는 어른이니까. 아무리 그래도 야간 경비를 너희에게 부탁할 순 없어. 결계를 쳐 놨으니 이 텐트는 괜찮지? 그렇다면 대화를 듣기만 할 뿐이니 간단해. 어차피 아침이 되면 이동할 테고, 그러면 이 녀석들이 멀리 갈 때까지 쉬면 돼."

확실히 결계를 쳐놨으니 다른 사람은 이 텐트를 건드리지도 못한다. 더불어 스텔스 기능도 켜놔서 가까이 오려고 해도 무의식중에 이 텐트를 피하게 된다. 둘 중 하나밖에 없었다면 위험했겠지. 스텔스만 있다면 모르는 사이에 만졌을지도 모르고, 그럼 확실하게 들킬 테니까. 만져서 눈치채거나 소리로 눈치채면 거기에 무언가가 있다는 걸 인식하게 된다. 그러면 도망치기도 어려워진다. 그러니 여기서 가만히 기다리기만 하면 안전하긴 하지만……, 밤새 경계하는 건 그만큼 피곤할 거 아냐! 들키면 어차피 아웃인데, 그렇다면 우리도 교대로 감시해도 문제없을 터. 그렇게 생각하며 입을 열었지만.

"하지만 그럼 라비 씨가 쉬지 못……."

"됐으니까 쉬라고!"

거친 어조로 나온 라비 씨의 목소리에 중간에 말을 멈추고 말았다. 물론 작은 목소리이긴 했지만, 그 기세에 놀랐기 때문이다. 생각지도 못했던 라비 씨의 반응. 화났나……? 무언가 거슬리는 말을 해 버린 걸까? 자연스럽게 내 눈썹꼬리가 내려가는 게 느껴졌다. 리히토와 로니도 비슷한 표정이었다.

"……아, 미안. 그게……."

그로 인해 알아챈 건지 라비 씨도 흠칫 말을 더듬었다. 조용해지자 우리의 귀에는 자연스럽게 밖에 있는 기사단의 대화가 들렸다.

"그때…… 그 아이를 보호했었다면."

"후회해도 어쩔 수 없죠, 라이가 씨. 아이들을 발견한 것만으로도 충분한 공적이잖아요."

보호라. 기사단은 자세한 사정을 모르는 건가? 아니면 알면서도 일부러 그런 표현을 사용하는 걸까.

"그건 그렇고 이쪽 방면은 여관 딸이 말했던 방향과는 반대였으니까, 설마 있을 줄 몰랐습니다."

"여관 딸에게 진짜 목적지를 알려주는 건 위험이 크지. 가짜 정보를 주는 건 이상한 일이 아니다. 그곳은 동쪽 왕성 근처의 마을이라 이 근방의 지리를 잘 몰랐거나, 무언가 착각했을 가능성도 있어. 애초에 어린아이의 증언이니……."

동쪽 왕성 근처의 여관 딸……. 아, 애니?! 기사단은 애니가 있는 여관까지도 조사를 한 거구나. 하지만 어느 의미에선 당연한가. 기사단이 근처 마을을 조사하지 않을 리가 없다. 우리는 그 후로 라비 씨 말고는 울라에만 들렀으니까 귀중한 증언이었겠지. 그나저나 애니에게는 중앙 수도에 간다고 알려줬다. 확실히 진짜 목적지는 아니지. 우리가 향하는 곳은 광산이니까. 다만 방향은 거의 같은데……?

『나 비밀로 할게! 안심해.』

아…… 그때 그렇게 말했던가. 혹시 완전히 다른 방향이라고 증언한 거야? 우리를 쉽게 발견하지 못하도록? 자칫 잘못하면 거짓 증언을 했다며 벌을 받을 가능성도 있는데……! 멀리 떨어진 친구의 마음 씀씀이에 눈두덩이가 뜨거워지는 걸 느꼈다. 하지만 잡혀가지 않을 것 같아서 다행이다! 라이가 씨의 이야기에 따르면 애니를 의심하진 않을 테지.

"울라에서 사라지는 걸 목격한 건 운이 좋았어. 그렇지 않았다면 나도 북쪽을 수색하고 있었을 테니까."

아앗! 역시 이렇게 된 원인은 그때 들켜서! 아주 작은 단서만으로도 여기까지 따라잡는구나. 기사단, 무시무시해라.

"……세게 말해서 미안."

내가 기사단의 실력에 부르르 떨고 있을 때 라비 씨가 조용히 말했다. 얼굴은 창문 쪽을 향하고 있어 우리에게는 여전히 등을 보이고 있지만.

"나도 좀 여유가 없었어. 지금까지는 순조로웠는데 여기에 와서 이렇게 가까운 곳까지 따라잡혔으니까. ……조급해졌어. 미안해."

그 목소리는 라비 씨답지 않게 힘이 없었다. 그래서 우리는 아무도 끼어들지 못하고 입을 다물었다. 어떻게 하지. 셋이서 서로를 쳐다보고 있을 때 라비 씨가 '하지만' 하고 말을 이었다.

"여기까지 왔으니까, 너희를 꼭 목적지에 데려가고 싶어. 끝까지, 무사히……."

라비 씨는 셋 다 무사히 보내주고 싶어 한다. 이 중 유일한 어른으로서 책임감을 느끼는 거다. 그 중압감이 얼마나 클까. 나는 왜 어린아이인 걸까. 하다못해 조금만 더 커서, 마법을 쓸 수 없어도 발목을 잡지 않을 만큼 실력이 있었다면 라비 씨가 이렇게나 스트레스를 받지 않았을 텐데.

"그러니까 이건 내 억지야. 만에 하나라도 잠이 부족해서 병에 걸리거나 다치거나 하면……, 그러면 도저히 무사히 데려갈 자신이 없거든. 부탁할게. 아까도 약속했잖아? 푹 쉬겠다고."

늘 밝고 든든한 라비 씨가 울 것 같은 얼굴로 그렇게 말하면 얌전히 들을 수밖에 없잖아. 가슴이 벅차오른 나는 라비 씨의 허리를 꽉 끌어안았다.

"……알았어. 잘 실게. 하지만."

매달린 채로 고개를 들어 라비 씨의 얼굴을 바라보았다. 당황한 듯 얼굴을 일그러트린 라비 씨의 눈에는 희미하게 눈물이 고인 것처럼 보였다.

"라비 씨도 마찬가지야. 라비 씨도 무사히 광산에 도착하는 거야."

그 말에 라비 씨는 조금 눈을 크게 뜨더니 웃으면서 나를 껴안아 주었다.

"그래. 다 함께 무사히, 목적지에…… 가자."

내가 '약속이야'라고 하자 라비 씨는 머리를 쓰다듬어주었다. 그러자 여태까지 침묵하던 두 사람도 저마다 라비 씨에게 생각하는 바를 말했다.

"……약속이야! 그건 라비가 쓰러져도 마찬가지니까!"

"우리, 빨리, 일어날게. 그러면, 라비가, 쉬어."

그런 두 사람의 말에 알겠다고 대답한 라비 씨는 '그렇게 정했으면 바로 침실에 가'라며 우리의 등을 살며시 밀었다. 결론이 났으니 이대로 여기에 있어봤자 라비 씨의 부담이 될 뿐이다. 우리는 라비 씨와 바깥의 상황을 신경 쓰면서도 얌전히 2층으로 올라갔다.

나는 리히토와 로니랑 방 앞에서 헤어지고, 내가 자는 방으로 들어갔다. 그곳은 쥐 죽은 듯 조용해서 왠지 쓸쓸했다. 그래, 평소엔 여기에 라비 씨도 있었지. ……부, 불안해. 기사단 사람들에게 들킬지도 모른다고 생각하니…… 불안해서 견딜 수 없었다. 아마 괜찮을 거라고 믿지만! 으으으. 혼자 몇 초간 앓는 소리를 낸 나는 베개를 껴안고 방에서 뛰쳐나왔다. 그대로 리히토와 로니의 방으로 가서 문을 살며시 열고 고개를 빼꼼 집어넣었다. 두 사람은 이미 침대에 누우려던 참이었다. 리히토가 나를 알아채고 놀라서 말을 걸었다.

"어, 메구? 무슨 일이야?"

"저, 저기, 저기…… 그게."

우물쭈물. 방문을 연 채로 제대로 말을 꺼내지 못하고 있었더니 로니가 도움의 손길을 뻗었다.

"……혼자서, 못 자겠어?"

"아으, 그게…… 응."

그렇게 대놓고 들으니 왠지 무지막지 창피하다. 나도 모르게 베개를 꽉 끌어안고 빨개졌을 얼굴을 가렸다. 그런 나를 보고 리히토도 로니도 전염된 건지 얼굴이 빨개졌다. 어째 죄송합니다. 창피한 녀석이라서.

"어, 응. 그럼, 뭐…… 같이 잘까?"

"진짜?!"

하지만 내 수치심은 외로움과 불안함에는 이기지 못했다! 정신은 아직 어린아이니까 용서해주시라. 정말로 혼자서는 자지 못할 것 같았는걸. 잠을 못 자면 본말전도잖아!

머릿속에서 변명을 주워섬겨도 의미 없다. 리히토도 침대 가장자리로 물러나 이불을 들어 내가 잘 수 있는 장소를 만들어주었으니 영차영차 침대 위로 올라갔다. 베개를 들고 있어서 잘 올라가지 못하고 버둥거리자 뒤에서 로니가 번쩍 안아 들어 침대에 올려주었다. 손이 많이 가는 어린이라 죄송합니다.

"……로니는, 같이 안 자?"

나에게 살며시 이불을 덮어준 로니가 자신의 침대로 돌아가려 하자, 어쩐지 섭섭한 기분에 그렇게 물었다. 그러자 로니는 난처한 듯 눈썹꼬리를 내리며 너무 좁지 않냐고 대답했다. 윽, 확실히. 꽤 큰 침대니까 두 명 정도라면 문제없지만 세 명이 눕기에는 좀 좁을지도. 그런 생각에 포기하려 했다.

"뭐 어때. 오늘 정도는 셋이서 자자고. 조금쯤은 좁아도 괜찮을 거야!"

하지만 리히토가 그렇게 말하며 로니를 끌어들여 주었다. 그렇게까지 말하면 로니도 거절하지 못한다. 쓴웃음을 지으면서도 내 옆에 누웠다.

"그럼, 불 끌게."

로니가 머리맡의 스위치를 눌러 불을 껐다. 어두워진 실내에 불안함이 한층 커져서 무심코 몸이 움츠러들었다. 그러자 부드럽게 배를 토닥여주는 두 개의 손.

"어리광 부려서 미안."

왠지 정말로 면목이 없어 조그마한 목소리로 말하자, 두 사람은 작게 웃었다. 양쪽 귓가에서 들리는 바람에 살짝 간지럽다.

"불안한 건 이해해. 신경 쓰지 마."

그렇게 말하며 머리를 쓰다듬어주는 리히토.

"메구는, 더, 어리광 부려도, 돼."

다정하게 말해주는 로니.

"좀 분하지. 나에게 더 힘이 있었더라면……. 이번 여행에서 몇 번이나 그런 생각을 했는지 몰라."

리히토가 조용한 목소리로 말했다. 아아, 역시 두 사람도 그렇게 생각했구나. 응, 분하지. 나는 특히나 가장 많이 발목을 잡았으니 더욱 그렇다.

"빨리 라비를, 안심하게, 해주고 싶어."

로니도 마음이 괴로운 듯했다. 우리는 다들 같은 기분을 느끼고 있다고 생각하자 왠지 든든해졌다.

"이 중에선 내가 제일 먼저 어른이 되겠지! 나는 꼭 강해질 거야. 장래에 내가 어디에서 무슨 일을 할지는…… 지금은 아직 모르지만, 강해질 거야. 이것만큼은 꼭 실현하겠어."

리히토의 결의가 전해졌다. 그렇구나. 리히토가 꼭 오르투스에 와 줬으면 하지만, 아마 라비 씨도 같이 있길 바라는 거겠지. 그동안의 모습을 보아 라비 씨는 순순히 와줄 것 같지 않다. 막연히 자신 안에서 선을 긋고 있는 듯한…… 그런 느낌을 받는다.

그렇다면 리히토는 분명 라비 씨와 함께 있는 길을 선택한다. 왜냐하면 이 세계에 온 뒤로 계속 신세 진 사람이니까. 나에게 기르 씨 같은 존재이다. 나였어도 같이 있고 싶다. 하지만 사춘기라서 그런 건지 리히토는 솔직하게 표현하지를 않는다. 라비 씨도 사실은 리히토가 그렇게 생각한다는 걸 알아채고 있지 않을까. 눈치챘으면서도 일부러 건드리지 않고, 오히려 밀어내는 것처럼 보인다. 리히토의 미래를 위해서라고는 생각하지만…… 헤어질 필요가 있을까? 가까이 있어도 자립적인 어른은 될 수 있는데. 무언가 다른 이유가 있나?

"나도, 강해질 거야. 더 많이, 강해져야만 해. 앞으로를 위해서도."

리히토의 결의를 듣고 로니도 강하게 단언했다. 앞으로? 지금 강해지고 싶다는 건 이해한다. 하지만 광산에서 사는 로니가 그렇게까지 강해질 필요가 있나? 광산 생활도 강해야만 하는 이유가 있을지도 모르지만……, 로니가 말하는 걸 보면 그냥 강하기만 해선 안 된다는 뉘앙스가 느껴진다. 리히토나 라비 씨만이 아니라 로니에게도 이런저런 사정이 있는 거겠지. 하지만 그도 그렇다. 나도 사정이 있으니까. 그래, 이런저런 사정이 있다. 차기 마왕 문제라거나……. 어라? 이대로 오르투스에 머무르든 마왕이 되든 가장 강해져야 하는 사람은 나잖아?

"나도 강해질 거야!"

그래서 질세라 선언했지만, 두 사람은 번갈아 머리를 쓰다듬어주고 끝냈다. 왜냐.

"그럼 지금은 빨리 자자. 기사단도 라비도 신경 쓰이지만……."

"응. 지금 할 수 있는 건, 푹 자서, 체력을 회복하는, 거야."

그렇죠. 각자 장래에 대해 생각하는 바는 있지만, 우선은 안전한 장소에 도착하고 나서! 이야기는 그때부터다.

하지만 이렇게 대화한 덕분에 마음이 편해졌다. 내일이 되면 라비 씨와도 실없는 이야기를 하자. 그러고 나면 라비 씨도 조금은 마음이 편해질지도 모르니까.

"응, 잘 자……."

그러기 위해서는 푹 자야 한다. 불안해서 잘 수 있을지 걱정했는데, 잡담을 나눈 것과 두 사람의 온기 덕분에 수마가 착실히 찾아왔다. 어마어마한 안심감이다. 오빠가 있다면 이런 느낌일까. 바라건대 앞으로도 계속 가족처럼 같이 있을 수 있으면 좋겠다. 그런 꿈같은 생각을 하면서 나는 무거워진 눈꺼풀을 감고 수마에 몸을 맡겼다.

오르투스 업무 견학

그것은 어느 날 밤의 일. 간이 텐트에서 밤을 보내는 것도 완전히 익숙해진 우리가 저녁을 먹고 차를 마시면서 담소를 나누던 도중이었다.

　"그, 메구가 있는 오르투스? 그 길드에서는 어떤 일을 해?"

　리히토가 문득 생각났다는 듯이 그렇게 말을 꺼냈다. 인간 대륙에서 기능하는 길드와는 체제나 방식이 여러모로 다르니 궁금하다고 한다. 그곳에선 어린 나도 일을 한다고 들었을 때부터 이런 어린아이도 할 수 있는 일이 있다는 부분이 걸렸던 모양이다. 아니, 내가 하는 일은 사실 특례니까 그게 일반적이라고 생각하는 것도 좀.

　"나도, 알고 싶어. 길드는, 미지의, 세계니까."

　"아, 그거라면 나도 궁금해. 모험가로서 길드의 차이라는 걸 알고 싶어."

　로니와 라비 씨도 흥미진진하다는 듯이 몸을 앞으로 내밀었다. 오오, 이거 이야기해줘야 하는 흐름이구나. 으음, 그래. 어떻게 설명해야 할까.

　"아, 그래."

　그 순간 떠올랐다. 나도 전에 한 번, 어떤 일이 있는지 파악하고 싶어서 업무 견학 투어를 한 적이 있었다. 레키와 같이.

　『길드 안내도 해줬는데 또 내가 데리고 다녀야 해?!』

　후후, 그때 레키의 지긋지긋하다는 얼굴이 그립구나. 모처럼이니 그때 배운 것들을 이야기하기로 결심한 나는 입을 열었다.

　"사우라 씨, 접수 담당은 어떤 일을 하나요?"

어느 휴일, 아침을 다 먹고 훈련장에서 가벼운 체조도 마친 나는 할 일도 없이 어슬렁어슬렁 돌아다녔다. 뭐, 늘 있는 일이다. 아침의 혼잡한 시간대도 지나갔으니 홀 안에는 비교적 사람도 줄었고, 우연히 접수대에서 보인 사우라 씨와 눈이 마주친 나는 깊은 생각 없이 그런 질문을 던졌다.

　"으음, 한마디로 접수라고 묶어도 다양한 일이 있지. 그래, 우선 여기에 나란히 앉은 사람들은 창구야. 봤으니까 알 테지만 오르투스에 온 용건을 듣는 장소지."

　친절하게도 어린이의 심심풀이에 어울려준 사우라 씨는 카운터에 앉은 언니들을 가리키며 설명해주었다. 언니들은 그런 나를 향해 생긋 웃었다. 이 사람들은 나도 꽤 자주 만나고 있다. 교대로 목욕시켜주거나, 나를 돌봐주는 사람들이기도 하기 때문이다. 다들 참 미인이다. 창구는 말하자면 간판이니까. 진상은 모르지만. 역시 예쁜 사람이어야 한다는 기준이 있는 건지도 모른다.

　"그리고 안쪽으로 가면 사무야. 크게 나눠서 두 개의 부서가 있어. 하나는 외부와의 일이 메인. 창구에서 받은 서류 처리나 의뢰 선별, 의뢰 보수 계산, 의뢰인과의 교섭이 주요 업무일까."

　또 하나의 부서는 오르투스 내부 운영을 맡는 사무업무. 건물 유지나 건물에 걸린 마법 관리, 지하에서 작업하는 대장장이와 세공팀과 연구에 들어가는 비용 및 그 운영과 관련된 각종 일감, 카페 사업과 병원 역할 등도 이쪽이 담당한다. 식당이나 카페도 일반에 개방해두고 있고, 병원도 있으니까. 더불어 무기, 일용품, 마도구 판매도 하니 소소한 쇼핑몰 수준이다. 흐아아,

일이 많겠구나! 그런 것치고는 오르투스에 소속된 사람의 수가 적은 느낌이 들지만, 그건 저마다 터무니없는 실력으로 커버하고 있는 걸까. 하하, 대단해라.

"오르튜스의 길드원도 의뢰는 받을 수 있는 거죠? 그것도 일 중 하나인가요?"

그때 퍼뜩 깨달은 것이 있어 질문했다. 쥬마 오빠라든가 대체로 마물을 사냥하러 가서 모습이 보이지 않았으니까. 혹시 그게 오르투스에서 준 일인 걸까. 전부터 조금 궁금했던 점이다.

"그래, 의뢰를 소화하는 것도 오르투스의 일 중 하나야. 다만 보수는 외부에서 온 사람이 수행할 때보다 오르투스의 길드원이 수행할 때 더 적게 설정되어 있어."

"네? 적다고요?"

오르투스에서 내거는 의뢰는 기본적으로 누구든 받을 수 있다. 물론 한 번 접수에서 이름이나 그 외 간단한 개인정보를 등록할 필요가 있지만. 용돈벌이, 생활비, 의뢰 수행이 본직 등 다들 다양한 목적으로 의뢰를 받으러 온다. 오르투스에 오는 사람은 대부분 의뢰를 받으러 오는 사람인 셈이다. 하지만 설마 오르투스 길드원은 보수가 적게 설정되어 있다니. 몰랐다.

"정확하게는 그 이익의 1할이 오르투스의 경비로 들어간다는 느낌이지. 여기에 소속된 사람이라면 대부분 다른 일도 할 수 있는걸. 굳이 의뢰받을 필요가 없을 만큼 벌고 있고, 여기 길드원이 다 쓸어가면 다른 사람들에게 일이 분배되지 않잖아."

그, 그렇지. 여기에 소속된 사람들은 다들 일정 수준 이상으로 강하다. 접수에서 일하는 저 언니들도 어지간한 사람보다는 훨씬 강하다. 그런 집단이 의뢰를 수행하는 건 간단하다. 순식간에 끝나버리겠지. 하지만 그래서는 의미가 없다. 이 도시에 사는 사람의 일이 없어지지 않도록, 또 여행객이 자금을 조달할 수 있도록 등의 목적으로 오르투스가 존재한다.

"그럼 쥬마 오빠나 니카 씨나…… 그 외에도 바께서 일하는 사람들은 어떤 일을 담당하는 건가요?"

이게 의문이다. 나는 영락없이 다들 의뢰를 수행하려고 밖에 나가 일하는 건줄 알았으니까.

"아, 그렇구나. 밖으로 나가면 무슨 일을 하러 가서 없는 건지 모르지. 음…… 의뢰를 받아서 나간 사람도 당연히 있어. 다만 대부분이 나라에서 오르투스에 준 의뢰야. 그런 건 오르투스의 길드원밖에 수행할 수 없으니까."

아하. 그런 것도 있구나. 여기 의뢰판에 붙은 건 마을 의뢰가 대부분이지. 일반의뢰와 국가에서 주는 의뢰로 나뉘어 있구나.

"그리고 의뢰가 정상적인 내용인지 아닌지 확인하거나 조사하는 것도 우리의 일이야. 슈리에, 케이, 기르 등이 하는 게 이런 일이지."

아, 그러고 보면 전에 들은 적이 있는 것 같다. 그렇구나. 오르투스는 이런 식으로 돌아가는 거야……. 참고로 쥬마 오빠가 대형 마물 토벌 의뢰를 받는 건 완전히 취미라고 한다. 내버려 두면 팍팍 잡아버려서 의뢰가 사라지기 때문에 한 달에 한 번이라는 쥬마 오빠 한정 제약이 있다나. 이해가 간다.

"그런 외부 일 말고 다른 거라면 견학하고 와도 돼. 여기서 설명을 듣는 것보다는 보러 가는 게 더 빠르잖아?"

백문이 불여일견이라는 걸까. 응, 보고 싶다. 하지만 나 혼자서 돌아다니면 안 되겠지……. 그런 생각을 하고 있을 때 사우라 씨가 누군가를 발견하고는 불러세웠다. 앗, 저 사람은——.

"레키! 잠깐 와 봐."

레키다! 정말 타이밍이 좋다. 레키에게는 나쁜 타이밍이었겠지만.

"뭔데요? 사우라 씨."

"레키, 오늘 시간 좀 있어?"

사우라 씨의 질문에 오후부터 방문 진료를 위해 밖에 나가지만 지금은 한가하다고 대답하는 레키. 우, 운도 없어라. 나에게는 럭키지만. 아아, 이야기를 들은 레키의 반응이 눈에 선하다.

"뭐?! 또?! 길드 안내도 해 줬는데 또 내가 데리고 다녀야 해?!"

거 봐. 저럴 줄 알았다. 누나는 놀라지 않는단다. 사우라 씨도 예상했던 건지 레키가 소리치기 전에 미리 귀를 막았다. 물론 나도 막았다. 적절한 판단이었다.

"지난번엔 시험을 겸한 거였으니까 했지만, 이번에는 저에게 아무런 이득도 없잖아요? 하기 싫은데……."

"어머, 그런 소리 해도 되는 거니? 다름 아닌 내 부탁인데?"

당연하다면 당연한 주장에 내가 포기하려던 때, 사우라 씨가 의미심장하게 웃으면서 레키를 추궁했다. 뭐, 뭐지? 저 말투…… 약점이라도 잡은 걸까. 레키도 한 걸음 뒤로 물러났다.

"따, 딱히 나한테는 찔리는 것도 없고, 그런 식으로 추궁해봤자 아무렇지도……!"

"어머, 그래? 그럼 늘 잘 때면 꼭 준비하는 너의…….

"흑?! 아, 알았어! 알았으니까 말하지 마, 사우라 씨! 어, 어떻게 아는 거야……?!"

"아직 아무 말도 안 했는데? 뭐 좋아. 이야기를 되돌리자. 받아들여 줄 거니?"

사우라 씨가 웃으면서 건네는 질문에 레키는 어깨를 축 떨구고는 '알았어'라고 퉁명스레 뱉었다. 개인적으로는 그 자기 전에 준비한다는 게 뭔지 너무나도 궁금한데.

"나에 관한 정보는! 절대! 아무에게도! 퍼트리지 않는다고 약속해!"

"그래, 알았어. 부탁할게."

이미 존댓말을 쓰는 것도 잊어버린 레키는 소리치면서 성큼성큼 걷기 시작했다.

"너도! 떠보지 마."

"아, 네에!"

그러더니 갑자기 확 돌아보며 말하는 바람에 나는 척 경례하면서 대답했다. 그만 반사적으로! 그 후 다시 앞으로 몸을 돌려 걷기 시작한 레키는 이쪽은 보지도 않고 빨리 오라며 나를 불렀다. 자, 잠깐 기다려!

먼저 가까운 곳부터. 그건 오르투스의 홀 안에 있는 카페였다.

밤이 되면 술도 마실 수 있으니 카페 겸 바인 셈. 나도 여기에서 자주 차를 마셨다. 하지만 업무 내용까지는 파악하지 못했지. 일본에 있던 시절의 음식점 아르바이트와 비슷할 수도 있다. 그래도 여기는 오르투스니까 다른 곳과는 다른 무언가가 있을지도 모르잖아?

"카페 일이라면 설명하지 않아도 대충 알지?"

하지만 레키의 그 말에 내 인식과 그리 차이는 없으리라는 걸 알았다. 주문을 받고 식사와 차를 제공한다. 뭐 그렇겠죠. 이용할 때도 특별한 건 없었던 것 같으니.

"다만 여기에서 제공하는 메뉴는 특수해. 차 말고 먹을 건 전부 다른 가게에서 산 것이니까."

"엇?! 진짜? 당연히 여기서 만드는 줄……."

푹신한 케이크와 과자, 샌드위치 등 다양한 것을 먹었지만 그게 전부 발주품이었다는 건가. 음식에 깐깐한 아빠가 두목이니 전부 여기서 만들게 하는 줄 알았다.

"두목이 다른 곳에서 발견한 맛있는 가게와 계약해서, 여기에서도 제공하는 거야. 그 장소는 고아원이거나 빈곤층이 사는 지역의 가게거나 해."

물론 식품 안전성은 전부 마법으로 확인하니 관리에도 빈틈이 없다고 설명해주었다. 그런 방식으로 본래대로라면 여기선 손에 넣을 수 없는 현지의 음식을 먹을 수 있고, 판매하는 측은 당연히 이득을 얻는다. 납품은 전부 작은 전이 마법진으로 이뤄지니 신선도가 떨어질 일도 없으며 작은 마법진이라 마도구로 어떻게든 작동한다나. 그 기술력이 오르투스의 강점이구나. 하아, 참 대단하다.

"두목은 특이한 걸 먹을 수 있으니까 좋지 않냐고 하지만……."

레키는 거기서 말을 끊었다. 그래, 알지. 아마 진짜 이유는 그 고아원이나 빈곤 지역의 구제. 지원을 받은 사람들도 그런 것쯤은 알고 있을 테지만, 동정해서 써 준다고 생각하는 건 아닐까? 그렇다면 슬프다. 왜냐하면 여기서 먹는 건 전부 다 아주아주 맛있는걸. 이곳의 음식을 목적으로 오는 손님이 매일 끊이지 않을 정도로!

"하아, 넌 정말 무슨 생각하는지 다 보이는구나. 이렇게 오랫동안 계속 거래가 유지되고 있으니 제공하는 쪽도 자기들의 실력에 자부심이 있어. 지금은 그곳도 본점으로서 상당히 벌어들이고 있는 모양이고."

"오오!"

괜한 걱정이었던 모양이다. 그렇구나, 최근에 시작한 게 아니니까. 레키 왈, 당시에 그걸 걱정한 사우라 씨가 아빠에게 같은 우려를 표했다고 한다. 그때 아빠는 이렇게 대답했다고.

"그런 것쯤은 몇 년 정도 지나면 싫어도 알게 될 거야, 라고 했지."

맛이 없으면 팔리지 않는다. 매상은 실력에 달렸다. 그러니 계속 거래할 만큼 팔린다는 건 그만큼 맛있다는 소리라는 걸 자연스럽게 이해할 수 있다는 소리인가. 제법인데. 아빠가 자랑스러워!

"그럼 다음 가자."

이야기가 일단락되자 쉬는 시간도 없이 레키가 걷기 시작했다. 참 성급하기는! 그리고 걷는 속도가 빨라! 그래서 기다려 달라고 말하는 대신 손을 꽉 붙잡았다.

"무슨!"

당황하며 돌아본 레키가 나에게 항의하는 시선을 보냈지만, 질세라 항의하는 시선을 마주 보내는 나. 부끄러운 건지 얼굴이 빨개져서 '으으……' 하고 신음하던 레키는 내가 무슨 말을 하고 싶은지 이해한 듯 체념의 한숨을 내쉬었다.

"……알았어."

그리고는 그 한마디만을 중얼거린 뒤, 이번에는 천천히 걷기 시작했다. 손을 뿌리칠 생각은 없는 모양. 내가 이겼다!

우리는 그대로 손을 잡고 지하 공방과 연구실을 살짝 견학하거나, 도중에 길드 내부를 청소해주는 사람에게 이야기를 듣거나 하면서 오르투스 안을 돌아보았다. 지하는 위험하다는 이유로 잠깐밖에 못 봤지만. 레키도 의외로 과보호한다.

걷는 동안에도 레키는 이런저런 설명을 해주었다. 공방에서 만든 물품은 거의 개인적인 의뢰지만, 양산해서 파는 것도 있다거나, 길드를 청소해주는 사람들은 다들 현역에서 은퇴한 고령층의 할아버지 할머니가 용돈벌이 삼아서 하고 있다거나, 오르투스에서 키우는 작물도 전문가를 선발하여 관리를 맡기고 있다거나, 다양한 비화를 듣고 가슴이 설렜다. 태평하게 생활했는데,

이렇게나 다양한 사람이 일하고 있었다는 걸 새삼 실감했어!

"으음, 다음은 도서관인데. 나보다 네가 더 자세히 조사할 수 있을 테니까 오늘은 안 가."

도서관이라. 그래, 그곳은 아주아주 부끄러움을 많이 타는 정령님이 관리하고 있지. 레키는 아직 모습도 본 적이 없다는 도서관의 주인. 나는 면식이 있으니 확실히 혼자 슬쩍 물어보러 가는 게 좋을지도 모른다.

그러는 사이에 시간이 순식간에 지나 우리는 홀로 돌아왔다. 곧장 접수대로 가서 사우라 씨에게 말을 걸었다. 오르투스에 대해 한층 자세히 알게 되어 기분이 좋아진 나는 싱글벙글 웃으며 보고. 사우라 씨만이 아니라 접수대에 있는 다른 언니들도 흐뭇해하며 들어주었다. 다들 프로페셔널하다니까!

"그래, 레키는 꽤 좋은 안내자였구나. 제법인데?"

"……흥. 이 정도는 평범한 거잖아."

솔직하지 않은 레키는 그렇게 말하며 홱 고개를 돌렸으나, 귀가 빨개져서 왠지 여러모로 흐뭇하다. 나도 모르게 생글생글 웃음이 나왔다.

"그럼 이제 오후 방문 진료만 남았나."

"……뭐?"

무심코 레키와 함께 나도 입을 벌리고 고개를 갸웃거렸다. 어? 잠깐, 지금 뭐라고?

"어머, 업무 견학이잖아. 모처럼 방문 진료하러 가는 거라면 메구도 공부할 좋은 기회야. 외부 업무도 하나 정도는 보여주고 싶었거든!"

"그, 그건……, 일할 때 이 녀석도 데려가라는 거야?! 왜 내가 일하는 중에도 애보기를 해야 하는데!"

레키의 주장에는 나조차 동감이다. 일반적인 내 또래 아이보다는 손이 많이 가진 않는다고 자부하고는 있으나, 그래도 어린 아이이긴 하니까. 아무래도 발목을 잡게 된다. 그건 틀림없으니 데려가 준다고 한다면야 감사하지만 미안함이 더 크다.

"아, 걱정하지 마. 호위로 케이가 같이 갈 테니까."

"그런 걱정을 한 게…… 아니, 준비가 너무 철저하지 않아? 처음부터 정해둔 거지?!"

확실히……. 이거 틀림없이 처음부터 오후에도 나를 데려가도록 계획을 세워놓은 거다. 아마도 바쁜 사람인 케이 씨를 지금부터 호위로 붙여주는 건 불가능할 테니까. 아침에 미리 말을 해두었을 게 틀림없다. 유능한 사람이다.

"어머, 나는 오전에만 부탁한다는 말은 한마디도 안 했어."

돌이켜보니…… 확실히 오늘 시간이 괜찮냐는 것만 물어봤다.

"나, 나는 오전엔 비었다고 대답했는데."

"하지만 일을 받아들였잖아? 무르구나, 레키. 받아들일 때는 그 내용과 소요시간, 그리고 보수까지 확인하는 게 프로란다."

"윽!!"

저, 정말 사우라 씨는 무서운 사람이다. 그보다 이거 일이었구나. 분명 레키도 지금 그렇게 생각하고 있을 게 분명하다.

"걱정하지 않아도 마음이 넓은 사우라 씨는 제대로 보수를 준비해 두었단다. 갑작스럽게 부탁한 일감이니까. 당연하지."

이미 아무런 말도 할 수 없게 된 레키였다. 완전히 사우라 씨의 손바닥 위에서 놀아나고 있다. 나는 끼어들지 않았다. 지금 무슨 말을 해봐야 레키라는 이름의 불에 기름을 붓는 행위니까! 나는 분위기를 파악할 줄 아는 어린이…….

"하, 하면 되잖아! 하면!"

그 결과, 자포자기하듯 외친 레키는 현실을 받아들이고 씩씩거리며 식당 쪽으로 가버렸다. 사우라 씨는 혀를 빼꼼 내밀어 장난을 성공한 어린아이처럼 웃었다. 악동이다……. 하지만 귀여우니까 용서!

"야! 오후 출발 시각은 정해져 있어. 빨리 와! 밥 먹으면 바로 갈 거야!"

"네!"

그리고 이러니저러니 해도 레키는 남을 잘 돌본다. 입도 태도도 거칠지만. 사우라 씨가 레키를 잘 부탁한다고 말했고 나는 웃으며 대답했다. 레키를 다루는 법도 퍽 익숙해졌으니까 맡겨주세요!

이리하여 점심을 먹은 뒤 홀에서 케이 씨와 합류한 우리는 방문 진료를 위해 마을로 나갔다. 레키가 평소에 어떤 식으로 일하는지도 볼 수 있었던 무척 유익한 시간이었다!

그리고…… 이건 덤이지만. 그대의 레키는 여느 때와는 다르게 의사 선생님의 얼굴을 하고 있어서 왠지 든든하고 멋있어 보였다.

나는 당시의 일을 떠올리며 오르투스의 업무 내용을 모두에게 설명했다. 나름 간결하면서도 이해하기 쉽게 설명하지 않았을까. 아무도 질문하지 않았고, 다들 감탄한 듯 고개를 끄덕였으니까.

　"그렇구나. 마대륙에서도 의뢰 알선은 한다는 거지. 길드에 따라 의뢰도 다양하고. 큰 길드일수록 보수가 좋거나 믿을 수 있는 의뢰가 많아진다는 건가. 이쪽에서 나오는 의뢰는 거의 통일이거든. 길드 자체가 하나의 커다란 조직이라 마음대로 할 수 없다는 게 난점이야."

　"그만큼 무언가 큰 문제가 생기면 길드 전체가 책임지고 해결하니까, 인간에는 그쪽이 더 맞지 않아?"

　확실히 그럴지도. 문제가 생겨도 마대륙에 사는 사람들이라면 각자 힘으로도 해결할 수 있겠지만 인간은 그렇지 못하다. 다 함께 힘을 합치기 때문에 본실력을 발휘할 수 있는, 인간에 적합한 체제인 거지! 여기에 마대륙 같은 길드 체제를 만들어도 파벌 같은 게 생겨서 제대로 안 돌아갈 것 같다. 인간은 그런 경향이 있으니까. 종족 특성을 살린 체제가 각자의 땅에서 탄탄히 뿌리내렸다는 걸 잘 알았다.

　"언젠가 가보고, 싶어. 마대륙의, 길드에. 메구의, 집에."

　로니가 작게 중얼거렸다. 마치 꿈 이야기를 하는 듯한 로니를 향해 나는 힘차게 대답했다.

　"놀러 와, 로니! 친구 집에 놀러 가는 건 흔한 일이잖아?"

　그렇게 쉽지는 않을 수도 있지만, 못할 것도 없다. 우리는 오래 사는 종족이니 언젠가는 그런 타이밍이 올 것이다.

"응, 그렇네. 후후, 메구, 고마워."

내 의도를 알아차린 건지 로니가 부드럽게 웃었다. 그리고는 자상하게 내 머리를 쓰다듬었다. 좋구나. 로니는 다정한 오빠다. 오르투스에 있는 새침한 레키 오빠는 지금쯤 뭘 하고 있을까. 그런 생각을 하며 나는 머리에서 느껴지는 다정한 손바닥의 체온을 만끽했다.

Welcome
to the
Special
Guild

내가 해야 할 일

"레키, 방문 진료 시간이야."

루드 선생님의 목소리에 그제야 내가 멍하니 있었다는 걸 깨달았다. 확인을 위해 테이블에 올려둔 짐을 부리나케 정리한 뒤 수납 마도구에 넣었다. 그런 나를 보고 루드 선생님이 쓴웃음을 지었다.

"마음은 이해하지만 일은 일이야. 제대로 하고 와."

"아, 알아…… 요."

내 어색한 존댓말에 루드 선생님은 소리 내어 웃었다. 자각은 있다. 이제는 존댓말에 익숙해져야 한다는 것쯤은. 최근에는 이런 것도 줄어들었는데, 다른 일에 정신이 팔리면 자꾸 옛날 습관이 나온다.

"다, 다녀오겠습니다!"

"응, 조심해서 다녀와."

민망해진 나는 재빨리 의무실에서 나왔다. 루드 선생님은 전부 간파하고 있을 테지만. 하아, 실수다. 이것도 전부 다 그 녀석 때문이다. 갑자기 오르투스에서 모습을 감춘 그 녀석이……!

"쯧, 어디에 있는 거냐고."

아니, 그 녀석에게 화내봤자 의미는 없다. 그 녀석은 피해자니까. 짜증이 쌓이는 건 내가 실력이 없기 때문이다. 행방불명되었다는 걸 알고도 그저 기다리기만 해야 하는 내 무력함이 문제라는 건 안다. 다만 갈 곳 없는 이 분노나 답답함을 삼키기에는 아무래도 시간이 걸린다. 나는 아직 미숙하니까. 그 정도의 자각은 있다. 루드 선생님도, 사우라 씨도, 슈리에 씨도…… 옆에서 보면 냉정한 게 대단하다. 속으로는 납치한 놈들을 향한 분노의 불꽃이 휘몰아치고 있을 텐데 겉으로 드러내지 않다니.

……아니, 겉으로 드러난 사람도 있지. 멍청한 오니는 마구잡이로 사냥하러 갔다가 사우라 씨에게 혼났고, 메어리라는 툭하면 울어서 계속 눈이 빨갛다. 그 외엔 의외로 기르 씨. 기르 씨는 그 녀석과 가장 가까운 존재였으니 어쩔 수 없다고는 생각하지만. 그래도 살기를 흘릴 정도로 여유를 잃어버린 모습에는 진심으로 놀랐다. 그만큼 그 녀석이 소중하다는 걸 실감했달까……. 그렇기에 사우라 씨에게 무심코 들이받아 버렸지만, 나에게 그런 말을 듣고 싶진 않았을 테지. 아직 수긍하진 못했어도 경솔한 발언이었다는 점에서는 반성하고 있다.

"집중해야지."

뺨을 찰싹 두드려 기합을 재충전했다. 이러다 일에 영향이 간다면 그야말로 오르투스 길드원 실격이다. 메어리라도 울기는 해도 일은 착실하게 수행하고 있고, 다른 길드원도 필사적으로 감정을 누르고 노력하는 중이니까. 게다가 마을 사람들이 그 녀석의 실종을 알아차리면 안 된다. 마을 전체가 커다란 소란에 휩싸여 혼란에 빠질 테니까. 그만큼 이 일대에선 그 녀석의 존재를 무시할 수 없게 되었다.

평소처럼. 그래, 평소처럼 순회하고 평소처럼 일하면 된다. 오늘도 나를 기다리는 환자가 있으니까.

『레키 대다내. 의사 선생님의 얼굴이야.』

진찰하던 도중 불현듯 그 녀석의 목소리가 뇌리에 재생되었다.

아아, 망할. 굳이 일하는 도중에 떠오를 건 없잖아. 지금이 마력 순환 중이라 다행이다. 이걸 하는 동안엔 다소 딴생각을 해도 문제없으니까. ……그래. 왜 지금 생각났는지 알았다. 딱 한번, 그 녀석을 방문 진료에 데려간 적이 있었다. 업무 견학이라면서 사우라 씨의 함정에 빠졌을 때. 왜 내가 맡아야 하냐고 생각하면서도 마지못해 데려갔었다. 호위로는 케이 씨도 있었던 것 같다. 으음, 언제 그 녀석이 그렇게 말했더라. 나는 그때의 기억을 떠올려봤다.

사우라 씨의 농간에 넘어갔다고는 해도 일단 받아들였으니 어쩔 수 없다. 이것도 수행이라고 생각하자. 그렇게 이 녀석을 방문 진료에 데려가겠다는 각오가 섰다. 하지만, 하지만…… 느리다. 뭐냐면 걷는 속도가. 이 녀석이 있다 보니 평소보다 이동에 훨씬 시간이 걸린다. 뭐, 그걸 감안하고 길드에서 일찍 출발했지만, 이 녀석의 속도에 맞춰서 걷다 보면 다리가 둔해질 것 같다.

"레키, 나한테, 안 맞춰져도, 괜차나. 알아서, 따라가서, 레키가 일하는 거, 볼 테니까……!"

확실히 그렇긴 하지. 짜증이 난 것도 사실이다. 그래서 그런가, 이 녀석이 이런 소릴 하니까 더욱 짜증이 났다. 이 속도에도 이미 숨을 헐떡이는 주제에 어떻게 나를 따라올 생각이냐고. 기가 막혀서 성대한 한숨을 내쉬었다.

"말하지 말고 걸어. 괜히 더 지치잖아. 게다가 나는 원래 이 속도로 걸어."

딱히 이 녀석을 배려해서 하는 말은 아니다. 신경 쓰다가 한층 속도가 느려지면 귀찮아질 뿐이니까. 급환이 아닌 한 평소에도 천천히 걷는 건 사실이고. 서둘러 가다가 누군가와 부딪치기라도 하면 본말전도다. 시간도 여유롭게 잡고 나왔으니 문제는 없다. 다만 너무 천천히 갈 수도 없을 뿐.

"으음, 하지만 이대로는 모든 집을 다 돌기 전에 메구가 지쳐 버릴지도 모르겠어."

"아으, 제, 제송해요. 힘내겠슴미다……."

아, 맞다. 이 녀석은 체력도 없지. 아무리 천천히 걷는다고 해도 걷는 거리는 바뀌지 않으니까.

"……들까?"

그게 더 빠르고 이 녀석도 지치지 않는다. 그래서 그렇게 제안해봤는데 이 녀석은 얼굴을 꿈틀거리며 거절했다.

"레키가 옮기는 건 속이 울렁거리니까 사양할래……."

그러고 보면 전에 옆구리에 끼고 이동했던가. 그때 일을 떠올리고 하는 말이겠지. 하지만 나도 오랫동안 그렇게 드는 게 안 좋다는 건 안다. 너무 우습게 보지 말아줬으면 하는데.

"흐어?!"

"후후, 뭘 위해 내가 따라왔겠어? 메구를 안아 드는 것 정도는 맡겨줘."

눈을 가늘게 뜨고 흘겨보자 옆에서 케이 씨가 이 녀석을 훌쩍 안아 들었다. 한쪽 팔로 가뿐하게. 케이 씨는 오르투스 내에서는 그리 근력이 강한 편이 아니지만, 이 녀석은 가벼우니까 괜찮겠지. 게다가 어디까지나 오르투스 기준에서 그렇다는 거지, 일반적으로 생각하면 상당한 수준이다. 하지만 뭔가…… 짜증이 난다. 나는 싫어하면서 케이 씨에게는 기쁘게 웃다니. 다시는 안 안아줄 거야.

"왜 그래? 레키. 질투?"

"그, 럴 리가 없잖아! 간다!"

의아한지 고개를 갸웃거리는 그 녀석을 보니 더욱 화가 났다. 뭐냐고, 정말! 쿡쿡 웃는 케이 씨를 뒤로 나는 냉큼 걷기 시작했다.

오늘의 진료는 세 건. 정기적으로 치료하러 다니는 중이므로 익숙한 곳이다. 방문 치료를 부탁하는 사람은 대체로 거기서 거기이니 치료하는 것도 익숙하고. 하지만 환자의 몸은 매일매일 바뀐다. 그걸 염두에 두지 않으면 위험하다. 이건 루드 선생님이 철저하게 주입한 것이니 절대로 간과하지 않는다.

"어라? 레키 소년. 오늘은 귀여운 아이와 함께 왔구나."

"안녀하세요. 실례함미다."

오늘은 평소와 다르게 나 말고도 사람이 있으니 호기심이 드는 건 이해한다. 하지만 이 녀석이나 케이 씨 앞에서 그런 식으로 부르지 말라고!

"이, 이 녀석은 공부하려고 오늘만 따라온 거야. 보기만 할 건데 있어도 괜찮을까요?"

하지만 아무리 그래도 환자에게 그렇게 말할 수는 없다. 우선 화제를 돌리기 위해서도 나는 견학 허가를 받기로 했다. 아마 거절하지 않을 테지만.

"그럼, 물론이지. 귀여운 손님이라면 대환영이야. 케이 씨도 당연히 편히 있다 가도 돼."

역시나. 기본적으로 이곳의 주민들은 오르투스 관계자를 호의적으로 보니까. 케이 씨는 특히 이 마을에 공헌하고 있고. 게다가 둘 다 호감을 사기 쉬운 분위기이므로 그 부분은 걱정하지 않았다.

"고마워, 이사벨라 씨."

"어머나, 내 이름을 아는 거니?"

"물론이지. 아름다운 레이디의 이름은 한 번 들으면 잊지 않으니까."

하지만 이건 예상하지 못했다. 아니, 이 사람의 성격을 깜빡 잊고 있었다. 케이 씨의 무자각 플러팅에 고령의 할머니가 뺨을 붉게 물들였다. 저기, 진찰 전에 심박수 올리지 말아 줄래? 하아, 이래저래 골치 아프다니까. 하지만 오늘만, 오늘만 참자. 스스로를 타이르며 심호흡을 한 다음 이사벨라 씨의 진료를 시작했다.

이 사람의 병은 마력정체다. 딱히 특별한 병은 아니다. 나이가 들면서 자연스럽게 마력순환이 지체되는 부위가 발생하는 흔한 질병이다. 마법에 익숙한 사람은 스스로 어떻게든 할 수 있지만, 보통은 생활 마법밖에 사용하지 않으니까. 그래도 다들 이렇게 되는 건 아니다. 그중에서도 특히 마력을 잘 다루지 못

하는 사람이나 마력이 좀 많은 사람에게 발병하기 쉽다. 치료법도 열흘에 한 번 외부에서 마력을 균등하게 흘려주면 되니 그리 위험한 병은 아니지만, 내버려 두면 목숨에 지장이 가므로 우습게 볼 수 없다. 간단하다고는 하나 나도 치료할 수 있게 될 때까지 나름 시간이 걸렸다. 그러니 문외한이 멋대로 판단해서 실행하면 안 된다. 이래 봬도 나도 노력하고 있다고.

"레키 대다내. 의사 선생님의 얼굴이야."

치료 중인 내 귀에 그런 목소리가 날아왔다. 순환 중엔 어느 정도 여유가 있으니 환자와 대화하기도 한다. 하지만 나는 화술이 서툴고, 평소엔 일대일이라 조용히 있을 때가 많지만 오늘은 아니었다. 뭐, 이 녀석이 환자와 대화해준다면 편하니까 좋은데. 왜 내 이야기를 하는 거야. 무의식중에 눈썹을 찡그렸다.

"후후, 그도 어엿한 의사 선생님이니까. 게다가 레키 소년의 마력은 무척 따뜻하단다."

……환자에게 그런 감상을 듣는 건 왠지 간지럽다. 쑥스럽다고 해야 하나. 뭐라고 말하면 좋을지 알 수 없어 결국 침묵했지만.

"레키는 종족 특성상 마력의 질이 치유력에 가까우니까. 의료계 마법과는 원래 상성이 좋았을지도."

'말 그대로 천직이지. 부러워'라며 케이 씨가 말했다. 자신의 능력에 맞는 일을 하는 건 정말 행운이라는 걸 나는 안다. 그렇기에 나온 말이었겠지. 나도 그렇게 생각한다. 하지만 이 녀석은 생각이 조금 다른 모양이었다.

"하지만 지금의 레키가 있는 건…… 레키가 마니마니 노력했기 때문이자나. 아무리 적성이 있다고 해도 노력하지 아느면 이렇게는 못 해. 그러니까 레키는 대다내!"

설마 이 녀석에 그런 말을 들을 줄은 몰랐다. 말하는 방식이, 마치 두목 같은데. 그 사람은 늘 상대의 내면이나 보이지 않는 부분까지 보려고 한다. 이 녀석도 같은 시각을 지녔다는 건가?

"……맞는 말이야. 메구는 대단하구나. 레키, 넌 대단해. 오르투스의 일원으로서 자랑스러워."

"돼, 됐다고! 알았으니까!"

케이 씨도 눈을 동그랗게 뜨며 이 녀석을 보았다. 그리고는 동의하며 나를 칭찬하는 바람에 영 민망했다. 직설적인 말로 칭찬받는 건 불편하다. 싫은 건 아니지만…… 뭐라고 하지, 반응하기 곤란하니까.

"자기가 할 쑤 있는 걸 노력해서 더 잘할 수 있게 되는 건 대다난 일이야!"

"이, 이제 됐다고 했잖아!"

그런데도 이 녀석은 한층 더 칭찬하려고 들었다. 괴롭히는 거냐?! 무자각이라면 더욱 악질이거든! ……얼굴이 뜨겁다. 이사벨라 씨의 흐뭇한 것을 보는 듯한 눈빛도 견디기 힘들다. 아아, 진짜!

"자, 끝! 열흘 뒤에 또 오겠습니다!"

"어머머, 벌써 끝이니? 편해졌어. 늘 고맙구나, 레키 소년."

마침 치료도 끝났으니 냉큼 정리하고 자리에서 일어났다. 느긋한 이사벨라 씨의 목소리를 듣고 말문이 막힌 나는 집에서 나가기 전에 '몸조심하세요'라는 한마디를 남기고 나왔다. 내 태도가 퉁명스럽다는 건 아니까 인사 정도는 제대로 하기로 정해놨다. 하지만 저 서글서글한 눈빛은 전부 간파하고 있는 듯한 느낌이 든다. 어린아이를 대하는 것 같단 말이지. 이 사람이 보기엔 진짜 어린아이 맞긴 하지만.

"메구도 케이 씨도 또 오렴."

"후후, 나라도 괜찮다면 대화하러 올게."

"네! 저도 놀러오께요!"

등 뒤에서는 화기애애한 분위기를 만들고 있는 모양이지만 나와는 상관없다. 하지만 그래, 이래서 이 녀석들은 사람을 홀리는 거구나. 그리고 분명 말로만 하는 말이 아니라 정말 놀러 갈 것이다. 그런 점은 참 성실하다고 생각하고, 그게 이 녀석들의 장점이겠지. 나는 따라 할 수 없는 부분이다. 따라 할 생각도 없지만. 이미 '그럼 같이 갈까?' 하고 약속도 잡았잖아. 뭐가 즐거운 건지 통 모르겠다. 뭐, 됐어. 즐거움은 사람마다 다르지. 내가 혼자 독서하는 걸 좋아하는 것도 누군가에게는 이해할 수 없는 취미일 테고.

"다음 환자가 기다려. 나 간다."

그러니 이 녀석들에게 맞춰줄 필요도 없다. 아직 일하는 도중이니 당연하지. 나는 그렇게 말한 뒤 뒤도 돌아보지 않고 다음 집으로 서둘렀다. '기다려어' 하는 태평한 목소리가 들린 느낌이 들지만, 어차피 또 케이 씨가 안아 들었을 테니까 괜찮을 거다.

세 건의 치료를 마치자 이미 날이 저물고 있었다. 평소에는 더 밝은 시간에 돌아가는데. 이동에 시간을 잡아먹은 것도 아니다. 이 녀석들이 마지막에 간 환자의 집에서 신나게 떠들었기 때문이다. 그 환자는 원래 맞장구만 치는 나를 상대로도 계속 말을 거는 사람이었으니, 이 녀석들을 만나고 얌전할 리가 없었다. 수다쟁이가 모이면 이렇게나 무시무시해지는구나. 교훈을 하나 얻었다.

"그래서 왜 이렇게 되는 건데?"

그리고 지금, 어째서인지 우리 세 사람은 같이 저녁을 먹고 있다. 거리에 있는 술집에서. 정말로 어쩌다가 이렇게 된 거지.

"나 때문에 늦어졌으니까. 저녁 정도는 사게 해 줘."

"나, 나 때문이기도 한데……!"

"메구는 내 이야기에 어울려준 것뿐이잖아. 사우라디테와 기르난디오에게도 연락해놨으니 걱정하지 않아도 돼."

아니, 미안하다면 빨리 돌아가는 쪽이 더 고마운데. 하지만 완전한 호의이니 차마 말할 수 없었다. 나도 그 정도의 분위기는 파악할 줄 안다.

"하지만 케이 씨랑 레키랑 이렇게 가치 먹는 거 즐거워."

"특이한 조합이긴 하지."

이 녀석도 이 녀석대로 사양했던 것치고는 이런 소릴 하고 있으니 더욱 돌아가고 싶다는 말을 꺼낼 수 없었다. 어쩔 수 없지. 오늘은 이런 날이라고 생각하고 포기하자. 나는 테이블에 나온 에일을 단숨에 목으로 흘려보냈다.

"오, 레키는 의외로 시원시원하게 마시는구나?"

케이 씨가 기쁘다는 듯 그렇게 말했지만, 이건 반쯤 화풀이였다. 그래도 여기 에일 맛있네. 그런 생각을 하고 있을 때 입이 떡 벌어진 그 녀석이 내 얼굴을 쳐다봤다.

"왜."

눈만 날카롭게 굴려서 그 녀석을 보자 당황한 듯 두 손을 얼굴 앞에서 붕붕 내저었다.

"아, 아니야! 아무것도 아니야! 레키도 술 마시는구나 해서."

"레키는 어려 보이니까. 메구의 마음도 모르는 건 아니야."

"흥."

그런 반응은 자주 보니 새삼스러운 것도 없으나, 어린애한테 어린애처럼 생겼단 말을 듣는 것 같아서 기분은 좋지 않았다. 뭐, 내 무지개색 머리카락에만 시선을 빼앗기는 것보다는 낫지만.

"그것도 있지만, 레키는 성실하니까 술을 쭉 마시는 게 의외여써."

"……내가 성실하다고?"

생각지도 못한 방향의 발언이다. 그런 말은 처음 들었다. 태도가 불량하다, 더 성실하게 임하라 같은 말만 계속 들었으니까. 오르투스에 온 뒤로는 그런 말을 듣는 일은 없어졌지만, 그래도 성실하다는 말은 처음 들어서 놀라고 말았다.

"응. 의사 선생님이 되기 위해 열심히 노력하니까. 오늘도 내가 있으니까 시간에 늦지 안토록 조절하고, 연습도 공부도 매일 하자나?"

왜 직접 본 것처럼 단언하는 건데. 확실히 그렇긴 하지만, 어째서 의심도 없이 잘라 말할 수 있지? 근거는? 나는 내 태도가 안 좋다는 걸 자각하고 있다. 그런데도 저런 말을 하는 이 녀석의 사고회로를 전혀 알 수 없었다.

"……그건 다들 하는 거잖아. 나만 특별히 노력하는 게 아냐."

오르투스에 소속된 사람들은 다들 그렇다. 매일 일하면서도 훈련과 공부에 바쁘다. 당연한 일을 그렇게 대단하다고 해봤자…….

"응! 그러니까 다들 대단내! 레키도 케이 씨도 대단내!"

당연한 것을 그렇게 칭찬하는 거냐. 정말 이상한 녀석.

"그럼 늘 열심히 하는 메구도 대단하네."

"윽, 할 수 있는 일을 더 늘리고 시퍼요……!"

그 녀석의 머리를 쓰다듬는 케이 씨와 부끄러운 듯 고개를 숙이는 그 녀석을 곁눈질하며 나는 새로 나온 고기 요리를 입에 가져갔다. ……음, 맛있네. 가끔은, 아주 가끔은 이런 날이 있어도 나쁘지 않나. 하지만! 당분간은 절대 안 데려갈 거야!

"메구는 잘 지내니? 요즘엔 안 보여서 적적하네."

이사벨라 씨의 목소리에 퍼뜩 고개를 들었다. 이런, 딴생각이 지나쳤다. 하지만 그 녀석의 화제라……. 그 녀석은 지금 없다고 솔직하게 말할 수는 없지.

"나도 오늘은 못 봤어. 하지만 그 녀석은……."

그러니 이런 무난한 대답밖에 못 했지만.

"아마 오늘도 실실 웃고 있을 거야."

"좋은 일이구나."

이사벨라 씨가 말했다. 그래, 그 녀석은 어디에 있어도 분명 웃고 있을 거다. 그게 허세든 뭐든, 웃을 수 있다면 그걸로 충분하다. 아니, 살아있기만 한다면 그것만으로도.

많이 바라지는 않는다. 네가 아무리 다쳤어도 루드 선생님이 완벽하게 고쳐줄 테고, 마음이 다쳤다면 내가 반드시 낫게 해줄 테니까. 우리 의료 담당이 나서는 건 그 녀석이 돌아온 뒤다. 지금 할 수 있는 일이 없다고 속상해할 필요는 전혀 없다. 내가 할 수 있는 일을, 노력해서 더 잘할 수 있도록. 분하지만 그때 그 녀석이 했던 말은 옳다. 그렇게 생각한다. 게다가 사우라 씨가 한 말의 의미도, 지금이라면 이해할 수 있다. 힘을 키운 뒤에 도 와달라…….

이렇게 있을 수 없다. 나는 내가 지금 할 수 있는 일을 해야지. 그 녀석이 돌아왔을 때 어떤 상태라고 해도 동요하지 않고 움직일 수 있도록. 지금보다 더 실력을 키워야 한다.

그날 일을 마친 나는 달음박질로 길드에 돌아갔다. 나는 이제 망설이지 않는다. 그 녀석이 제대로 돌아올 것을 의심하지 않는다. 그때를 위해 준비해야만 하니까, 꾸물꾸물 고민하거나 걱정할 여유는 없다.

들인 노력이 헛수고가 되는 건 질색이거든? 그러니까 꼭 돌아와라…… **메구**.

후기

여러분 안녕하세요. 후기에 어서 오세요! 아이 리이아입니다!
이 인사도 벌써 네 번째…… 감개무량합니다. 이것도 모두 여
러분께서 응원해주신 덕분입니다. 정말로 감사합니다.

자 그럼. 4권에선 제2부에 들어갔습니다. 3권 마지막에 메구
가 오르투스에 오고 20년이 지나 몸도 마음도 조금 성장한 모습
을 보여드렸죠. 그대로 평화롭게, 따뜻한 물속에 잠긴 듯한 생
활을 보내는가 했더니…… 뜻밖의 사건에 휘말리게 됩니다.
새로운 만남과 뛰어넘어야만 하는 커다란 벽. 여행을 통해 성
장하는 메구의 모습을 보여드리고 싶다는 마음으로 구상했습니
다. 쓰는 동안 메구만이 아니라 오르투스의 길드원이나 새 캐릭
터들도 같이 성장하길 바라는 마음에 이번에는 Web에 공개했
던 분량에서 상당한 분량을 추가했습니다. 책으로만 읽을 수 있
는 에피소드가 가득합니다. 메구가 아닌 다른 캐릭터들의 마음
이나 분투에도 부디 주목해주세요.

그리고 단편은…… 이번엔 레키에게 스포트라이트를 줘 봤습
니다. 이번에도 독자님께 '레키를 좋아합니다!'라는 목소리를 여
럿 받아서 채택했습니다. 여기저기에서 계속 말하는 것 같지만
독자님은 위대하다니까요.

저도 츤데레 소년(성인)을 쓰는 건 무척 즐거워서 술술 써졌습니다. 4권에선 오르투스 길드원과 메구가 함께하는 모습은 회상밖에 없으니 이쯤에서 훈훈함을 드리고 싶기도 했습니다. 즐겁게 읽어주셨으면 좋겠습니다.

마지막으로 4권 제작에 힘을 쏟아주신 TO북스 여러분을 비롯해 담당자님들, 늘 너무 멋져서 눈물이 나오는 일러스트를 그려주시는 니모시 님, 협력해 주신 모든 분께 진심으로 감사 인사를 드립니다. 또 반짝반짝하고 귀여운 캐릭터가 매력적으로 움직이는 만화판을 담당해주신 분들, 만화가 이치 코토코 님께도 감사의 마음으로 가득합니다.

그리고 물론 이 책을 읽어주신 당신께도 감사드립니다. 매번 정말로 감사합니다. 무척 힘이 됩니다.

앞으로도 아무쪼록 특급길드의 동료들을 둘러싼 이야기와 함께해 주시길.

Welcome
to the
Special
Guild

보너스 만화

만화판 제2화 초반

만화 : 이치 코토코

원작 : 아이 리어아
캐릭터 원안 : 니모서

※일본과의 제책 방식 차이로 인하여
이 페이지부터는 우측에서 좌측으로(←) 읽어주시기 바랍니다.

Welcome to
the Special Guild

수상한
사람!!!

...일어났다.

벌떡

어머나,
신사잖아...

무서워
하지 마.

널
돕고
싶다.

그곳에서
만난
사람은

얼굴은
척
정해서

따뜻하다...

앙ー

조
도오
싶다는 ㄷ
생싱
전해

피곤하기

오르투스에
도착할
때까지
자도록 해.

그래서
신기하게도
나도 안심했다.

만약
기르 씨가
발견해주지
않았다면

스

스

쓱

음—

오늘 잘 잤

푹
잘 수
있다는 건
최고야!

그나저나…

지난
며칠 사이에
많은 일이
있었네….

철컥

부들

부들

부들

깍

깍

커여워

왁락

네!
마꺼
주세요!

혼자서
할 수
있니?

아침밥
다 됐으
같아입
세수하

척

웅성 웅성

웅성 웅성

몸이 작으면 금방 배가 꽉 찬단 말이지.

잘 먹었습미다

끼릭

끄그

두리번

밥도 다 먹었고

조금 더 오르투스를 탐험하고 싶은데…

두리번

헉

꿍차

꿍차

분명 자신의
얼굴이 이목을
끈다는 자각이
있는 거야.

기르씨는
얼굴을
숨기지만

...렇다면
...굴을
...릴 만도 해.

그러고 보면
기르 씨의 외모는
평범한 인간이라
자꾸 잊게
되지만

...수리가 되어
...르에 데려다줬을 때
...람자독수리
...간'이라고
...경해주었다.

왜
그러지?

아무거또
아니에요!

첨보라던데!!

특히
기르 씨의
일은 스파이
비슷한
부분이
있을 테니

주위에서
얼굴을
기억하면
곤란
하겠지.

기르 씨는
왜 독수리
변신할 수
잇능 거예요

아,
아인에 대한
설명이
아직이었나.

아인이라는 건
머예요?

이것하나

여기

깡깡

클리세다!
마왕!

다만
마족이라
부르는 존재는
일반적으로
마왕 휘하에
있다는
인식이
강하다.

아인이라
부르기는 하지만
이름이 다를 뿐
아인도 마족과
똑같은
존재지.

인간형이
될 수 있으며
일정 수준 이상의
지혜와 이성을
지닌 마물을
마족이라
부르지.

간단히
말하자
아인에
혼혈이

마족은
다른 종족의
마족과도
아이를
만들 수 있다.

강사합미다
!!

초심해서
먹 어 요

마왕지상주의인
마왕의 부하는
마족이라 불리는
것에 긍지를
지니고 있으니
아인과 똑같다고
하면 불쾌해지.

반대로 아인 쪽도
마왕의 부하와
구별하고 싶어 해서
자신들을
아인이라고
부르게 되었다.

하지만 오르투수 사람들은 마을 사람들과 다르게 다들 폭씬폭씬하지 않네요.

오르투스의 길드원은 다들 완전한 인간형으로 지내는 것이 규칙이니까.

인간형은 표적이 되기 쉽다.

우리 같은 실력자 말고는… 고가로 팔 수 있으니까.

인신 매매 ?!?!

네?

샤우라나 슈리에 외에도 인간형 종족이 있지?

마을에도 소수이긴 하나 인간형 종족이 존재한다.

그런 사람들을 지키기 위해서지.

겉으로 보기만 해서는 실력자인지 희소종족인지 알 수 없으니.

Tokkyuu Guild he youkoso! 4 ~kanbanmusume no aisare elf ha minna no kokorowo nagomaseru~
by Riia Ai

특급 길드에 어서 오세요! 4 ~사랑받는 마스코트 엘프는 모두의 마음을 치유한다~

2022년 06월 15일 1판 1쇄 발행

저　　　자	아이 리이아
일 러 스 트	니모시
옮 긴 이	현노을
발 행 인	유재욱
본 부 장	조병권
담 당 편 집	정지원
편 집 1 팀	김준균 김혜연 박소연
편 집 2 팀	정영길 조찬희 박치우 정지원
편 집 3 팀	오준영 곽혜민 이해빈
디 자 인	김보라 박민솔
라 이 츠	한주원 이승희
디 지 털	박상섭 최서윤 김지연
인쇄제작처	코리아피앤피
발 행 처	(주)소미미디어
등　　　록	제2015-000008호
주　　　소	서울시 마포구 토정로 222, 403호(신수동, 한국출판콘텐츠센터)
판　　　매	(주)소미미디어
마 케 팅	한민지 최원석 최정연 한소리
영　　　업	박종욱
물　　　류	허석용 백철기
전　　　화	편집부 (070)4164-3962, 3963 기획실 (02)567-3388
	판매 및 마케팅 (070)4165-6888, Fax (02)322-7665

ISBN 979-11-384-1137-0 (04830)
ISBN 979-11-6611-270-6 (세트)